OS SEIS FINALISTAS

Alexandra Monir

OS SEIS FINALISTAS

Tradução
Jacqueline Damásio Valpassos

Título do original: *The Final Six*.
Copyright © 2018 Alexandra Monir.
Copyright da edição brasileira © 2018 Editora Pensamento-Cultrix Ltda.
Texto de acordo com as novas regras ortográficas da língua portuguesa.
1ª edição 2018.
Todos os direitos reservados. Nenhuma parte desta obra pode ser reproduzida ou usada de qualquer forma ou por qualquer meio, eletrônico ou mecânico, inclusive fotocópias, gravações ou sistema de armazenamento em banco de dados, sem permissão por escrito, exceto nos casos de trechos curtos citados em resenhas críticas ou artigos de revistas.

A Editora Jangada não se responsabiliza por eventuais mudanças ocorridas nos endereços convencionais ou eletrônicos citados neste livro.

Esta é uma obra de ficção. Todos os personagens, organizações e acontecimentos retratados neste romance, são produtos da imaginação do autor e são usados de modo fictício.

Editor: Adilson Silva Ramachandra
Editora de texto: Denise de Carvalho Rocha
Gerente editorial: Roseli de S. Ferraz
Preparação de originais: Karina Gercke
Produção editorial: Indiara Faria Kayo
Editoração eletrônica: Join Bureau
Revisão: Vivian Miwa Matsushita

Dados Internacionais de Catalogação na Publicação (CIP)
(Câmara Brasileira do Livro, SP, Brasil)

Monir, Alexandra
 Os seis finalistas/Alexandra Monir; tradução Jacqueline Damásio Valpassos. – São Paulo: Jangada, 2018.

 Título original: The final six.
 ISBN 978-85-5539-109-5

 1. Ficção científica norte-americana I. Título.

18-16010   CDD-813.0876

Índices para catálogo sistemático:
1. Ficção científica: Literatura norte-americana   813.0876
Cibele Maria Dias – Bibliotecária – CRB-8/9427

Jangada é um selo editorial da Pensamento-Cultrix Ltda.
Direitos de tradução para o Brasil adquiridos com exclusividade pela EDITORA PENSAMENTO-CULTRIX LTDA., que se reserva a propriedade literária desta tradução.
Rua Dr. Mário Vicente, 368 — 04270-000 — São Paulo, SP
Fone: (11) 2066-9000 — Fax: (11) 2066-9008
http://www.editorajangada.com.br
E-mail: atendimento@editorajangada.com.br
Foi feito o depósito legal.

Para o verdadeiro Leo:
Meu filho,
Meu coração,
Meu amor.

UM

```
LEO
Roma, Itália
```

É ENGRAÇADO QUANDO VOCÊ NÃO TEM MAIS MOTIVO PARA VIVER. Sua existência perde todo sentido. Não há mais altos e baixos. As cores se confundem, são borradas, tudo à sua volta não passa de um monte de formas e figuras sem sentido, pintadas no mesmo tom de cinza. Já não há nada que possa surpreendê-lo nem ressuscitar aquelas velhas sensações de alegria ou medo. Não é possível que haja alguém mais anestesiado, mais entorpecido, do que você. E então, quando você está sendo levado pela calmaria de uma rotina monótona, alguma coisa o desperta. *Já chega.*

Espero não ser julgado duramente pelo que estou prestes a fazer. Na verdade, eu não sei muito bem se tive escolha. Este dia vem flertando comigo há um ano — desde que o nível da água subiu e tragou nossa cidade. Eu deveria me considerar um dos "sortudos" por ter sobrevivido, mas esse sentimento estaria muito longe da realidade.

Não há nada de agradável em ouvir os gritos dos mortos toda vez que você fecha os olhos, nem em acordar todas as manhãs sozinho, forçado a se lembrar de tudo novamente. O horror nunca diminui. Ele o segue a todos os lugares que você vai. Fungando em seu cangote, sussurrando em seu ouvido.

Eu olho para o relógio, os números piscam quatro e trinta e cinco da manhã. É hora de sair, antes que os vizinhos acordem e me vejam. Mas, primeiro, dou uma última olhada na casa — ou no que resta dela.

O quarto andar da nossa *pensione*, outrora conhecida como Suíte Michelangelo, é tudo o que sobreviveu à inundação. A maré alta e a tempestade engoliram os primeiros três andares naquele dia, condenando a todos nesses andares ao pior tipo de morte. Eu deveria ter desaparecido com eles — eu *teria*, se não fosse o casal na Suíte Michelangelo pedir serviço de quarto, enviando-me para o último andar com uma bandeja de café da manhã no momento em que as ondas irromperam pelas janelas dos andares inferiores. Pode-se dizer que aqueles hóspedes famintos e esse quarto me salvaram, mas *por quê*? Por que eu deveria sobreviver junto com um casal de estranhos enquanto minha família estava sendo tragada pela água?

Meu olhar se demora nos vestígios deles, que resgatei do fundo do mar. Os chinelos surrados do papai estavam sobre o sofá, junto ao romance de Elena Ferrante da mamãe, o canto da página 152, dobrado, para marcar o local em que a leitura foi interrompida. A tinta está manchada, as palavras escorrendo como lágrimas, mas ainda consigo ver que a página termina em uma frase incompleta. Mais uma coisa que mamãe nunca chegou a terminar.

Angelica sorri para mim da sua última foto escolar, e pego da prateleira o porta-retratos de prata trincado. Examino os olhos brilhantes da minha irmãzinha e o sorriso com covinhas uma última vez, memorizando suas feições. E, então, respiro fundo e retiro a chapa pesada que cobre a porta, que protege contra a maré.

Esse quarto em outro tempo se abria para um iluminado corredor repleto de pinturas, ladeando uma escadaria de pedra — mas isso foi antes de *La Grande Inondazione*, a maior inundação que Roma jamais conheceu. Agora, o mar Tirreno fica à minha porta, e quando me aventuro lá fora, apenas uma pequena plataforma de madeira me separa da água.

Nessa nova Roma, a única direção a seguir é para o alto. Cada estrutura sobrevivente tem uma plataforma ou doca improvisada, como a minha, que se conecta à *passerelle*: passarelas levantadas muito acima do solo que nos conduzem como um mapa aos lugares que mais precisamos. Os andares superiores da basílica, do hospital e da prefeitura; o café Wi-Fi; e até as salas de aula que restaram da escola pública são acessíveis a partir daqui. Claro que a maioria de nós parou de ir à escola após a inundação. O café Wi-Fi é o ponto de encontro mais comum entre os sobreviventes e para onde normalmente eu iria em poucas horas, para assistir ao noticiário com meus vizinhos e ouvir relatos de catástrofes semelhantes causando estragos em outras partes do mundo. É nosso lembrete diário de que não somos os únicos que a Terra odeia.

Todos nós vimos as chocantes imagens da Times Square em Nova York, suas brilhantes vias públicas transformadas em um rio profundo pontilhado pelos telhados das ruínas dos teatros da Broadway. Nós acompanhamos os intermináveis relatos da mídia sobre o curioso desaparecimento das nossas praias, da América à Austrália e além. As alterações no nível do mar estão chegando para todos, ricos e pobres.

Para aqueles de nós que desejam se aventurar pelo Tirreno, cada uma de nossas docas abriga um pequeno barco de madeira. Parece fácil sair, certo? Basta entrar no barco e se dirigir para o norte, em direção à Toscana, deixando essa cidade afundando... Só que não é tão simples. As subidas da maré e as poderosas ondas tornam a longa viagem arriscada, e aqueles que chegam à região da Toscana encontram caos e superlotação. Também não se pode chamar de fácil o deslocamento para a estação de trem ou o aeroporto. Há uma lista de espera de meses para escapar, e apenas os que têm a carteira recheada de dinheiro podem pagar. E mesmo que você consiga sair, quem poderá garantir se sua nova cidade ou país de refúgio não será o próximo a ser atingido pela varredura destrutiva do clima?

Eu não era de desistir fácil. Nos primeiros meses após a grande inundação, eu era como qualquer outro sobrevivente, lutando para permanecer vivo. Alguns dos meus vizinhos tinham uma rede de proteção — familiares de regiões secas que podiam acolhê-los, ou gordas contas bancárias com suas economias para ajudá-los a se reerguer. Eu não. Não havia nada a fazer senão aguardar que os fundos da Ajuda Humanitária da União Europeia chegassem até mim, se é que algum dia chegariam. Então, dei um jeito eu mesmo.

Eu sabia que havia tesouros no fundo do mar, recordações pelas quais meus vizinhos pagariam uma boa quantia, mas nenhum deles se aventuraria na água onde muitos de nós se afogavam. Só eu estava faminto o bastante, desesperado o bastante – e podia sobreviver a mergulhos profundos. Na minha época de competições de natação, eu havia feito isso e sem qualquer equipamento de respiração, com a diferença que, naquele tempo, só estava me exibindo para os meus colegas de equipe. Agora, minha habilidade realmente poderia me manter vivo. Foi então que me tornei um caçador de tesouros.

Na primeira semana, desenterrei a *Madonna di Foligno*, de Rafael, dos destroços do Vaticano. Estava tão danificado pela água que mal dava para distinguir a Virgem Maria e o Menino em primeiro plano, mas eu sabia que alguém reconheceria o seu valor. E eu estava certo. A pintura pagou minhas refeições por um mês. E na minha segunda semana encontrei uma bolsa de moedas comemorativas cunhadas em 2004, festejando o centenário de *Madame Butterfly*, de Puccini. Seu valor nominal era de apenas cinco euros cada, mas sendo itens de colecionador, consegui o dobro por elas.

Continuei assim, garimpando e vendendo um dia após o outro — até encontrar as verdadeiras preciosidades, emaranhadas numa colônia de algas.

Os chinelos do papai, o livro da mamãe e a fotografia de Angelica estavam todos ali, esperando por mim. Tinha que ser mais do que uma coincidência que essas três pequenas relíquias houvessem conseguido permanecer entrelaçadas. Era um sinal. E, naquele momento, com o rosto da minha irmã olhando para mim, percebi exatamente o que eu estava fazendo: saqueando e lucrando com os mortos. A culpa substituiu a fome, e eu prometi a mim mesmo que nunca mais faria isso.

Desde então, tudo o que eu quero é me juntar a eles.

Coloco minha mochila pesada sobre os ombros e abro a porta, pisando na plataforma da *pensione*. A água fria se agita aos meus pés, o céu escuro me rodeando. E, então, eu pulo.

Mergulho até o pescoço na água turva. Eu poderia me deixar levar, aqui mesmo... mas não posso fazer isso na frente da minha casa. Então, começo a nadar, lutando contra o peso da mochila, enquanto me dirijo para o centro mais profundo, onde o Coliseu, quase encoberto, repousa no meio das ondas. As palavras de um poema de Lord Byron, que aprendi na escola, ecoam em minha mente enquanto nado, me aproximando cada vez mais das ruínas.

"Enquanto o Coliseu se mantiver de pé, Roma permanecerá;
Quando o Coliseu ruir, Roma ruirá;
E quando Roma cair, o mundo cairá."

Me seguro num dos arcos do Coliseu e repouso minha testa contra a pedra, em um adeus silencioso. E então me entrego — deslizo a cabeça para baixo da água, relaxando meu corpo como um trapo. Eu me deixo afundar.

O sabor desagradável da água do mar preenche minha boca, ameaçando me engasgar, se não me afogar primeiro. Posso ouvir as ondas quebrando por sobre a minha cabeça, sinto a maré desempenhando o seu papel, me puxando para baixo, cada vez mais para baixo.

Sinto um súbito pico de adrenalina e eu poderia jurar que ouço a voz de Angelica gritando no meu ouvido: "Nade, seu idiota, *nade!*". Mas aperto meus olhos, deixando a água me arrastar e ignorando todos os instintos físicos que imploram para eu reagir.

Se você me visse agora, não acreditaria que eu costumava ser nadador e atleta. A verdade é que eu poderia irromper na superfície em questão de segundos, se quisesse. Mas esse é o problema. Eu não quero.

Meus pensamentos estão se dissipando agora, exibindo um filme estranho e confuso, apenas para mim. O sono está chegando; eu posso sentir isso. E aí...

Um ruído de motor. Reverberações se formam acima de mim na superfície da água.

Eu conheço esse som. É um... *barco.*

Eu deveria manter os olhos fechados e deixar o torpor da minha sonolência me aproximar mais da morte. Mas minha mente ainda está meio desperta, me alertando que a presença de um barco significa algo incomum. Nenhuma embarcação pode singrar as águas à noite, uma das muitas novas regras estabelecidas desde *La Grande Inondazione*. Claro, a guarda costeira sempre tem a opção de ignorar essa regra — se avistarem alguém em perigo.

E, assim, minha desorientação desaparece. A consciência retorna, o desejo de morte é substituído por outro sentimento — vergonha. Eu sei que não posso deixar a inocente guarda costeira saltar no mar profundo e lutar com a maré apenas para me salvar. Esse não pode ser o meu *gran finale*.

Cuspo a água da minha boca e prendo a respiração, me livrando da mochila e impulsionando o corpo. Meus braços e pernas enfraquecidos estão se recuperando e voltando à vida, enquanto finalmente dou ouvidos à minha irmãzinha. *Nade*.

Minha cabeça alcança a superfície. Ar — doce, maravilhoso ar — enche os meus pulmões, e eu o aspiro ansioso, engasgando.

O zumbido do motor se aproxima, e eu me estico, acenando com os braços.

— Estou aqui! — tento gritar, embora tenha perdido a voz e mal consiga emitir um som. — Não saltem!

Mas conforme o barco desliza para meu foco de visão, fico boquiaberto. Não é um barco da guarda costeira. É um elegante catamarã, com letras azuis pintadas na lateral, revelando um logotipo familiar: *Agência Espacial Europeia* (AEE).

O que a AEE está fazendo *aqui*, entre todos os lugares do mundo? Por que agora?

Um homem e uma mulher estão na proa da embarcação, exibindo a mesma expressão de concentração máxima enquanto examinam as redondezas. A mulher está vestida com o uniforme azul-escuro dos militares italianos o homem, com um terno e uma camiseta da AEE sob o paletó. Felizmente, nenhum deles parece me notar.

Não pensava que alguma coisa ainda pudesse me surpreender, mas descobri que estava enganado. Em vez de me deixar arrastar até o fundo do mar, agora estou nadando atrás do barco. Seja lá o que for que a AEE esteja fazendo aqui nos destroços de nossa cidade, deve ser algo grande — e eu não quero perder isso.

Acompanho o barco, vencendo com nado de peito o último trecho de água agitada até chegar às docas improvisadas. Posso ver o meu arruinado lar, o letreiro da *Pensione Danieli* ainda pendurado esperançosamente no telhado. E então, à medida que os primeiros raios da luz da manhã filtram-se através do céu, o barco se dirige para o Palazzo Senatorio, nossa prefeitura. Aguardam-no nos degraus da entrada do prédio, que estão apenas alguns centímetros acima da água, o primeiro-ministro Viccenti com sua esposa, Francesca e sua filha, Elena, a melhor amiga da minha irmã.

Continuo nadando por baixo da água, prendendo a respiração, enquanto o barco atraca. Não posso deixar que nenhum deles me veja. Só Deus sabe como eu poderia responder às suas perguntas.

Depois do que parece uma eternidade, respiro à tona. O primeiro-ministro e sua esposa desapareceram no interior do prédio, juntamente com os dois integrantes da AEE, mas Elena ainda está lá, posicionando uma câmera diante do barco da agência espacial. Ao levantar a cabeça acima da água, um *flash* de luz dispara diante dos meus olhos. Pisco rapidamente, observando enquanto Elena faz mais um disparo. *Merda*. Fui apanhado na foto.

— Leo? — ela corre para a margem do cais. — O que você está *fazendo*?

Eu poderia inventar uma história... eu poderia dizer a ela que simplesmente senti vontade de nadar. Mas, nessas águas traiçoeiras, ninguém acreditaria, e nunca fui um bom mentiroso. A vergonha que sinto pelo passo que cheguei perto de dar deve estar estampada no meu rosto.

— *Ciao*, Elena — respondo de volta, tentando fazer minha voz soar o mais normal possível. — É... uma longa história. Nada importante.

Ela me olha desconfiada, e eu sei que não há como me afastar dela agora. E bem que eu poderia ter essa conversa inevitável em terreno seco.

Nado para a frente, diminuindo a distância entre nós, e depois agarro a parte de baixo da doca de madeira, reunindo minhas forças para me içar para cima e por sobre a borda. Ergo-me sobre pernas trêmulas, minhas roupas ensopadas formando uma poça ao redor de mim. Elena levanta uma sobrancelha.

— Pelo menos você se lembrou de tirar os sapatos antes de cair na água. Por que não tirou a roupa também? — Duas manchas rosadas aparecem em suas bochechas. — Não foi o que quis dizer. Me expressei mal, hum, vou pegar algo para você se secar. Espere aqui.

— Obrigado. — Evito seus olhos, mas não por constrangimento. Não consigo olhar para Elena sem ver o espaço vazio que minha irmã deixou. E agora eu gostaria de jamais ter seguido aquele maldito barco, que jamais tivesse vindo parar aqui.

De repente, um troar de passos desce a calçada elevada, acompanhado de vozes exaltadas. Estico o pescoço para olhar. Meus vizinhos acordaram muito antes do horário de costume — e estão indo direto para a entrada no último andar do Palazzo Senatorio.

Este dia está ficando cada vez mais estranho.

Elena retorna com um grande sobretudo, e eu o jogo sobre minhas roupas encharcadas. Posso ouvir o começo de uma pergunta se formando em seus lábios, mas eu a interrompo.

— O que está acontecendo? Quem eram aquelas pessoas no barco da AEE, e o que elas estão fazendo em Roma?

Elena olha para mim.

— Você realmente não sabe o que está acontecendo?

— Pelo visto, não.

— É o anúncio da seleção. Os Vinte e Quatro serão anunciados hoje!

— Os Vinte e Quatro? — repito. As palavras são familiares, como um gosto há muito esquecido na minha boca. Minha mente volta no tempo, antes da submersão de Roma, antes de eu perder tudo. E então...

— Europa.

Elena assente, um leve sorriso iluminando seu rosto.

As lembranças me parecem trechos de outra vida. Recordo-me de me sentar diante da TV com Angelica e os nossos pais, os quatro colados na conferência de imprensa das Nações Unidas, onde líderes mundiais declararam o estado de guerra entre a humanidade e o nosso meio ambiente. Lembro-me do oficial do governo que apareceu à nossa porta com os folhetos da Missão Europa & Recrutamento, descrevendo um plano para levar jovens astronautas à lua mais promissora de Júpiter, Europa, a fim de construir um novo lar. Então, chegaram os forasteiros, infiltrando-se em nossa escola na semana seguinte — "olheiros", como eram chamados —, que nos estudaram em busca dos candidatos adolescentes perfeitos para a Missão Europa. Porque, como disseram os cientistas na TV, "*somente os jovens podem tolerar a bactéria resistente à radiação que permitirá que os humanos prosperem nas condições atuais da lua de Júpiter. Somente os jovens ainda serão férteis e capazes de procriar em Europa no momento em que ela estiver terraformada e pronta para um assentamento humano*".

Aqueles emocionantes dias agora são um borrão, como um sonho levado pela grande inundação. Nunca pensei que eles de fato fossem levar adiante aquela ideia extravagante.

Volto-me para Elena.

— Então você está dizendo que eles já escolheram os finalistas? Mas por que a AEE e a NASA simplesmente não anunciaram os nomes *on-line*? Por que se deram ao trabalho de vir até aqui?

De súbito, a conclusão praticamente me rouba o fôlego.

— Um dos finalistas é de *Roma*?

— Sim! Emocionante, não é? Caso seja eu... pois, se não for, terei um ataque cardíaco. — Elena se arrepia. — Eles vão anunciar quem é numa coletiva de imprensa ao vivo, às cinco e meia da tarde.

— Você está falando sério? Nós temos que entrar!

Ponho-me a correr, ignorando os protestos de Elena de que não posso entrar no *Palazzo* com os pés descalços e todo molhado. Não posso perder isso de jeito nenhum, não quando um dos meus amigos ou vizinhos está prestes a ser nomeado finalista para ir à *lua de Júpiter*. Até posso imaginar meu pai socando o ar com orgulho por um romano ser escolhido, enquanto minha mãe cobriria a boca com a mão, em sua maneira dramática habitual, dividida entre a excitação da novidade e a solidariedade com a dor dos pais que seriam deixados para trás.

A entrada do pórtico da prefeitura afundou na Grande Inundação junto com os seus andares inferiores, então, corro diretamente do cais até a arcada coberta que leva ao *Piano Nobile*, o novo andar principal. No interior, os antigos mestres nas paredes estão cobertos por uma camada de sujeira deixada pela água, enquanto os elaborados afrescos no teto encontram-se marcados por rachaduras. Mas o velho zumbido de atividade permanece, e sigo o som das vozes no Salão Neogótico, um grande saguão ainda em pé com o apoio de suas colunas de mármore. Um delicado lustre de vidro pende do teto, um vestígio instável dos dias pré-inundação.

Cada pedacinho do saguão encontra-se lotado com conterrâneos sobreviventes: "os Últimos Romanos", como nos chamam na mídia. Todo mundo observa, arrebatado, enquanto a oficial militar italiana e seu companheiro do barco da AEE se aproximam do tablado na frente da sala, ladeados pelo primeiro-ministro e sua esposa. Um trio de cinegrafistas posiciona-se por perto, com o equipamento pronto. Meus batimentos cardíacos aceleram.

— Eu devo me juntar aos meus pais, mas vamos conversar mais tarde, Ok? Você ainda precisa me dizer o que estava fazendo quando o encontrei. — A voz de Elena por sobre o meu ombro me pega desprevenido. Quase me esqueci de que ela ainda estava aqui, me observando enquanto a água pinga de minhas roupas para o chão.

— Tudo bem — respondo com um meneio de cabeça, embora minha concentração no anúncio da AEE desvie toda a minha atenção. — Obrigado, Elena.

— *Buongiorno*. — O primeiro-ministro Vincenti assume o microfone, sua voz ecoando pelo salão. — Obrigado por se juntarem a nós esta manhã, em um dia que sem dúvida é motivo de orgulho para Roma. Posso ver que vocês estão tão ansiosos quanto eu para ouvir as notícias, por isso, não vou deixá-los esperando. Por favor, recebam a sargento Clea Rossi, das Forças Armadas Italianas, e o doutor Hans Schroder, da Agência Espacial Europeia.

Enquanto a multidão aplaude, eu me espremo num espacinho nos fundos do salão.

O doutor Schroder dá um passo à frente.

— Obrigado, primeiro-ministro, e a todos vocês aqui presentes. É um grande prazer para mim estar em Roma. Pensei que talvez nunca mais na minha vida voltaria a visitar sua cidade.

A multidão silencia. Todos sabemos o que ele quer dizer. Nossa pátria está em extinção, seguindo os passos de Baiae, na Antiguidade — a primeira cidade italiana a submergir.

— Como vocês sabem, a Missão Europa é o item mais urgente da agenda do nosso planeta — ele começa. — Nossa chance de terraformar e colonizar a lua de Júpiter não pode mais esperar. Então, com isso em mente, depois de mais de um ano observando e revisando inúmeros registros médicos e acadêmicos, fico feliz em anunciar que selecionamos nossos Vinte e Quatro finalistas. Esses adolescentes passarão os próximos quatro meses no Centro de Treinamento Espacial Internacional, nos Estados Unidos, ao final do treinamento será formada uma equipe com seis integrantes que será enviada à Europa. — O doutor Schroder faz uma pausa. — E sim. Entre os nossos Vinte e Quatro, há um de vocês.

O salão se enche de uma mistura de gritos, comemorações e risadas nervosas. Examino os vizinhos à minha esquerda e à direita, perguntando-me sobre cada um deles: *poderia ser você?*

— Sargento Rossi, você gostaria de fazer as honras?

O doutor Schroder recua, cedendo o lugar à sargento Rossi.

Ela pigarreia e depois olha para o público.

— O finalista de Roma, que partirá na segunda-feira para o Centro de Treinamento Espacial, foi escolhido por suas notáveis habilidades de sobrevivência, bem como uma singular capacidade que deve ser crucial para a Missão Europa.

Prendo a respiração, tentando digerir a ideia de um dos meus amigos ou vizinhos partir para os Estados Unidos em apenas dois dias — e, possivelmente, deixar o planeta de vez. Mantenho meus olhos na multidão, ansioso para captar a primeira reação de quem for escolhido.

— O finalista de Roma é...

A atmosfera no salão fica tensa enquanto todos nos inclinamos para a frente, aguardando o nome.

— Leonardo Danieli.

Espere.

Não, isso não pode estar certo.

Esse é o meu nome.

— Ele está bem ali! — grita uma voz.

Mais de uma centena de pessoas se voltam para mim. Os cinegrafistas vêm correndo lá da frente do saguão, as lentes apontadas para mim. De pé entre seus pais, Elena solta um som entre um gemido e um gritinho esganiçado.

Eles escolheram... a mim.

Um dos cinegrafistas empurra um microfone no meu nariz.

— Leonardo Danieli, *o que* está passando na sua cabeça agora? Choque, medo, empolgação?

Eu ia me matar hoje. Mas não o fiz. Se eu tivesse ido até o fim, se eu não tivesse ouvido o barco e desistido daquela ideia...

— Eu... eu nunca poderia esperar por isso. — Minhas palavras desaparecem, ecoando pelo saguão silencioso. — E fico feliz... muito feliz... de não ter perdido essa oportunidade.

DOIS

```
NAOMI
Los Angeles, Califórnia
```

— ISSO É UMA PIADA, CERTO?

Eu encaro um por um os adultos que enchem o escritório do diretor, esperando que um deles se manifeste. *O que acontece quando você junta numa mesma sala uma estudante do ensino médio, dois pais perplexos, uma cientista de foguetes da NASA, um oficial do exército dos Estados Unidos e a diretora da escola?*

— Naomi — começa a mulher da NASA, dizendo o meu nome de um modo tão delicado como se pudesse quebrá-lo. — Não se trata de uma piada. Na verdade, você deveria estar muito orgulhosa. Cada um dos membros dos Vinte e Quatro foi selecionado por um determinado conjunto de habilidades ou características necessárias para a missão. Você foi chamada devido à sua mente brilhante e aptidão científica. Se você fizer parte dos Seis Finalistas, terá um papel fundamental a desempenhar.

Meus pais se dão as mãos. Mamãe desata a chorar, e eu sinto um aperto no coração. Não tem como, *nem em sonho* isso pode estar acontecendo — mas os rostos sérios à minha volta confirmam o pior.

— Vocês estão me dizendo que eu fui recrutada? — Minha voz sai fraca, sussurrante.

O oficial do exército, major Lewis, confirma com a cabeça.

— Sim, embora no presente momento o seu único dever seja para com o Centro de Treinamento Espacial Internacional. A seleção final para Europa não será decidida até a conclusão do treinamento no Centro, momento no qual ou você será dispensada do programa e enviada para casa, ou...

— Ou eu serei despachada para Europa — concluo a frase.
— Para sempre.

A sala fica silenciosa, exceto pelo som da minha mãe aos prantos. Levanto do sofá, vou para o lado dela, e lhe dou um abraço enquanto me pergunto quantas vezes mais poderei fazer isso. Quanto tempo levará até que eu não me lembre mais da sensação de abraçar minha mãe e meu pai, até eu esquecer o som da voz do meu irmão?

— Vocês não podem fazer isso. — Ergo suplicante os olhos para as figuras que pairam de forma intimidante diante de nós. — Se vocês me conhecem tão bem como dizem que conhecem, então sabem que eu tenho um irmão mais novo que precisa de mim. Vocês não podem simplesmente separar a nossa família e me mandar para longe!

— Querida — meu pai murmura, com voz vacilante. — É um recrutamento. Isso significa que eles podem fazer isso.

— A realidade aqui é que estamos em guerra — diz o major Lewis, fitando-me com o cenho franzido. — Estamos em guerra com o nosso próprio meio ambiente, e o fato de você estar entre os poucos que possuem a chance de escapar a torna uma pessoa *sortuda*.

Tá... certo. Eu não sabia que ser expulsa da Terra fosse algo pelo qual eu deveria ser *grata*. Mas antes que eu possa dar uma resposta, mamãe fala, colocando minha mão na dela.

— Por favor, não compreenda mal as minhas lágrimas, Naomi. Sim, meu coração está partido com a ideia de nos separarmos de você, mas eu estou... feliz por você ter outra chance. — Ela me olha bem nos olhos. — Eu sinceramente não sei por quanto tempo mais poderemos continuar assim. Nós já fomos retirados de três casas diferentes em menos de dois anos — quem sabe onde estaremos amanhã? E você sabe como tenho estado preocupada por você perder tanto peso por causa do racionamento. Nós estamos vivendo sobre areia movediça, e se alguém pode ser salvo desse destino, bem, eu quero que seja você.

Ela acredita nessa coisa toda. Fico pasma ao perceber que a minha mãe acredita, de fato, nessa propaganda absurda, de que os Seis Finalistas podem sobreviver a essa fantasia absurda que chamaram de missão. E mesmo que eles — nós? — conseguissem dar um jeito de alcançar o inacreditável, eu escolheria morrer com a minha família a viver com cinco estranhos na lua de Júpiter. Mas quando olho para a esperança estampada nos rostos dos meus pais, deixo os meus protestos morrerem nos meus lábios. Em vez disso, eu me viro para a cientista da NASA, a doutora Anderson.

— Você diz que a viagem inclui um sobrevoo por Marte para recolher os suprimentos não utilizados da missão *Athena* e obter um impulso gravitacional para Júpiter, certo? Bem, como podemos saber que essa missão não terá o mesmo desfecho da *Athena*? Como você sabe se todos nós não acabaremos... — Não me dou ao trabalho de terminar a minha frase. Eles sabem qual é a palavra que estou procurando. *Mortos.*

— É simples: Marte sempre foi uma aposta, a tripulação da *Athena* sabia que havia uma boa chance de o planeta revelar-se inabitável. Mas a tragédia nos levou a examinar com mais atenção Europa, que revelou em nossas missões robotizadas ter os elementos-chave necessários para construir uma nova Terra — explica a doutora Anderson. — Enquanto Marte não possuía uma fonte viável de água e oxigênio, a riqueza de oceanos de Europa nos dá acesso a ambos por meio da eletrólise da água. E, ao contrário da missão *Athena*, os Seis Finalistas não passarão tempo algum na superfície marciana. De dentro da nave espacial, por meio de controles internos, os tripulantes recuperarão o estoque de suprimentos da *Athena* e, em seguida, a nave usará um impulso para se projetar da órbita de Marte para a de Júpiter. Nenhum de vocês estará exposto à atmosfera de Marte.

Pelo modo como meus pais encaram boquiabertos a doutora Anderson, posso dizer que eles estão tentando compreender a ideia de sua filha ser arremessada de um planeta para o outro. Mas eu ainda não terminei com as minhas perguntas.

— E... quanto à suposta vida inteligente em Europa?

A doutora Anderson e o major Lewis trocam um sorriso malicioso.

— Isso são apenas histórias do *Conspirador do Espaço* e outros *sites* questionáveis insuflando besteiras de tabloides. Não encontramos qualquer evidência de existência de vida em Europa. Vocês não têm nada com o que se preocupar.

Eu concordo com a cabeça, embora não tenha ficado, de fato, tranquilizada. Alguma coisa em sua resposta me passa a sensação de que é uma frase pronta, com o tom de uma atriz depois de recitar as mesmas falas vinte vezes seguidas. Mas sou esperta o bastante para saber que não devo forçar a barra.

A diretora Hamilton permanecera em silêncio desde o anúncio, mas agora ela se junta à conversa, gesticulando para a janela.

— Há uma multidão se formando lá fora... parece ser a imprensa. É por isso que me pediram para convocar uma coletiva? Vamos tornar pública a notícia sobre Naomi?

Não. Ainda não. Eu me encolho contra o sofá, desejando poder me fundir com o estofamento e desaparecer. Mas, em reação às palavras da diretora, o major Lewis e a doutora Anderson entram rápido em ação.

— Vamos levar Naomi primeiro para o auditório antes de deixar alguém entrar. Nós dois permaneceremos ao lado dela durante a coletiva de imprensa e...

Eu intervenho, interrompendo o major.

— Por quê? Por que todas essas pessoas têm que saber agora?

Se existe alguma esperança de me esquivar desse recrutamento, com certeza não acontecerá com meu nome e meu rosto estampados por toda a imprensa. No exato momento em que eu for revelada ao mundo como um dos Vinte e Quatro, eu passarei a pertencer a *eles* — para que façam experimentos, me transformem em um soldado, me enviem para outro mundo.

— Não temos escolha — responde a doutora Anderson. — Por ser uma agência governamental, a NASA deve informar todas as notícias ao público dentro de vinte e quatro horas, e o fato de o recrutamento ser uma ordem em tempos de guerra torna os padrões de transparência ainda mais rígidos. Nós conseguimos manter o seu nome em segredo apenas o suficiente para lhe dar essa notificação prévia. — Ela se volta para a diretora. — Você sabe se as telas de videoconferência no auditório já foram configuradas e estão conectadas com Houston?

Quando a diretora Hamilton se apressa para verificar seu computador e começa a digitar rápido, fico tentada a empurrar tudo que está sobre a mesa dela para o chão, a arrebentar o computador no piso, tamanha é a minha frustração.

— Parece que está tudo pronto — diz ela.

O terror borbulha no meu peito. Olho da porta para a janela, e de volta para a porta, mas não há chance de escapar. Mesmo que eu conseguisse driblar todos os adultos nessa sala e fugir, isso não me faria recuperar a minha antiga vida — não como uma desertora.

Não tenho escolha senão obedecer e dizer adeus... a todos e a tudo que já conheci.

Eu me levanto, uma prisioneira conformada em andar pela prancha.

— Então, o que acontece agora?

O major Lewis abre um sorriso.

— Você está prestes a se tornar um dos vinte e quatro adolescentes mais famosos da Terra.

Eu aguardo atrás da cortina do palco coberto de poeira da Burbank High School, flanqueada pelo guarda de segurança que jurou "não sair do meu lado" até eu ser transferida, em segurança, para o Centro de Treinamento Espacial. As batidas aceleradas no meu peito e o suor umedecendo minha testa me recordam da última vez que estive aqui na coxia, antes da apresentação do clube de teatro de *Um Violinista no Telhado*, no meu primeiro ano. Eu tinha apenas duas falas (*"Tradição, tradição!"*), mas estava mais apavorada do que os atores principais. Essa foi a minha primeira pista de que o meu lugar era a sala de aula, o laboratório de ciências, atrás de um telescópio — jamais um palco.

Aquela foi a última vez que a maioria de nós colocou os pés nesse auditório. Depois que outra temporada de supertempestades do El Niño varreu Los Angeles, devastando as cidades costeiras e forçando todos os angelenos sobreviventes a fugirem para o Vale de São Fernando, a escola praticamente abandonou todas as atividades extracurriculares. Eles tinham coisas mais importantes com que se preocupar do que teatro e esportes — como a nossa sobrevivência, e como acomodar a afluência de estudantes desabrigados, conhecidos como os Exilados de West Side.

Dou um passo à frente, espiando por uma fenda entre as cortinas. Posso ver meus colegas e professores preenchendo as fileiras de assentos, enquanto telas de projeção gigantescas estendem-se por todas as quatro paredes.

— Devo avisá-lo que talvez eu vomite — murmuro para o guarda ao meu lado. — Por que eles têm que fazer tanto estardalhaço com esse anúncio, afinal?

Eu não espero uma resposta, mas o guarda, Thompson, fala.

— Imagino que seja porque a Missão Europa é a única fonte de distração e emoção para o público neste momento. E quanto maior for o interesse público, mais poder de barganha as agências espaciais têm para pressionar o Congresso por fundos extras para enviar você com segurança lá para cima.

Ele me lança uma piscadela que era para ser reconfortante, mas, em vez disso, embrulha meu estômago. Esse é o problema de ser uma *nerd* da ciência — eu não posso compartilhar da esperança do público quanto a essa missão. Eu sei demais. Eu sei de inúmeras coisas que podem — e *vão*, inevitavelmente — dar errado.

Naquele momento, pela fresta das cortinas, avisto o rosto que mais amo. Meu irmão caçula, Sam, está deslizando para um assento ao lado de nossos pais na primeira fileira. Ele espia do palco para as telas circundantes, inquieto. Meu coração se aperta.

Embora ele seja dois anos mais novo, olhar para Sam muitas vezes é como olhar para um espelho. Nós temos o mesmo cabelo escuro, pele morena e olhos proeminentes e de pálpebras cheias — os chamados olhos persas —, maçãs do rosto pronunciadas e sorriso com covinhas. Claro que nenhum dos dois está sorrindo agora. Nós não nos desgrudamos nem por um segundo desde que ele nasceu, e agora... agora eles estão nos separando. As lágrimas pinicam meus olhos, mas antes que eu possa ceder a elas, ouço o som de sapatos de salto-alto ressoando no assoalho do palco e o silêncio se instala no auditório.

— Vocês já devem ter adivinhado o motivo da coletiva de hoje — ecoa o som da voz da doutora Anderson. — Bem, os rumores são verdadeiros. Temos a grande satisfação de apresentar a vocês a finalista, entre os Vinte e Quatro, proveniente da própria Burbank High School, um dos dois únicos membros americanos escolhidos: a senhorita Naomi Ardalan!

A cortina se ergue, me revelando ali parada, atordoada, piscando sob o brilho forte dos holofotes. Enquanto o auditório explode em disparos intermitentes dos *flashes* das câmeras, exclamações de surpresa e alguns aplausos aqui e ali, busco os olhos do meu irmão, tentando transmitir a ele uma mensagem silenciosa. *Sinto muito, Sam. Meu cérebro deveria servir para encontrar uma cura para você, deveria curá-lo — e não me afastar de você. Sinto muito que as coisas tenham dado errado desse jeito. Mas isso não vai ficar assim.*

— E isso não é tudo! — A voz da doutora Anderson sobe uma oitava com seu entusiasmo. — Hoje mesmo, outros vinte e três adolescentes ao redor do mundo receberam a mesma extraordinária notícia que Naomi. Graças ao supercomputador da NASA, o Pleiades, poderemos realizar uma videoconferência com *todos* os vinte e quatro finalistas e apresentá-los uns aos outros, e a vocês — aqui e agora.

Ergo a cabeça no ato. O som de estática ecoa pelo auditório, e então todo o ruído desaparece, enquanto as telas de projeção escuras que nos rodeiam são tomadas por cores — por rostos.

Mal consigo respirar quando vejo os vinte e três estranhos que se tornarão minha nova e forçada família. A doutora Anderson e o major Lewis revezam-se recitando com o maior estardalhaço seus nomes e países de origem, um a um, como se fossem as Olimpíadas em vez de um recrutamento para o espaço.

Todos os finalistas parecem ter mais ou menos a minha idade, mas essa é a única característica que compartilhamos. Somos uma mistura de cores de pele e olhos, uma combinação de texturas de cabelo e tipos físicos. Enquanto observo de um rosto para o outro, descubro que alguns estão lutando para conter as lágrimas ou para engolir em seco o pânico, assim como eu — mas também há outros, a maioria, que sorriem amplamente e acenam com empolgação. Quem entre nós provará estar certo?

— Por último, mas não menos importante, de Roma, Itália, temos Leonardo Danieli.

Eu me viro, meus olhos detendo-se na tela atrás de mim. Um garoto com cabelos castanhos dourados e olhos azul-claros está sorrindo, maravilhado. Por algum motivo, a visão de seu sorriso otimista faz com que algo se quebre dentro de mim. *Você não sabe... você não sabe no que estamos metidos. Nós não somos vencedores; estamos ferrados.*

De costas para a multidão, enterro o rosto nas palmas das mãos, deixando as lágrimas escorrerem pelas bochechas. Eu só preciso de vinte segundos para chorar — um truque que aprendi quando Sam ficou doente. Eu sempre fui seu apoio, sua força, e nunca quis que ele testemunhasse meu medo. Mas, às vezes, quando via meu irmão ligado aos aparelhos, quando ouvia o som fraco de seus batimentos cardíacos irregulares nos monitores do quarto de hospital... não conseguia evitar. Tinha que me afastar, ceder à sensação de que as minhas entranhas estavam sendo rasgadas. Mas somente por vinte segundos. Esse era o tempo que eu me permitia baixar a guarda sem que Sam percebesse. É uma habilidade útil neste momento, com tantos olhares sobre mim.

Quando eu me recomponho e olho para cima, tenho um choque. O finalista italiano, Leonardo, está me observando, sua expressão é gentil. Ele pressiona a mão contra a tela, sua boca formando uma palavra.

— *Oi.*

Eu me aproximo da tela e levanto a minha mão, retribuindo sua saudação. Seus olhos fitam os meus e, por um instante, eu esqueço onde estou, o que é isso tudo — até que a doutora Anderson retoma seu discurso.

— Vocês todos, os Vinte e Quatro, passarão este fim de semana com suas famílias, na privacidade de seus lares. Na segunda-feira de manhã, vocês iniciarão seus deveres oficialmente. Serão levados num voo privado para o Centro Espacial Johnson em Houston, Texas, para quatro meses de treinamento. Transcorrido esse período, seis de vocês irão seguir em frente...

Eu me afasto do finalista italiano, voltando minha atenção para a plateia — para o meu irmão. Sua cabeça está abaixada, o punho contra o peito... como se alguém tivesse morrido.

Mas não estou morta ainda. E eu não posso deixar meu irmão sozinho para lamentar de verdade.

Então, reconsidero. Enquanto a doutora Anderson continua falando ao microfone, recuo devagar, até estar quase nos bastidores. Em seguida, tento fugir.

O guarda me detém antes mesmo de eu me afastar mais do que alguns passos do palco, mas eu não me importo. Esse milissegundo de liberdade me lembrou de uma coisa.

Talvez eu não consiga me esquivar do recrutamento, mas se eu não fizer tudo certinho conforme esperado... Serei dispensada, muito antes de os Seis Finalistas serem despachados para Europa. Tudo o que preciso fazer é manter o foco e não deixar que nada — nem ninguém — me distraia do meu objetivo.

Os outros podem ser os heróis, os pioneiros do espaço. Eu tenho algo mais importante.

Um lar.

TRÊS

LEO

DESPERTO DE UM SONHO, enquanto os monitores de vídeo montados nas paredes da sala de imprensa se apagam. Duas dúzias de pessoas que eu nunca soube que existiam, cujos caminhos nunca haviam cruzado com os meus, estão prestes a se tornar o meu mundo. E, se eu tiver sorte, se eu entrar na seleção final... Estarei atado a cinco desses estranhos pelo resto da vida. O pensamento arrepia a minha pele, e fico ansioso para saber tudo sobre esses vinte e três finalistas. Tento me lembrar de seus rostos, mas mesmo assim, momentos depois de as telas ficarem escuras, eu só consigo me lembrar de dois: a garota com intensos olhos castanhos, que parecia tão triste em nosso momento de triunfo — e o rapaz de cabelos claros que saltou no ar ao saber da notícia, gritando com orgulho. Era o tipo de reação desenfreada que eu poderia ter tido se não estivesse ainda em estado de choque.

    O primeiro-ministro Vincenti abre a porta, entrando na sala para onde fui levado com o doutor Schroder logo depois de tomar conhecimento da novidade.

    — Leo, a segurança ainda está tentando conter a multidão, mas o público está exigindo sua presença. Você estaria disposto a voltar lá e simplesmente... sorrir para as câmeras por alguns minutos?

— O quê? — Olho para o primeiro-ministro, perguntando se eu o ouvi direito. — Mas a maioria dessas pessoas já me conhece. Elas provavelmente me viram atravessar a *passerelle* centenas de vezes. Por que...

— Isso foi antes — ele interrompe. — Você pode parecer o mesmo e sentir-se o mesmo, mas é alguém diferente agora. Depois de hoje, você já não é apenas um outro vizinho ou sobrevivente: você está prestes a se tornar uma lenda.

E, enquanto ele fala, posso ouvir as vozes lá fora, elevando-se cada vez mais alto, à medida que o coro nos alcança atrás da porta fechada.

— Leo, Leo, forza, Leo! L'Italia è fiera di te!

A emoção invade meu peito. Parece impensável que eles estejam torcendo por mim, dentre todas as pessoas... o mesmo Leo que esteve tão perto de se matar no mar.

Mas não o fiz, lembro-me. Ainda estou aqui e, de alguma forma, ganhei um lugar entre os Vinte e Quatro. E não deixarei esta segunda chance escapar. Serei digno dela; eu deixarei meu país orgulhoso.

— Tudo bem — digo ao primeiro-ministro. — Eu quero vê-los.

Um guarda de segurança postado na porta entra em ação quando saímos da sala de imprensa. Ele nos guia pelo corredor de mármore em direção à algazarra, voltando os olhos para mim a cada poucos segundos, como se eu fosse o VIP a ser protegido, em vez do nosso primeiro-ministro.

Voltamos ao Salão Neogótico e descobrimos que a multidão quase dobrou.

O lugar está entupido de gente, com apenas poucos centímetros de espaço para respirar entre as pessoas. Quando elas nos veem, seu brado de incentivo aumenta para um ritmo frenético.

— *Leo, Leo, forza, Leo!*

Elas me olham como se eu fosse uma pessoa completamente diferente... como se eu tivesse despido minha antiga pele e me revelado um super-herói. Quero rir, agitar as mãos diante de seus rostos e trazê-los de volta à Terra, lembrá-los de que eu sou apenas o Leo da *Pensione Danieli* em ruínas. Mas, então, eu percebo algo crucial: se eu chegar ao espaço, se eu tiver sucesso na missão... Um herói. É exatamente o que serei.

O pensamento envia uma explosão de adrenalina através do meu corpo, e eu me desloco com nova determinação. Sorrio para a multidão formada por meus vizinhos, e me deixo absorver em sua aprovação ruidosa, enquanto o guarda de segurança conduz o primeiro-ministro, o doutor Schroder e a mim para a frente do saguão repleto. A sargento Rossi ainda está lá, junto com a esposa do primeiro-ministro e Elena, as três tentando acalmar a multidão impaciente. Mas agora não há restrições. Uma voz puxa "L'Italiano", nosso hino não oficial, e logo todos estão se juntando à cantoria a plenos pulmões, batendo palmas e balançando no ritmo.

Não consigo parar de sorrir, mesmo quando um nó se forma na minha garganta. Essa é a primeira vez que alguns dos meus colegas sobreviventes emergem da sombra do nosso sofrimento, comemorando a vida do jeito que costumávamos fazer. Olhando para os rostos diante de mim, fica claro que eu não era o único que havia perdido a esperança, que estava procurando por algo a que se apegar. De alguma forma, hoje algo mudou para todos nós. *Eu.*

A sargento Rossi me passa o microfone.

— Obrigado. — Minha voz sai trêmula, e eu pigarreio. — Obrigado pelo seu amor, seu apoio. Eu não vou decepcioná-los. Vou representar nosso país, não apenas diante do mundo... mas diante do cosmos.

A sala é tomada por gritos e assobios. Suas vozes se sobrepõem, dando-me um momento para dizer algo ao único espaço vazio que consigo encontrar no saguão... o lugar onde meus pais e minha irmã deveriam estar.

— Isto é para vocês.

Minha transformação continua com uma oferta para passar meu último fim de semana na Itália, no Palazzo Senatorio, como convidado de honra dos Vincenti. Eu sei que o verdadeiro motivo do convite é para que os guardas do primeiro-ministro possam manter seus olhos vigilantes em mim até eu partir para o Centro de Treinamento Espacial Internacional, mas é uma dádiva, mesmo assim. Não consigo imaginar voltar à *pensione* agora — o seu vazio me sugaria, faria parecer que a notícia de hoje nunca aconteceu. E então me agarro à chance de ficar no Palazzo, dizendo ao primeiro-ministro que nem preciso passar em casa para arrumar as malas. O único bem que desejo levar está seguro no meu dedo: o anel com o brasão da família Danieli.

Em vez do colchão murcho e do edredom mofado lá de casa, agora estou deitado numa cama de casal luxuosa sob um edredom macio, e a barriga cheia pela primeira vez em meses. Estou quase pegando no sono quando ouço uma batida na porta.

Puxo as cobertas sobre a cabeça com um gemido. Quem sabe, se eu a ignorar, seja lá quem for que esteja batendo não se toque? Mas, então, ouço uma voz.

— Leo, sou eu, Elena. Você pode me deixar entrar?

Hum. Não era isso que eu esperava.

Eu me arrasto para fora da cama e visto a camiseta da AEE que o doutor Schroder deixou para mim.

Elena está aqui para me seduzir ou algo assim? Pensar nisso quase me faz rir, até que me lembro de que ela já está com 15 anos, apenas dois anos mais nova do que eu.

Ainda assim, não acredito que pudesse encarar isso. Nós nos conhecemos há muito tempo. Mas Elena parece ter algo diferente em mente quando abro a porta.

— Me desculpe, se eu te acordei — ela diz, fechando a porta atrás de si. — Eu só... Eu precisava falar com você antes de perder a coragem.

— Por quê? O que está acontecendo? — Eu me sento ao pé da cama, mas ela permanece de pé, seu rosto franzido de preocupação.

— É... é algo que eu ouvi vagamente meus pais conversando no quarto deles. Passei a última hora remoendo isso na minha cabeça, me perguntando se deveria ou não contar para você. Papai diz que vazar segredos de Estado é traição, e eu não quero ir contra ele, mas se algo acontecesse com você e eu não dissesse nada... — sua voz falha. Agora ela me deixou nervoso.

— O que é, Elena? Por favor, apenas me conte.

— Ele... disse para a minha mãe que há uma razão maior por que você foi selecionado. Ele disse que o diretor da AEE — o chefe do doutor Schroder — vem observando você há anos.

Levo um minuto para digerir suas palavras, e depois sorrio com alívio. Isso não parece tão ruim.

— Ok, então fui cuidadosamente examinado. Isso não é bom?

— Só que eles estavam rastreando você muito antes de a Missão Europa ter sido aprovada — Elena diz com uma careta. — Eu ouvi papai dizendo que tudo começou há três anos, depois de você ter recebido certa atenção com o seu primeiro grande campeonato de natação. O diretor da AEE entrou em contato com papai e pediu autorização do governo para investigar você. Ele disse ao meu pai que sua velocidade e capacidade de apneia, muito acima do normal, poderia fazer de você uma espécie... de *arma* para eles.

Olho para Elena.

— Você tem certeza de que ouviu isso mesmo?

— Sim, porque mamãe perguntou o que ele queria dizer com "uma espécie de arma"... Papai disse que só o que ele sabe é que tem a ver com Europa. Ele disse para a minha mãe que ela não podia comentar nada sobre isso, e então mudou de assunto. Foi quando eu saí de fininho.

Eu paro, absorvendo a informação.

— Então, o que você está dizendo é que a AEE me espionou e que seu pai os ajudou? Porque eles pensam que eu tenho algumas habilidades subaquáticas letais? — tento brincar, mas há algo preocupante sobre essas pessoas terem me observado, invadido minha privacidade, enquanto eu não sabia de nada.

Elena desvia o olhar, apreensiva.

— Sim. E é por isso que estou convencida de que há mais nessa missão do que nos disseram. Essas pessoas, obviamente, veem você como algo mais do que apenas um potencial astronauta, e com base no segredo... Tudo o que eles planejam para os Seis Finalistas parece ser muito mais perigoso do que estão revelando.

Paro para pensar por um momento. A revelação de Elena pode mudar minha maneira de encarar a AEE e o primeiro-ministro, mas isso não altera meus sentimentos sobre a missão. Mesmo que ela esteja certa e haja um perigo não revelado envolvendo Europa, alguma improvável razão para eu ser usado como arma — pelo que mais eu deveria viver? Eu posso ajudar a garantir a sobrevivência da humanidade, ou posso continuar a ser um desperdício de espaço na Terra. Não há cenário em que eu não escolha a primeira alternativa.

— Fico feliz que você tenha me contado, mas não voltaria atrás mesmo se pudesse — afirmo. — Se minhas habilidades são necessárias, e são elas que me permitem sair daqui e ir para o espaço... então, considero boas notícias.

— Mas você pode ficar atento enquanto estiver no Centro de Treinamento. Tome cuidado, mantenha seus olhos e ouvidos abertos para qualquer coisa estranha. Se você chegar lá e verificar que a missão é muito mais arriscada do que todos imaginamos, prometa que encontrará um jeito de me falar. — Elena baixa a voz. — Você é o irmão de Angelica. Não quero que nada de ruim aconteça com você.

O irmão de Angelica. As palavras provocam um aperto no peito. Fazia muito tempo que ninguém falava da minha irmã como se ela ainda existisse.

— Certo — digo com voz embargada. — Eu prometo.

QUATRO

NAOMI

EU NÃO TENHO PERMISSÃO PARA ME DESPEDIR DOS MEUS AMIGOS ou professores. Sequer posso esvaziar meu próprio armário. Assim que a coletiva de imprensa termina, o guarda designado pela NASA escolta a passos largos a mim e minha família para longe do auditório e para fora do terreno da escola, mencionando uma "preocupação com a multidão". Dou uma espiada no meu irmão enquanto o guarda, Thompson, nos conduz para o trem elevado. *O que faremos um sem o outro?* Mal consigo suportar a ideia.

    Quando éramos bem pequenos, eu costumava me referir a Sam o tempo todo como "meu", e acho que nunca, de fato, me desfiz desse sentimento. Talvez porque eu tenha usado algumas das minhas primeiras palavras para implorar aos nossos pais para ter um irmãozinho, ou porque eles me deixaram escolher o nome dele. Talvez tenham sido as noites que passei sentada à sua cabeceira, estudando prontuários que peguei escondido no consultório do nosso médico enquanto tentava decodificar o código de seu DNA — tentava compreender como dois filhos do mesmo material genético poderiam nascer com corações tão diferentes assim. Eu prometi a ele que não descansaria até que ele melhorasse, que nunca nos separaríamos. Mas agora estou quebrando a minha promessa. Eu o estou abandonando.

Fico gelada só de imaginar o que poderia acontecer enquanto estou distante. Sam está estável agora, mas é a imprevisibilidade de sua falha cardíaca que a torna tão aterrorizante. Você nunca sabe quando o corpo dele irá rejeitar a medicação atual, quando ele precisará ser levado às pressas para o hospital e ser submetido a um novo procedimento invasivo e de curto prazo para conter a insuficiência cardíaca...

— Ei. — Sam agarra meu braço enquanto nos aproximamos da plataforma do trem. — Não se esqueça do que você sempre diz: nenhum problema jamais foi resolvido com pânico.

Eu sorrio apesar de não querer. Meu irmão mais uma vez leu meus pensamentos.

— Você vai ter muito com o que pensar nos próximos dias — ele continua. — Você não pode ficar se preocupando comigo.

— Não consigo evitar. É o que eu faço quando o assunto é você. — Meu sorriso desaparece quando olho para Sam, seu suéter quase escorregando do seu corpo magro. Embora eu o esteja forçando a comer as minhas porções de refeição extras, ainda assim ele me parece mais magro do que ontem. — Nem a pau que eu vou...

Sam me impede de terminar a frase, me dando uma cotovelada nas costelas e indicando o guarda com o queixo. Thompson está à nossa direita, com a cabeça inclinada em nossa direção, mesmo enquanto responde a uma pergunta de papai.

Eu sei por que meu irmão está sendo tão cuidadoso. Todos nós fomos advertidos de que oferecer resistência ao recrutamento é o meio mais garantido de ir parar na prisão. Não posso permitir que alguém envolvido com a NASA pense em mim como outra coisa senão obediente — mesmo quando o que sinto é o oposto disso.

Retumbando sobre os trilhos, o trem vem em nossa direção, parecendo fantasmagórico de tão vazio, sem as hordas de estudantes na saída da escola. Sam e eu entramos na frente, nos dirigindo para o nosso lugar de costume no terceiro vagão, mas Thompson insiste que nos espremamos no vagão da frente com o condutor, por "questões de segurança". É uma viagem silenciosa e tensa para casa, nenhum de nós consegue dizer nada importante com um guarda ouvindo. Viro o rosto para a janela, sentindo uma pontinha de saudade dos dias em que tínhamos a privacidade do nosso próprio carro. A maioria dos países baniu todos os veículos a motor depois que a mudança climática foi declarada uma emergência internacional, mas aí era tarde demais. A emissão de gases já havia desempenhado o seu papel, com efeitos devastadores.

Enquanto o trem segue viagem, chacoalhando nos trilhos, vejo a paisagem passar, aproveitando cada imagem melancólica — no caso de hoje ser a última chance que tenho de ver a minha cidade. Então, percebo de novo que não é de fato a minha cidade, não mais. Esse lugar é só um triste impostor, apenas fingindo ser Los Angeles.

De Burbank a Los Feliz, o número de famílias nas ruas parece aumentar. Elas se aglomeram em estradas não pavimentadas escorregadias devido à lama, agacham-se sob torres de energia derrubadas, enquanto imploram aos transeuntes por alguma coisa, *qualquer coisa*. Quero fechar os olhos — mas todos os dias eu me forço a olhar, a vê-los.

O trem faz uma curva e agora estamos passando por Hollywood Hills, onde já não existe mais nenhum letreiro de Hollywood espalhafatoso servindo como chamariz. Em vez disso, há casas e edifícios cobertos com espessas camadas de cinzas e fendas profundas nas ruas marcando os pontos atingidos pelos terremotos.

— Você tem sorte de ir embora.

Giro de forma brusca ao som da voz de Sam. Ele está olhando pela janela ao meu lado, sua expressão é indecifrável. Ele força um sorriso quando nossos olhares se encontram, e eu meneio a cabeça, desejando poder assegurá-lo de que eu não vejo as coisas desse modo, que eu encontrarei um jeito de voltar para casa. Como eu poderia abandoná-lo, principalmente agora? Mas Thompson está ouvindo. Em vez disso, abraço meu irmão e inclino a cabeça sobre seu ombro. Nós não conversamos, mas ficamos próximos enquanto o trem segue a toda velocidade na direção de casa.

À noite, enquanto Thompson tenta conter a crescente multidão de espectadores do lado de fora do nosso duplex, nós quatro nos amontoamos no sofá da sala, planejando abafar o barulho com a TV. Papai zapeia com o controle remoto e meu estômago revira em reação ao rosto que surge na tela. Sou *eu*.

— Deus do céu! — Sam exclama.

— É a nossa menininha — mamãe murmura para o papai, com a voz trêmula.

É a matéria da coletiva de imprensa de hoje. Minha pele esquenta enquanto observo a mim mesma no palco, ao lado da doutora Anderson, parecendo lamentavelmente despreparada para a minha estreia no horário nobre trajando um jeans surrado e um moletom azul-turquesa com capuz, meus cabelos escuros puxados para trás em um rabo de cavalo bagunçado. Um *close* revela as gotas de suor na minha testa, a expressão de pânico nos meus olhos. Tenho vontade de rastejar sob as almofadas do sofá e me esconder, mas, por sorte, a imagem na tela muda rápido de mim para a bancada do *Newsline* com a âncora Robin Richmond encarando a câmera.

— E aí está, pessoal: um de nossos finalistas americanos, ela que foi duas vezes campeã da Feira Mundial de Ciências, Naomi

Ardalan. — A voz melódica de Robin dança pelas sílabas do meu sobrenome, e eu sacudo a cabeça, incrédula. — Embora ela vá representar os Estados Unidos, Naomi é na verdade uma americana neta de imigrantes. Seus avós emigraram do Irã para cá, e fontes me contaram que o interesse de Naomi por ciência e tecnologia foi estimulado pelas histórias das terras de seus ancestrais, dos antigos persas que inventaram a álgebra e a hidrodinâmica.

— Sem mencionar al-Sufi, que *só* descobriu a Galáxia de Andrômeda — falo para a TV. Embora tudo isso seja muito estranho, não posso negar a sensação de afeto no meu peito ao ouvir meus avós serem mencionados, e a sua influência em minha vida sendo reconhecida.

— Se eles pudessem ver você agora... — mamãe diz baixinho, e eu aperto sua mão.

O âncora grisalho Seymour Lewis assume o microfone, sua voz grave retumbando pela tela.

— Da neta de imigrantes, passamos ao finalista cuja família reside no bom e velho EUA desde a viagem do *Mayflower*: Beckett Wolfe, também conhecido como o sobrinho do presidente dos Estados Unidos.

A imagem muda para o gramado da Casa Branca, onde um rapaz louro alto e musculoso trajando um uniforme de escola particular caminha ao lado do presidente Wolfe. Papai e eu trocamos um olhar. De volta à tela, Robin Richmond arqueia uma sobrancelha para o colega.

— Parece um pouco de nepotismo, você não concorda?

— Ei, calma lá. — Seymour, o âncora conhecido por voar em defesa do presidente, endireita-se em seu assento. — Você sabe tão bem quanto eu que a NASA e os líderes da missão Europa tiveram a última palavra na escolha dos finalistas americanos. Não o presidente dos Estados Unidos.

— *Certo*. — Robin lança ao colega um aceno condescendente. — E é seguro dizer que o presidente deixou seu desejo bastante claro: ter seu próprio sangue na primeira instalação em Europa. Eu não ficaria surpresa se ele tivesse dado à NASA alguns incentivos concretos para que escolhessem Beckett.

— Ora, faça-me o favor! — Seymour protesta, mas Robin continua.

— Admito a você que Beckett Wolfe teve que atender aos critérios básicos, mas sejamos francos aqui: ele não é nenhuma Naomi Ardalan.

— Caramba, mana! — Sam grita, batendo nas minhas costas com orgulho. — Você acabou de deixar o primeiro-sobrinho no chinelo em rede nacional!

Não posso deixar de rir, e por um breve momento, o clima entre nós quatro se anima. Mas, então, Robin volta-se para a câmera, uma expressão solene no rosto.

— Quando retornarmos, dois ex-astronautas, que se opõem à missão, se juntarão a nós para discutir os riscos mortais que esses adolescentes enfrentarão quando forem lançados no espaço.

Com essas palavras, nossos sorrisos desaparecem. Sam e eu trocamos um olhar sombrio. Ele segue o *Conspirador do Espaço*, assim como eu... e nós dois podemos adivinhar o que os astronautas estão prestes a dizer.

— Eles sempre têm que entrevistar o pessoal do contra. Isso não os faz ter razão — diz papai, buscando dar um tom entusiasmado à sua voz, embora um tremor nela o denuncie.

— Vamos ver o que mais está passando na TV — digo a ele. A última coisa de que precisamos é ficar aqui sentados com medo, ouvindo sobre todos os perigos que estou prestes a enfrentar.

Ele muda o canal para o *Breaking News Tonight* bem a tempo de um bloco intitulado "Os Vinte e Quatro: por que eles foram escolhidos". O âncora do programa, Sanford Pearce, está instalado em sua elegante bancada de vidro com as mãos cruzadas, enquanto se dirige aos telespectadores.

— De um medalhista olímpico à gigante da tecnologia mais nova do mundo, hoje à noite nós apresentaremos os vinte e quatro adolescentes que estão se preparando para uma jornada intergaláctica para mudar as nossas vidas.

Começa a matéria, sincronizada com uma trilha sonora cinematográfica. Os estranhos da coletiva de imprensa de hoje retornam, mas em vez de uma coleção de rostos, agora eu vejo trechos de filmagens deles em ação. Um rapaz com pele escura e cabelos negros conduz um entrevistador por sua garagem transformada em escritório, mostrando todo orgulhoso o aplicativo que criou para prever terremotos. Uma garota de cabelos ruivos trajando um jaleco branco de laboratório está no centro de um ambiente formal, enquanto o homem que eu reconheço como sendo o rei William V da Inglaterra toca uma espada no ombro esquerdo dela e, em seguida, no direito, numa espécie de gesto cerimonial. Um garoto asiático pilota um avião sobre o oceano, desviando-se de outra aeronave que surge, e dita instruções para um copiloto que parece ser bem uma década mais velho do que ele. E então alguém familiar preenche a tela, um rapaz alto e bronzeado subindo em um trampolim. É o finalista italiano — aquele que tentou me consolar.

Bem quando estou olhando mais detidamente, a cena se dissipa, a edição termina com uma imagem da tela dividida entre mim e Beckett Wolfe. Minhas bochechas queimam de vergonha.

— Como a maioria de vocês, nós da equipe de notícias estamos particularmente curiosos a respeito dos finalistas americanos, Beckett Wolfe e Naomi Ardalan — diz Sanford Pearce para a câmera. — Desde que seus nomes foram revelados esta manhã, tivemos a oportunidade de fazer algumas pesquisas sobre esses dois adolescentes exemplares. Deem uma olhada.

As imagens na TV se deslocam no tempo, de volta à última Feira Mundial de Ciências Wagner. Sou pega de surpresa pela visão de mim mesma com 15 anos de idade. Eu pareço diferente... Pareço feliz.

Minha ídola, a doutora Greta Wagner, entra em cena e me entrega um troféu dourado. É o momento registrado para sempre na foto emoldurada da minha escrivaninha, me lembrando todos os dias de trabalhar cada vez mais, pensar grande, como Wagner.

— No ano passado, Naomi nos surpreendeu com sua solução para a edição de DNA, um método experimental de decodificar e corrigir os genomas de um paciente. Este ano, ela nos traz outro trabalho de verdadeira engenhosidade: o modelo de radiotelescópio Ardalan, com seu exclusivo *design* de antena e receptor que nos permitirá capturar um sinal mais claro de outros planetas em nosso sistema solar.

Enquanto a doutora Wagner apresenta meus projetos na tela, meus pais e Sam comemoram em tempo real, junto com as versões mais jovens deles próprios nas filmagens. Eu sorrio com eles, embora meu orgulho seja diminuído pelo fato de que o telescópio nunca ter sido construído. Assim como a minha solução para a edição de DNA, que eu inventei para o Sam. Quando a Terra entrou no estado de destruição climática, não havia mais subsídios ou fundos para *nada* que não estivesse relacionado à nossa sobrevivência imediata.

— Na verdade — prossegue a doutora Wagner nas filmagens —, esse é o tipo de invenção que teria feito o pessoal do SETI – Instituto de Busca por Inteligência Extraterrestre – se alvoroçar pelos direitos de uso.

A grande inventora e engenheira franze os lábios, seus olhos adquirindo uma expressão sombria, e eu sei o motivo de seu semblante amargo. O SETI teve suas verbas cortadas três meses antes da Feira de Ciências Wagner. A comunidade científica protestou contra a perda, mas não havia como contornar isso: a NASA e o governo consideraram a busca por vida extraterrestre algo "não essencial" nestes tempos de desespero. E é precisamente por isso que os Seis Finalistas estarão caminhando cegamente em direção ao que quer que esteja nos esperando em Europa — porque, diferente de todas as missões espaciais anteriores, não há o SETI para descartar a possibilidade de vida.

Ergo a cabeça.

Acabo de ter uma ideia.

Depois de dizer boa-noite aos meus pais, pego o meu *tablet* e atravesso o corredor que separa o meu minúsculo quarto e o de Sam. Eu o encontro olhando para a tela de seu *laptop*, sua testa franzida de preocupação.

— Qual é o problema? O que você está vendo?

Puxo uma cadeira e me sento ao lado dele na mesa e ele desliza seu computador na minha direção. Um artigo preenche a tela, sob uma manchete que diz: "Tripulação suplente da *Athena* alerta sobre os riscos de Europa". No centro da página está uma foto dos astronautas sobreviventes, abraçando-se enquanto choram no memorial da malfadada equipe da *Athena*, cinco anos atrás. Um arrepio percorre minha espinha, e eu fecho rápido a página.

— Eu sei. Eu tentei perguntar à representante da NASA sobre isso hoje, e ela me informou que a política da agência quanto a essa missão será completamente diferente... mas temos coisas ainda mais importantes para conversar. Você entrou no *Conspirador do Espaço* hoje?

Sam meneia a cabeça e eu entro no *site*, que tem uma nova página inicial desde o anúncio desta manhã. Embaixo do logotipo do *Conspirador do Espaço*, há um desenho artístico de seis fantoches sombrios, olhando para uma criatura sem rosto que emerge do oceano — enquanto as caricaturas de um homem e de uma mulher, cujo objetivo é representar os líderes da missão Europa, manipulam as cordas das marionetes. Enquanto Sam estremece, eu clico na aba Notícias do *site* e vou rolando a página, buscando por um artigo em especial.

— Essa matéria na TV me deu uma ideia... A parte em que a doutora Wagner mencionou o SETI — eu explico para ele. — Se eu pudesse provar isso, se eu pudesse mostrar ao mundo que as afirmações do *Conspirador do Espaço* não são apenas delírios de alguns cientistas renegados, mas a verdade... Bem, isso mudaria tudo. Isso me traria de volta para casa.

Meu cursor pousa no artigo que eu estava procurando: "Probabilidades científicas de vida nos oceanos de Europa". O *Conspirador do Espaço* estava certo quando previu o resultado da missão *Athena* anos atrás. Por que não estaria certo dessa vez também — especialmente quando a ciência corrobora a teoria? Quando meu irmão começa a ler, eu levanto da minha cadeira num ímpeto, agitada demais para ficar sentada.

— Vou para o Centro de Treinamento Espacial sob o pretexto de me preparar para a Missão Europa, mas, na realidade, eu estarei em outra missão, a minha. Posso usar as ferramentas do Centro Espacial Johnson que estiverem à disposição para concluir o trabalho que o SETI nunca terminou. Vou conduzir *minha própria* busca de inteligência extraterrestre, focada exclusivamente em Europa.

Sam virou-se em sua cadeira, me observando com as sobrancelhas levantadas.

— Se eu conseguir provar a teoria de que existe uma alta probabilidade de vida inteligente nos aguardando, isso mudará completamente a opinião pública a respeito da missão. — Respiro fundo.

— Não tem como os líderes mundiais nos enviarem se acreditarem no que eu acredito. *Ainda mais* se o sobrinho do presidente estiver envolvido.

Um sorriso se abre devagar no rosto do meu irmão.

— Então, você vai sabotar a missão estando lá dentro?

— Eu prefiro a expressão "esclarecer o público". Mas, sim. — Eu sorrio. — Algumas pessoas podem chamar isso de sabotagem.

Sam se aproxima de mim para tocar meu punho fechado com o dele.

— Eu gosto do plano. Detona eles, mana.

CINCO

LEO

— *LEO, LEO, FORZA LEO!*

Afasto as cortinas da janela do quarto de hóspedes com um sorriso. Mal passa das oito da manhã do Dia da Partida e meus vizinhos já estão aqui, esperando nas docas para me ver. A visão me enche de afeto e não consigo resistir a abrir a janela.

— *Vi amo tutti!* — grito-lhes, acenando para os rostos lá embaixo. E é verdade... neste instante, amo cada um dos que estão ali parados no frio, festejando meu nome. Minha aparição na janela faz o volume da saudação aumentar, e eu rio para mim mesmo, enquanto imagino o que minha irmã diria. *Eles sabem que você é só o Leo, certo?*

Naquele momento, alguém bate à minha porta.

— Leo, é o doutor Schroder. Já se levantou?

— Entre — respondo, e ele o faz, carregando um pequeno baú.

— Trouxe algumas coisas que você precisa para a viagem. Os líderes da Missão Europa solicitaram que todos os finalistas chegassem ao Centro de Treinamento Espacial Internacional já de uniforme.

Ele me entrega o baú, e quando levanto a tampa, minha pulsação acelera.

A primeira coisa que vejo é uma jaqueta de aviador azul-escura forrada com lã, mais quente e mais macia do que qualquer uma das roupas surradas que venho usando desde a inundação. A jaqueta é adornada com emblemas de estilo militar: um com o logotipo CTEI, outro com o logotipo da AEE e um terceiro emblema com meu próprio nome. Na parte de trás do casaco há a inscrição "Missão: Europa" em negrito. Por um momento não tenho palavras. *Isso de fato está acontecendo.*

Sob a jaqueta há um par de calças cáqui, um tênis *high-tech* e uma camisa polo azul do CTEI com um toque reluzente. Dou uma olhada mais atenta: trata-se de um broche dourado com a bandeira italiana. Suspiro fundo. Não vou deixar meu país para trás, afinal. Usarei minhas cores orgulhosamente no peito.

Ergo a vista e encontro os olhos do doutor Schroder.

— Está perfeito. Obrigado.

Ele sorri.

— Fico feliz que tenha gostado. Vejo você no andar de baixo em vinte minutos?

Confirmo com a cabeça, e a adrenalina corre pelo meu corpo enquanto a contagem regressiva começa. Para mim, vestir o uniforme do CTEI e deixar o continente europeu pela primeira vez na vida parece quase como assumir uma nova identidade. É a segunda chance que jamais imaginei ter, mesmo que uma parte de mim ainda se apegue a quem eu era... quando tinha meus pais e Angelica.

Enfio a camisa polo pela cabeça, visto a calça e calço os tênis, que são tão confortáveis como parecem. Jogo nos ombros a jaqueta *"Missão: Europa"*, e agora pareço vestido à altura da tarefa. Estou pronto.

Os guardas me escoltam, junto com os Vincenti e o doutor Schroder até a doca do Palazzo, onde a multidão de espectadores irrompe num coro de hurras à nossa chegada. Eu me viro sorrindo para Elena, mas ela me lança de volta um sorriso forçado. Dá para ver que ela ainda está preocupada com a descoberta da noite anterior, e eu gostaria de tranquilizá-la de que isso não me incomoda. O que importa não é como eu fui selecionado, e sim o fato de que eu fui selecionado.

— Lá está. — O primeiro-ministro aponta para a frente, onde o mastro do barco desponta na monótona superfície da água. Meu coração se anima com o retorno da embarcação que salvou e mudou a minha vida.

— Você está pronto, Leo? — pergunta o doutor Schroder.

Dou um último olhar ao meu redor, na nova Roma submersa. Mesmo nesse estado de destruição, ainda há algo de belo em minha terra natal. Eu sei que nunca esquecerei o que estou vendo agora, o sol da manhã brilhando contra as ondas.

— *Arrivederci, Roma* — murmuro. E então olho para o doutor Schroder. — Vamos.

Eu já me despedi dos Vincenti lá dentro, mas antes de embarcar, Elena agarra meu pulso. Ela enlaça os braços em torno de mim num último abraço antes de sussurrar no meu ouvido:

— Não se esqueça de tudo o que eu disse. Mantenha seus olhos e ouvidos abertos e fique em alerta.

— Pode deixar. Não se preocupe, Elena.

Mas quando me acomodo no banco do barco, observando meus vizinhos na doca diminuírem aos poucos na distância, só consigo pensar é na aventura que tenho pela frente.

As advertências de Elena já foram esquecidas.

O elegante jatinho branco Gulfstream baixa no céu em nossa direção, com seu motor emitindo um rugido de arrebentar o tímpano. O doutor Schroder me puxa para trás e nós dois agachamos enquanto o jatinho desliza para a pista de aterrissagem do Aeródromo da Toscana em um pouso perfeito.

— Eu já disse ao senhor que nunca estive em um avião antes? — grito acima do barulho.

As sobrancelhas do doutor Schroder arqueiam de admiração.

— É verdade — digo com uma risada. — Nós nunca tivemos dinheiro para viagens transcontinentais, então, todas as nossas viagens familiares foram de trem, pela Europa.

Ele coloca uma mão no meu ombro.

— E agora você pode ser um dos poucos a viajar mais longe do que qualquer outra pessoa nesta Terra.

O pensamento me enche de entusiasmo. Quanto mais me afasto de Roma, mais eu desejo isso — e é mais difícil imaginar um retorno.

O jatinho estaciona diante de nós. Sua porta automática se abre e uma escada se desdobra dela. Nosso piloto, um capitão do exército italiano, desce para cumprimentar o doutor Schroder e a mim, nos levando para a cabine de passageiros compacta, onde ocupamos nossos assentos.

— É muito mais personalizado do que parece na TV — comento com o doutor Schroder.

— Sim, bem, esses grandes aviões comerciais são uma coisa do passado — ele diz de maneira soturna. — Agora que mais da metade dos destinos turísticos do mundo está debaixo d'água, não há necessidade deles. Essa geração de crianças provavelmente nunca viajará de avião, a menos que trabalhem para o governo ou militares.

— Por falar nisso, agora eu sou considerado parte do exército italiano? — pergunto. — Uma vez que fui tecnicamente recrutado?

— Você está representando a Itália, mas como parte de um novo exército mundial — explica Schroder. — Todos nós estamos lutando juntos agora... lutando para salvar a raça humana.

Eu concordo com a cabeça, tentando parecer calmo, mesmo quando suas palavras multiplicam exponencialmente minha expectativa.

— Estamos prontos para a decolagem. — A voz do capitão ecoa no alto-falante. — Certifiquem-se de que seus cintos de segurança estão afivelados.

— Positivo — responde o doutor Schroder.

Agarro o braço da poltrona enquanto o jatinho avança pela pista. E, então, como num passeio emocionante nos antigos parques de diversões, nós disparamos para o céu numa velocidade vertiginosa. A cabine sacode quando o avião passa rente às nuvens, meu estômago embrulhando a cada sacolejo da aeronave.

— Os voos costumam ser assim tão turbulentos?

O doutor Schroder vira-se em seu assento para me encarar, parecendo quase tão enjoado quanto eu.

— Eles não costumavam ser. É outro dos efeitos colaterais da mudança climática: o aquecimento da temperatura fortaleceu as correntes de jato e tornou os céus hostis. Mas, acredite ou não, estamos mais seguros aqui do que lá embaixo.

— Eu acredito nisso.

Viro para a janela, mantendo os olhos firmes no vidro para me distrair dos solavancos e dos mergulhos do avião, e logo perco a noção de quanto tempo se passou. É só quando a ansiedade comprime o meu peito que percebo que estou esperando por algo que não chega nunca: um intervalo no azul. O oceano interminável domina minha visão, sobrepujando os pontos de vegetação e minúsculas nesgas de terra.

— Você pode perceber claramente, daqui de cima, a razão de essa missão ser tão crucial — o doutor Schroder diz, seguindo meu olhar. — Não faz muito tempo, quando você era criança, a paisagem lá embaixo era muito diferente. Os cientistas e climatologistas tentaram alertar a população sobre os riscos das emissões de carbono e da poluição, mas... — Ele balança a cabeça. — Bem, agora é tarde demais. E não temos muito tempo para escapar da elevação do nível dos mares.

— Não — eu concordo, olhando para a agourenta extensão de azul. — Não temos muito tempo mesmo.

NAOMI

Parece que todos em Los Angeles estão na pista do aeroporto de Burbank, assistindo o meu coração se partir. Eu me agarro à minha família, tentando bloquear o barulho e a pressão enquanto a multidão grita o meu nome, gravando com seus celulares e agitando cartazes saudando os Vinte e Quatro: *"Nossa última chance de sobrevivência!"*. Restam apenas alguns minutos antes que a oficial da NASA e o major do exército me afastem da minha família. Papai reúne nós três num apertado abraço coletivo, e eu enterro minha cabeça em seu ombro, escondendo o rosto.

— Naomi, *azizam*, sentiremos sua falta mais do que podemos suportar — ele diz no meu ouvido, sua voz sufocada pelas lágrimas. — Mas... nós sabemos que você não nasceu para este planeta. Você estava destinada a algo maior.

— Ele está certo — mamãe segura meu queixo entre as mãos. — Por mais que eu queira você ao meu lado, você tem muito a oferecer para ficar presa num mundo que não lhe dá condições. Vá lá e... e mude o universo.

— Eu... eu farei isso, se puder, mas... — Minhas palavras vacilam quando vejo meu irmão caçula enxugar os olhos em sua manga. Talvez em outra vida, eu teria me empolgado com essa oportunidade, mas não agora, não com meu coração me puxando para casa.

Como se estivesse lendo meus pensamentos, mamãe acrescenta:

— Não se esqueça: se você ficar entre os Seis Finalistas e a missão for bem-sucedida, então nós três teremos lugares garantidos na primeira nave para a povoação em Europa. — Ela me lança um sorriso trêmulo. — Então, veja você, todos nós poderemos ficar juntos outra vez... mas em um lugar melhor.

Entrecruzo o olhar com Sam, e sei que ambos estamos pensando o mesmo. Mamãe é uma eterna otimista, mas se a missão terá sucesso é uma gigantesca incógnita e, mesmo assim, o coração do meu irmão nunca conseguiria suportar um lançamento de foguete ao espaço. E não há a menor possibilidade de meus pais o deixarem para trás. Então, não: não haverá uma reunião de conto de fadas para nós quatro em Europa. Não há a mínima chance. Ainda assim, eu me obrigo a concordar com suas palavras, para deixá-la agarrar-se à esperança. Mas, então, Sam está na minha frente e não consigo me despedir dele, *não consigo*; eu engasgo com as palavras.

— Eu amo você, mana. Tudo... tudo vai ficar bem. — Ele baixa a voz. — Você irá para Houston e vai mostrar a todos o que possivelmente... O que realmente está *lá fora*. E então você vai voltar para casa. — Ele olha para mim esperançoso. — Está bem?

— Está bem — eu sussurro em resposta.

Enfio a mão no bolso da minha jaqueta *"Missão: Europa"* e entrego para ele um pedaço de papel dobrado:

— Para você ler quando precisar de mim.

Sam sorri em meio às lágrimas.

— Nosso jogo de telepatia continua forte.

Meus olhos se enchem de lágrimas quando ele enfia a mão no bolso do casaco e também me entrega um envelope. Mas, em vez de apenas uma carta, sinto algo pequeno e volumoso ali dentro.

— Guarde em segurança — Sam me olha com advertência e eu assinto com a cabeça, escondendo o envelope no bolso da frente da minha mochila.

— Naomi? Vamos.

Giro bruscamente ao som da voz da doutora Anderson. É muito cedo; eu não estou pronta, mas agora os oficiais do exército se aproximam, as portas do jato se abrem, o motor do avião está acelerando. Meu tempo está acabando. Abraço meus pais mais uma vez.

— Cuidem do meu irmão. Se cuidem. Eu amo muito todos vocês.

Dou um último abraço em Sam antes que as mãos da doutora Anderson e do major Lewis pousem sobre meus ombros, me afastando da minha família e me conduzindo para uma nova vida.

Olho através da janela do jato, observando uma ilha de concreto se materializar lá embaixo. Deve ser a Cidade Espacial, Houston. A região que nos deu as missões *Apollo* e a Estação Espacial Internacional, que despertaram um milhão de sonhos de infância, incluindo os meus.

Quando eu tinha 6 anos e a minha mãe me mostrou o vídeo histórico da entrada de Anousheh Ansari no foguete Soyuz, tornando-se a primeira mulher irano-americana no espaço, lembro-me de, na hora, me imaginar em seu lugar: "É isso que eu quero fazer!", disse para a minha mãe, cheia de confiança. "Eu e Sam podemos ser a primeira dupla irmão-irmã em órbita!" Mesmo naquele tempo, eu nunca quis deixá-lo. Então, quando descobri a verdade sobre a condição de Sam, e que isso o impediria de se aventurar além de nossa Terra, abandonei o sonho de ser astronauta como se fosse uma vontade ruim.

E agora o desejo da infância está se tornando realidade... Embora eu não queira mais isso.

— Vamos aterrissar a qualquer minuto — diz a doutora Anderson do seu assento ao meu lado. — Você quer se arrumar um pouco para as câmeras?

Eu dou de ombros.

— Na verdade, não.

A essa altura, parecer atraente para estranhos é o último item na minha lista de prioridades.

A doutora Anderson me lança um esboço de sorriso.

— É melhor apertar seu cinto de segurança para descermos. A mudança de topografia e clima no Texas tornaram o pouso mais turbulento aqui.

— Como vocês *conseguiram* manter Houston acima do nível do mar, quando o Golfo do México engoliu outras partes do Texas? — eu pergunto enquanto aperto mais meu cinto de segurança. — Foi tudo graças ao Projeto Houston de Barreira contra Inundação? E por que outras cidades não fizeram o mesmo?

Minha mente viaja à minha terra, me lembro do Píer de Santa Monica submerso, e das antigas comunidades costeiras de Venice Beach e Marina Del Rey, agora nada mais do que um infinito cemitério azul. Eu me pergunto se eles poderiam ter sido salvos, também.

— Custou uma quantia fabulosa de dinheiro construir os portões da Barreira contra Inundação — reconhece a doutora Anderson. — A única razão pela qual fomos capazes de fazê-lo é porque, na Conferência do Clima da ONU, quando os primeiros sinais indiscutíveis da mudança começaram, Houston foi escolhida como a cidade a ser protegida e preservada a todo custo. Com as mentes mais brilhantes, de Stephen Hawking a Elon Musk, insistindo que o único caminho a seguir seria os humanos colonizarem novos planetas, ficou claro para a ONU que todos os recursos precisavam ir para o melhor programa de treinamento e lançamento espacial no mundo. Que é aqui.

— É por isso que os orçamentos foram cortados em toda parte — concluo em voz alta. — Todo o dinheiro está direcionado a nos tirar da Terra, em vez de proteger as pessoas nela.

A doutora Anderson me olha de esguelha.

— A NASA não vê isso dessa forma. O fato é que temos recursos limitados e estamos diante de um planeta moribundo. Podemos distribuir os recursos e causar pouco impacto — ou podemos concentrar todos os esforços na Missão Europa e obter sucesso substancial.

É óbvio que a doutora Anderson estava dourando a pílula. Embora eu possa até compreender sua lógica, sinto uma onda de fúria ao pensar em todas as pessoas que me disseram não nos últimos dois anos. Nenhum dinheiro para a cirurgia do genoma para corrigir o coração de Sam, nenhuma verba para meu radiotelescópio, não para *tantas coisas* que poderiam ter melhorado o mundo para os vivos.

É melhor esperar e rezar que Europa seja mesmo o milagre em que eles estão apostando.

— Aqui vamos nós — a doutora Anderson diz por sobre o meu ombro quando o jato estremece na descida, nos dando uma visão clara da paisagem urbana de Houston, com arranha-céus ainda em pé conectados por uma rede de passarelas. E, então, meu novo lar temporário aparece não muito longe: o extenso *campus* do Johnson Space Center.

— Outra coisa que fizemos para preservar o Centro Espacial foi elevar os edifícios e mover todas as instalações para os andares mais altos — comenta a doutora Anderson, indicando o complexo com a cabeça pela janela. — Dessa forma, mesmo quando as tempestades chegam, nossos funcionários e equipamentos permanecem seguros.

O avião arremete outra vez, e me agarro aos braços da poltrona, enquanto o ar turbulento nos manda aos trancos e barrancos para uma grande pista que se estende abaixo de nós: Ellington Field. Mas nunca vi uma pista como esta, repleta de pessoas. Enquanto metade da pista é como um estacionamento de aviões, com uma fileira de pequenos jatos estacionados lado a lado, a outra metade poderia muito bem ser um palco com um grande *show*. Uma dúzia de figuras se reúne diante dos aviões, trajando uniformes iguais ao meu, cercadas por um grupo de fotógrafos, espectadores comemorando e uma verdadeira banda marcial. Enquanto o nosso jatinho pousa no solo, ouço vagamente a melodia de "You're a Grand Old Flag", de George M. Cohan.

— Isso é para você — diz a doutora Anderson com um sorriso.

A velocidade de meus batimentos cardíacos aumenta, meu medo do palco retorna com intensidade redobrada. A doutora Anderson solta o cinto de segurança e apanha minha bagagem de mão, mas eu permaneço sentada. Não me sinto nem perto de estar pronta.

— Vamos — diz ela, tocando o meu ombro. — Você consegue fazer isso. Estarei logo atrás, embora provavelmente você não volte a me ver depois de hoje.

Posso ouvir o rufar de tambores vindo da banda, o meu nome gritado pela multidão e eu engulo em seco com força. *Ela está certa. Eu consigo fazer isso.* Além disso... Eu não tenho escolha.

Eu me levanto, ergo o queixo, e caminho trêmula até a frente do avião.

A porta se abre, a escada se desdobra. E quando apareço no topo dos degraus, a banda dispara o hino nacional americano, "The Star-Spangled Banner".

Os flashes das câmeras espocam em selvagem sucessão, e meus companheiros finalistas reunidos no centro da pista erguem os olhos para mim. Em frente a eles estão os líderes da missão, o mesmo par que o *Conspirador do Espaço* aponta como os manipuladores das cordas dos fantoches: o doutor Takumi, da NASA, e a general Sokolov, da Roscosmos, a Agência Espacial Russa.

Para além das barricadas da base aérea, centenas de espectadores se aglomeram, alguns até saltam sobre o topo da cerca enquanto agitam bandeiras dos diferentes países representados, suas expressões exaltadas enquanto gritam em coro: "Deus abençoe os Vinte e Quatro, porque eles são a nossa única esperança!".

Meu estômago embrulha. Se esse bando de estranhos fixando suas esperanças em nós é uma amostragem representativa do mundo, então isso significa que milhões dependem do sucesso dos Vinte e Quatro. Mas eles não *se dão conta* de todos os riscos envolvidos na missão? Não sabem que somos apenas cobaias glorificadas, obrigadas a proceder sob a Lei de Murphy, que praticamente garante que algo sairá horrivelmente errado no espaço ou em Europa?

Não, é claro que não. Sem pesquisar, não há como conhecer os riscos. Talvez eles nem desejem conhecer.

A doutora Anderson me dá um ligeiro empurrão, e desço os degraus da aeronave, apertando os olhos sob o brilho do sol. Quando chegamos ao pé da escada, ela segura meu braço, dirigindo-me para os líderes da missão. O doutor Takumi, Embaixador do Sistema Solar e presidente do Centro de Treinamento Espacial Internacional, avança primeiro. Algo no aspecto dele me faz dar um passo involuntário para trás.

Talvez seja sua estatura, que exige que eu estique o meu pescoço para olhar em seus olhos. Ou talvez sejam os próprios olhos dele, que têm um brilho ameaçador, mesmo que seus lábios formem um fino sorriso. Sua cabeça é raspada, destacando suas feições angulosas e as linhas que sulcam seu rosto. Enquanto ele olha para mim e estende a mão, penso no mestre de marionetes na página inicial do *Conspirador do Espaço*, e um arrepio me atravessa.

— Seja bem-vinda, Naomi, ao Centro de Treinamento Espacial Internacional — ele diz com voz grave e autoritária. — Sou o doutor Ren Takumi, e esta é a general Irina Sokolov, comandante geral da missão Europa.

— Prazer em conhecê-los — respondo, com a garganta seca.

Enquanto o doutor Takumi usa uma variação negra do nosso uniforme, sua segunda em comando está vestida de vermelho, a cor do programa espacial russo. O cabelo castanho-avermelhado da general Sokolov tem um corte repicado e curto, e seus olhos castanhos são atentos enquanto ela me estuda.

— Parabéns por fazer parte dos Vinte e Quatro, Naomi — ela me cumprimenta. — Espero que esteja preparada para um trabalho árduo.

— Eu... sim. Obrigada. — O som de outro jatinho no céu me faz olhar para cima e o doutor Takumi me aponta a fila de recém-chegados.

— Junte-se aos seus colegas finalistas, e assim que todos estiverem aqui, iremos para o Centro Espacial.

Posso sentir meu coração batendo forte no peito enquanto me aproximo dos outros.

Como será que são? Vou me dar bem com eles? Será que isso pode ser ao menos tolerável? Reconheço alguns dos rostos dos noticiários, em especial o do meu colega americano, Beckett Wolfe, que está no final da fila. Preencho o espaço vazio ao lado dele, enquanto um jatinho quase idêntico ao que me trouxe aterrissa.

— Oi, sou Naomi — eu meio que grito acima do barulho do avião. — Você é Beckett, certo?

Beckett se vira e me olha de forma esnobe. Ele aponta para o nome bordado no bolso da jaqueta do uniforme.

— É óbvio.

Ai, que antipático. Espero que os outros finalistas não sejam nem um pouco como o primeiro-sobrinho do presidente dos Estados Unidos, que revira os olhos enquanto se afasta de mim. Posso ver isso estampado claramente em seu rosto: seu desdém pela desconhecida tão sem graça, com quem é forçado a compartilhar os holofotes da mídia americana. *Desculpe aí, cara. Não pedi para estar aqui.*

Quando o jatinho seguinte pousa, a banda passa a tocar uma nova e pulsante música, trocando seus tambores retumbantes por pares de tablas. A música é elétrica, a melodia bonita. E enquanto um rapaz indiano com um sorriso de um quilômetro de largura desce do avião, fico surpresa por me ver arrebatada pelo espetáculo, juntando-me aos aplausos da multidão. Há algo poderoso na transição perfeita da música de um país para outro, na visão de tantas bandeiras diferentes tremulando ao vento, e meu peito infla com emoção inesperada.

O finalista indiano, Dev Khanna, se junta a mim na fila, e de cara dá para ver que ele é muito mais simpático do que Beckett. Ele corresponde ao meu sorriso e nós compartilhamos um rápido aperto de mão antes que a banda passe para a próxima música. Outro avião aterrissa, suas asas pintadas com as cores da bandeira italiana. *Itália...* Isso significa que é o garoto da videoconferência. Aquele que tentou me consolar.

Eu endireito um pouco mais a postura enquanto Leonardo Danieli emerge do jatinho. Seu rosto se ilumina ao ver todos nós, ao ouvir a música de seu país, e ele meio que dança pelos degraus do avião. Não posso deixar de sorrir enquanto o observo.

Nossos olhares se encontram por uma fração de segundo: posso dizer que ele também me reconheceu. E, naquele momento, seu sorriso pareceu se ampliar.

LEO

Parece que estou vivendo a vida de outra pessoa ao apreciar a recepção na pista. É emocionante e fascinante demais para estar acontecendo de verdade *comigo*. A adrenalina corre em minhas veias enquanto me posiciono ao lado dos demais integrantes dos Vinte e Quatro, ouvindo o doutor Takumi discursar para as câmeras que transmitem a nossa cerimônia ao vivo para o mundo.

— Hoje será dado o passo mais importante da humanidade: o passo que irá garantir nosso futuro. Sua voz ecoa no aeródromo. — Em nome das seis agências espaciais e da nossa equipe no CTEI, estamos muito satisfeitos em receber os adolescentes mais extraordinários de todo o mundo em nosso *campus* no Johnson Space Center. Nós passamos um pente fino em todo o globo para achar esses indivíduos únicos que estão diante de vocês, todos os quais possuem a força, o conhecimento e a juventude necessários para atingir nosso objetivo mais elevado.

E eu sou um deles. Ainda me parece impensável eu ter chegado até aqui, especialmente em comparação com os gênios ao meu redor.

— Desde o início, os pré-requisitos rigorosos da Missão Europa mantiveram o número de potenciais recrutados relativamente baixo. Nossos finalistas deveriam ter entre 16 e 19 anos, excelente saúde e visão praticamente perfeita. Seus corpos precisavam atender aos requisitos antropométricos para trajes espaciais de longa duração, enquanto suas mentes tinham que obter escores de QI superiores aos de 85% da população em geral. Eles também eram obrigados a falar inglês fluente, o idioma oficial do Centro de Treinamento Espacial, além de sua língua nativa. No entanto, mesmo com todas essas exigências preenchidas, ainda fomos capazes de selecionar finalistas que tinham a contribuir com algo mais, algo *único*.

Deve ser minha imaginação, mas eu poderia jurar que o doutor Takumi está olhando diretamente para mim enquanto pronuncia essas últimas palavras.

— Nas próximas semanas, vamos treinar, desafiar e testar os Vinte e Quatro, tanto física como mentalmente, para prepará-los para uma vida no espaço. Esse período de treinamento nos ajudará a avaliar com cuidado cada finalista e garantir que façamos a escolha *certa* de seis — ele continua. — Um dia, a partir de agora, essa missão será ensinada nas escolas; este será conhecido como o momento decisivo para a preservação da raça humana. Mas esses futuros alunos não estarão aprendendo sobre isso aqui na Terra. — O doutor Takumi faz uma pausa, com um esboço de sorriso no rosto. — Eles irão aprender sobre a missão em suas novas escolas, seus novos lares, em *Europa*!

A multidão ruge, os espectadores gritando de alegria e sacudindo a cerca que protege o aeródromo, enquanto o doutor Takumi alimenta nossas esperanças mais profundas.

— Tudo começa agora!

Ele solta um assovio penetrante e, de repente, dois carros abertos vêm em nossa direção, conduzidos por homens trajando uniformes de camuflagem do Exército dos EUA. O doutor Takumi e a general Sokolov pulam para dentro de veículos separados, enquanto Takumi grita sua primeira ordem oficial:

— Finalistas, venham a bordo!

Vou direto para o carrinho do doutor Takumi, e ultrapasso os outros concorrentes para pegar um assento na frente. Talvez seja tolice minha levar o passeio tão a sério, mas estou determinado a aproveitar toda e qualquer oportunidade de ficar cara a cara com a figura-chave que decide meu destino.

O carro parte, deixando Ellington Field para trás, e segue para uma rua principal. É a primeira vez que vejo calçadas e semáforos de novo, e eu olho em volta em choque, sentindo que viajei de volta ao passado, quando o mundo era normal. Claro que não há nada de normal em estar numa carreata, com uma banda no carro atrás de nós tocando uma mistura de hinos nacionais dos países representados. Quando do hino nacional chinês passam para o meu, é como ter notícias de um velho amigo. Eu sorrio para o céu.

Nossa caravana vira na NASA Parkway, e eu inspiro fundo. Se eu pensava ter visto multidões em Roma, ou mesmo há apenas alguns minutos na pista, não foram nada em comparação às hordas que lotavam aqueles quarteirões no calor sufocante.

As pessoas brandem bandeiras e cartazes; pulam para cima e para baixo de forma histérica durante nosso desfile, alguns em lágrimas, outros gritando "boa sorte" em vários idiomas. Posso sentir o que cada estranho na calçada está pensando: *por favor, faça isso funcionar. Permita que eles nos salvem.*

O carro passa através de um portão aberto, e o nosso grupo comemora quando avista o letreiro do Johnson Space Center à nossa frente. O *campus* é vasto como uma cidade e protegido como uma fortaleza, com barricadas em todos os lados para conter as marés altas. Nós passamos por dezenas de edifícios numerados e *bunkers* antes que o carro pare no maior, o Edifício 9. Bandeiras gêmeas tremulam em seu topo, uma com as estrelas e listras americanas para a NASA, a outra com o logotipo internacional do CTEI.

O doutor Takumi salta do carro primeiro, e nós o seguimos até o primeiro degrau, enquanto fotógrafos e repórteres clamam pela última grande foto.

— Deem adeus — o doutor Takumi instrui, enquanto os Vinte e Quatro se reúnem diante dele e da general Sokolov. — Esta é a última vez que qualquer pessoa fora do centro de treinamento verá vocês até a primeira rodada de eliminações.

Primeira rodada? Minhas mãos começam a suar.

Observo meus colegas finalistas, avaliando suas reações. Alguns deles sorriem radiantes para as câmeras e acenam, enquanto outros não conseguem esconder o nervosismo. Mas ao examinar o grupo, percebo que estou procurando alguém em particular, a americana da videoconferência. A garota cuja tristeza me comoveu naquele dia.

Quando finalmente a localizo, percebo que ela está articulando algo com os lábios para as câmeras, com urgência em seus olhos escuros. *O que ela está tentando dizer?* Dou um passo para me aproximar dela, justo quando as portas do Edifício 9 se escancaram e o doutor Takumi nos chama para dentro.

É isso. Meu pulso se acelera quando seguimos o doutor Takumi, deixando o velho mundo para trás.

SEIS

NAOMI

EU ME VIRO PARA UMA ÚLTIMA OLHADA ANTES QUE AS PORTAS SE fechem atrás de nós, me afastando de qualquer aparência de vida normal. Posso sentir a impessoalidade deste lugar me afastando ainda mais de Sam e meus pais, e, por um momento, meus pés se recusam a se mover. E, então, uma garota com cabelo escuro na altura do queixo e um *piercing* no nariz me cutuca as costelas com o cotovelo. — Ande logo — murmura, e eu me obrigo a me mexer, seguindo o grupo de finalistas por um longo corredor.

    O doutor Takumi e a general Sokolov nos param em frente ao *hall* do elevador, onde fotos emolduradas e autografadas de astronautas do passado adornam as paredes. Eu me aproximo, meus batimentos cardíacos acelerando quando me deparo com a imagem de Sally Ride de cabeça para baixo em gravidade zero, de Scott Kelly e Mikhail Kornienko entrando na Soyuz. É surreal pensar que estamos cercados pelas mesmas paredes onde, muitos anos atrás, surgiram essas lendas. Eu me pergunto o que pensariam da Missão Europa, se também se preocupariam com os riscos.

    — Armstrong não deveria ter que compartilhar uma parede com aquele cara — Beckett Wolfe comenta alto, com ninguém em particular, fazendo uma careta para o retrato de Yuri Gagarin pendurado ao lado do de Neil Armstrong. — Naquele tempo, não havia ninguém no mesmo nível que ele.

Eu me irrito, morrendo de vontade de corrigi-lo, mas sem disposição para atrair a atenção para mim. Felizmente, existem outros finalistas aqui ansiosos para dar uma lição nele.

— Você sabe que Yuri Gagarin foi o primeiro ser humano no espaço, certo? — intervém um rapaz que reconheço da reportagem de TV sobre os Vinte e Quatro. *Jian, da China*, lembro. *O piloto.*

— Claro, mas o objetivo da corrida espacial era chegar à *Lua* — diz Beckett, arrastando a palavra para provar seu ponto de vista. — Não apenas relaxar em órbita. É por isso que vencemos.

— Yuri Gagarin foi um herói. — A general Sokolov entra na conversa, estreitando os olhos para Beckett. — Eu dificilmente me referiria à sua conquista histórica como "relaxar".

Isso cala Beckett no ato. Eu e Jian nos entreolhamos e trocamos um sorriso. Tenho a sensação de que este será o lugar *perfeito* para o primeiro-sobrinho se livrar do seu complexo de superioridade.

A general conduz a metade de nós a um dos elevadores de exageradas dimensões e ao terceiro andar, onde nos reunimos novamente com o doutor Takumi e o restante dos finalistas em um corredor completamente branco, com placas apontando para o Auditório do Centro Espacial. Reconheço a sala de carpete cinzento assim que a adentramos, com a sua variedade de bandeiras emoldurando um palco curvo. É o mesmo cenário de todas as conferências de imprensa históricas da NASA que eu já vi na televisão, só que as cadeiras da plateia estão vazias, esperando que as preenchamos. Um grupo de adultos em uniformes do CTEI trabalha no palco, o silêncio recaindo sobre eles quando entramos com o doutor Takumi.

— Tomem seus assentos nas duas primeiras fileiras — ele nos instrui, antes de subir os degraus para o palco.

Em me sento entre um rapaz com cabelos castanhos ondulados e um sorriso assimétrico, que se apresenta como Callum Turner, da Austrália, e a garota com o *piercing* no nariz e sotaque cantado, Ana Martinez, da Espanha.

— Prazer em conhecê-los — sussurro aos dois, antes de o doutor Takumi subir ao palco, capturando a atenção de todos com seu olhar incisivo.

— Finalistas, bem-vindos à sua nova casa e ao Centro de Treinamento. Comigo no palco está o corpo docente do CTEI, composto pelas melhores mentes da indústria aeroespacial e da ciência, que irá prepará-los para a missão à frente — ele anuncia. — Começaremos dividindo vocês em quatro equipes de seis. Cada equipe será supervisionada por um dos nossos instrutores: astronautas experientes e aposentados, conhecidos como Líderes de Equipe, que servirão de acompanhantes e guias por todo esse processo. Enquanto isso, seus companheiros de equipe serão os finalistas com os quais vocês treinarão e passarão a maior parte do tempo aqui: e vocês serão avaliados sobre quão bem trabalham em conjunto e se relacionam. Dedicamos atenção e reflexão cuidadosas para montarmos cada equipe, a fim de incentivar o espírito de competição e cooperação.

É como o primeiro dia de escola, mas com consequências fatais. Eu me remexo desconfortável no meu assento, me perguntando com quais desses estranhos vou ficar presa.

À medida que o doutor Takumi se lança à apresentação do corpo docente, meu desconforto dá lugar ao interesse. Esses não são professores comuns: são uma mistura de cientistas, engenheiros e ex-astronautas de todo o mundo, combinados com sargentos e tenentes do Exército dos Estados Unidos. Olhando para o corpo docente à nossa frente, fica claro que estamos num programa de treinamento militar voltado para viagens espaciais.

— Claro que reservei o melhor para o final — ele prossegue, olhando para a sua equipe enfileirada com o sorriso de quem guarda um segredo. — Não faz muito tempo, o mundo assistiu quando enviamos dois robôs humanoides em uma sondagem de Europa, para coletar dados e confirmar a habitabilidade da lua de Júpiter. O sucesso dessa primeira missão é a razão pela qual todos vocês estão sentados nessa plateia aqui hoje. — O doutor Takumi faz uma pausa para efeito dramático. — Uma vez que os robôs já provaram ser indispensáveis e têm conhecimento prévio sobre Europa... eles irão acompanhar os Seis Finalistas na missão.

Fico de queixo caído.

— Fala sério! — sussurro para Ana ao meu lado, enquanto o auditório se enche de murmúrios de excitação. Todos sabemos de quais robôs ele está falando: nós acompanhamos seu progresso religiosamente, da mesma forma que nossos pais antes de nós se empolgaram com a sonda *Curiosity* explorando Marte... e pensar em viajar pelo espaço *com eles* é como uma fantasia além de qualquer uma que eu poderia ter tido na infância.

— Além disso, sinto-me orgulhoso de apresentar-lhes a Inteligência Artificial mais avançada atualmente: Cyb e Dot!

A cortina se abre para revelar duas máquinas majestosas. Têm o tamanho e a forma de seres humanos, com dedos habilidosos e apoiando-se em pernas articuladas, mas seus corpos são revestidos com maquinário metálico, como armaduras em movimento. O corpo de Dot é cor de bronze e o de Cyb é platinado, denotando a diferença de *status*, enquanto seus rostos são máscaras de metal, com um par de lentes de câmera azuis e redondas no lugar dos olhos. As placas deslizantes em cada um dos seus torsos revelam um *tablet* digital: a varinha que ativa a mágica do SOIA, Sistema Operacional de Inteligência Artificial. Estou praticamente salivando só de vê-los. E quando os robôs vão para a frente do palco, não posso deixar de me levantar, liderando o auditório em uma ovação espontânea em pé.

Conheço todo o trabalho que criou esses robôs excepcionais, os complexos algoritmos e codificadores que deram a Dot e Cyb seus cérebros, centenas de sensores e dezenas de processadores PowerPC que compõem suas entranhas, e sinto uma pontada de anseio. De aprender com esses robôs e um dia desenvolver eu mesma inteligência artificial... *Aí está* um sonho que mexe comigo.

Só que não quero ter que deixar o planeta para conseguir isso.

Os robôs se viram para dar ao doutor Takumi e à general Sokolov uma saudação formal, e a general atravessa o palco para se juntar a eles.

— Cyb foi programado para pilotar automaticamente a nave espacial para Europa e, portanto, servirá como comandante no meu lugar — revela ela. — Dot irá fornecer suporte. Por sua importância nesta missão e sua capacidade de formar opiniões imparciais em função da lógica, os robôs se juntarão ao doutor Takumi e a mim mesma para decidir as primeiras eliminações. O que nos leva à nossa próxima notícia. — Ela olha para o doutor Takumi, e ele assente com a cabeça para que ela continue.

— Neste momento, *Athena*, a nave de abastecimento abandonada, ainda está orbitando Marte, e carrega o equivalente a duas décadas de alimentos conservados e outros recursos. Ao incluir uma passagem por Marte a caminho de Europa, seremos capazes não apenas de recuperar alguns dos bilhões investidos na missão *Athena*, mas, mais importante, suprir todas as suas necessidades na lua de Júpiter. Há apenas um problema. — Ela solta um longo suspiro. — Com base nas imagens e dados dessa semana da SatCon, temos motivos para suspeitar de um vazamento de combustível.

Minhas sobrancelhas arqueiam. *Isso significaria...*

— Sem uma equipe humana para corrigir o vazamento, a nave de abastecimento acabará ficando sem combustível, e as forças de maré irão puxá-la para fora da órbita. — A voz da general faz ecoar meus pensamentos sombrios. — Por sorte, esse processo leva tempo... mas não o suficiente para que possamos nos dar ao luxo de quatro meses de treinamento.

— É por isso que estamos adiantando o lançamento para Europa para daqui a um mês — o doutor Takumi anuncia, ao som de nossas exclamações de perplexidade. — Assim sendo, seu treinamento será intensivo em um curso mais rigoroso de quatro semanas. Pode soar assustador, mas com Cyb e Dot juntando-se a vocês na missão, esse treinamento deve ser suficiente. Vocês não estarão completamente sozinhos lá em cima.

Sinto minha garganta se fechando em pânico, enquanto o choque dessas palavras reverbera pelo auditório. *Um mês?* Como alguém pode estar pronto assim tão rápido? Para deixar a Terra tão *cedo...*

— Por esse motivo — ele acrescenta —, metade de vocês será eliminada da seleção dentro de duas semanas.

A julgar pelas expressões horrorizadas que vejo ao meu redor, a maioria dos meus colegas finalistas tem desejo zero de ir para casa tão cedo, mas o pensamento enche meu peito de esperança. Enquanto os outros estão ocupados tentando impressionar os robôs, posso me dedicar a ficar *abaixo* de suas expectativas, me apresentando como uma candidata perfeitamente mediana e digna de eliminação. E, então, eu estaria a salvo de Europa. Em apenas duas semanas, poderia estar a caminho de casa.

Só que... há a questão, não tão pequena, da promessa que fiz a meu irmão e a mim mesma. Tenho uma teoria para provar antes, e ter sucesso significa que posso garantir que *todos* nós consigamos retornar com segurança às nossas famílias. Tirar tudo a limpo antes da primeira eliminação será muito mais difícil, mas preciso pelo menos tentar.

— Agora, deixe-me colocar o dedo na ferida. — A voz do doutor Takumi assume um tom de advertência, tirando-me dos meus pensamentos e trazendo-me de volta ao presente. — Estamos bem conscientes de que alguns de vocês podem estar tentados a sabotar ou subjugar seus colegas de equipe, a fim de promover sua permanência na seleção. O CTEI tem uma política de tolerância zero em relação a isso, e qualquer um que tentar enfrentará punição severa.

Eu reprimo uma risada. Eles certamente não precisam se preocupar comigo quanto a isso.

— Outros entre vocês podem ter o objetivo oposto. Alguns de vocês podem tentar esconder suas habilidades, sabotar *suas próprias chances.* — Os olhos do doutor Takumi se movem através do auditório, estudando cada um de nós e meu rosto fica quente.

— Vocês devem saber que podemos identificar qualquer uma dessas tentativas — ele continua. — Os Vinte e Quatro serão acompanhados de perto, tanto durante o treinamento quanto em avaliações psicológicas regulares. Se os considerarmos culpados de autossabotagem ou de tentar atrapalhar um dos colegas de equipe, vocês serão punidos de acordo. Pequenas infrações exigirão que você e sua família paguem uma multa salgada, enquanto crimes maiores acarretam a mesma sentença de quem resistir ao recrutamento: detenção por um longo período.

Paira um silêncio mortal no auditório agora. O medo me embrulha o estômago, pois percebo os riscos que correrei com o meu plano. *Mas não é impossível,* uma voz na minha cabeça sussurra. Eu ainda posso investigar e expor a missão estando aqui dentro, só preciso superar um grupo de adultos brilhantes e duas IAs para concluir meu plano. *Maravilha.*

— E agora, sem mais delongas, vamos formar as equipes! — o doutor Takumi abre um largo sorriso, mudando o assunto sobre crimes e punições de maneira discrepante. — Primeiro, a Equipe Lark.

Uma mulher jovem está parada na frente do palco, alta e esbelta, com pele escura e cabelos pretos trançados. Ela deve estar na casa dos 20 anos, inusitadamente jovem para uma astronauta aposentada, e eu me pergunto qual é a história dela.

— Quando eu chamar o seu nome, venha para o palco e forme uma fila atrás da Lark — instrui o doutor Takumi. — O primeiro na equipe é... Asher Levin, de Israel.

Um garoto da fileira na minha frente salta da poltrona. Eu o observo enquanto ele se dirige até o palco, passando a mão pelos cabelos arruivados, com uma expressão por trás de seus óculos que é um misto de orgulho e nervosismo.

— De Singapura, Suki Chuan.

Há uma leve agitação algumas poltronas depois da minha, quando Suki desliza para fora de nossa fileira. Ela sobe os degraus com a cabeça erguida, um olhar de inquebrantável determinação, a imagem do equilíbrio. Tenho a sensação de que, em comparação, parecerei uma corça assustada pelos faróis de um carro quando meu nome for chamado.

— Em seguida, dos Estados Unidos, Beckett Wolfe.

Beckett avança para o palco com passadas largas e um sorriso malicioso, mal fazendo contato visual com Asher e Suki quando apertam as mãos. Eu não invejo esses dois por caírem em sua equipe.

— E, também dos Estados Unidos, Naomi Ardalan.

O quê? Ergo rapidamente a cabeça, surpresa. Por que eles colocariam os dois finalistas americanos na mesma equipe? Posso dizer que a minha contraparte está pensando o mesmo, pois seu sorriso se transforma em algo amargo. O primeiro-sobrinho claramente não aprecia ter outra compatriota para diminuir sua força ou autoridade.

— Vá em frente — Callum sussurra ao meu lado, e eu saio do meu assento, forçando uma respiração profunda enquanto todos os olhos no auditório se concentram momentaneamente em mim. Eu subo ao palco, mesmo que esteja louca para correr na direção oposta, e tomo meu lugar ao lado de Beckett.

— Oi — Asher se inclina e me oferece um aperto de mão, enquanto Suki sorri hesitante. Sorrio de volta para eles, aliviada por ter dois rostos mais amigáveis na minha equipe.

— Apenas mais dois para a Equipe Lark — continua o doutor Takumi, e me preparo, perguntando-me sobre quem vai se juntar a nós.

— Da Itália, Leonardo Danieli.

Ele. Meu ânimo se eleva quando o garoto da videoconferência sorri e se dirige até nós. Algo me diz que esse time será um pouco mais suportável com a participação dele.

— *Ciao* — ele diz, uma covinha encantadora aparecendo em sua bochecha enquanto aperta minha mão. — Pode me chamar de Leo.

— Oi, Leo.

Fico olhando em seus olhos por um segundo a mais do que deveria, quase perdendo o anúncio do último membro da nossa equipe: Katerina Fedorin, da Rússia, ex-atleta olímpica, uma patinadora artística no gelo. Quando ela se junta a nós, o doutor Takumi assente com satisfação à visão de nossa equipe completa.

— Vocês seis estão dispensados. Lark, mostre aos seus finalistas seus quartos e áreas comuns.

— Ok, equipe. — Lark se vira para nos encarar. — Vamos pôr a mão na massa.

A grande excursão tem início no quinto andar, ao qual Lark se refere como "o alojamento" — o lugar onde vamos dormir, comer e passar todo o nosso tempo livre entre o treinamento. As portas do elevador se abrem para um corredor de tapete azul, e seguimos Lark enquanto ela nos guia para a primeira parada, o refeitório.

— Nós nos encontraremos aqui todas as manhãs, às sete, para o café — ela diz, enquanto cruzamos as portas de vidro automáticas. — O almoço é uma refeição mais leve e rápida fornecida a vocês entre suas sessões de treinamento, e então voltaremos para cá para o jantar à noite, às seis e meia. Vocês descobrirão que há uma coisa em particular com a qual vocês não precisam se preocupar no Centro de Treinamento Espacial. — Ela dá uma piscadela. — Racionamento.

— O que você quer dizer? — digo num rompante. Não me atrevo a alimentar minhas esperanças, mas se ela está dizendo o que eu acho que ela está dizendo...

— O governo concordou em suspender o racionamento para os Vinte e Quatro — ela responde. — Já que, afinal de contas, qualquer indivíduo que faça uma viagem ao espaço precisa estar nas melhores condições possíveis. Portanto, vocês podem ficar com saudades de casa, mas jamais passarão fome.

Troco olhares com meus companheiros finalistas, quase todos parecendo tão alegres quanto eu me sinto com a perspectiva de comer até que nossas barrigas estejam cheias. Sei que não posso me acostumar com isso, que voltarei a viver de sopa enlatada e pão quando minhas preces forem atendidas e eu retornar para casa, mas posso encher a pança enquanto estiver por aqui. A ideia quase me deixa zonza de expectativa.

— Faremos nossas refeições em equipe, aqui mesmo — prossegue Lark, batendo os nós dos dedos em uma das longas mesas dobráveis que ocupam o centro do refeitório. Ela aponta para o balcão de bufê, vazio naquele momento, que ladeia os fundos do salão. — O menu de cada dia alterna entre as diferentes culinárias dos países representados. Hoje à noite, vocês poderão optar tanto por comida americana como por chinesa.

Optar? Isso é quase tão inacreditável quanto racionamento zero. Eu flagro Leo olhando para o refeitório com os olhos arregalados, e meu estômago resmunga em solidariedade.

Em seguida, Lark nos conduz à biblioteca, e sinto que meu corpo começa a relaxar à reconfortante visão das prateleiras apinhadas, com o nostálgico aroma de livros com capa de couro. As bibliotecas sempre foram meu canto predileto, e já que disponho de uma, posso escapar para cá... bem, talvez possa sobreviver ao que quer que seja imposto a mim.

— Qual é a do Wi-Fi? — Beckett pergunta, olhando para a fileira de computadores de mesa.

— O acesso à internet só está disponível para os finalistas aqui na biblioteca — responde Lark. — Temos uma lista de *sites* pré-aprovados que vocês podem acessar, e chamadas em vídeo também estarão disponíveis a vocês uma vez por semana, para que contatem suas famílias...

— Espera aí! — interrompo. Lark me dispara um olhar de desaprovação, deixando claro que não é fã de ser cortada enquanto está falando, mas não consigo evitar. — O que são *sites* pré-aprovados? Isso inclui e-mail?

— Levando em consideração que vocês estão treinando e competindo por uma vaga na missão mais importante da História, o doutor Takumi e a general Sokolov não podem permitir distrações desnecessárias — esclarece ela. — Então, isso significa que e-mail, mensagens de texto e todas as mídias sociais estão proibidos no CTEI. No entanto, aqueles dentre vocês que forem os Seis Finalistas terão acesso integral à internet o tempo todo a bordo da nave espacial.

Encaro Lark com incredulidade. Eu estava *contando* com isso, mandar e-mail para a minha família todos os dias, receber mensagens a hora que fosse de Sam e de meus pais para me aguentar sempre que a saudade começasse a ficar insuportável. Esse era para ser o meu único consolo enquanto estivéssemos separados. Eu deveria ter adivinhado que não seria assim tão simples. Podemos muito bem nos considerar prisioneiros aqui.

— E eu achando que deixar o meu celular para trás tinha sido difícil — comenta Asher, dando de ombros, pesaroso. Mas não sou capaz de me conformar assim tão fácil como ele.

— Então, basicamente, estamos proibidos de ter contato com o mundo até o momento em que literalmente teremos que *deixar* o mundo? — Lanço a Lark um olhar desesperado, desejando que ela reconheça como isso é injusto. Talvez ela possa defender nossos interesses...

— Não se preocupe — diz Beckett, sua voz escorrendo arrogância. — Depois que você for cortada, poderá voltar a postar *selfies*.

Eu o fuzilo com o olhar e estou prestes a lhe dar uma resposta contundente quando Lark ergue as mãos.

— *Já chega.* Confiem em mim quando digo que vocês ficarão tão ocupados aqui que nem terão tempo ou energia para ficar *on-line*. E agora, se puderem me acompanhar, há mais para ver nesta sala.

Lark nos guia para além das estantes de livros até uma área espaçosa da biblioteca, com poltronas de couro, uma tela de projeção e um armário repleto de DVDs.

— É aqui que a maioria dos astronautas em treinamento gosta de relaxar na hora do intervalo entre o jantar e o toque de recolher — explica ela. — E se vocês já não estiverem fartos de ouvir falar em espaço ao fim do dia, temos todos os filmes com esse tema que possam desejar, inclusive antigos clássicos, como *Interestelar* e *Estrelas Além do Tempo*.

— E quanto a *Apollo 13*? — pergunta Katerina com um sorriso malicioso.

Lark faz uma pausa.

— Sim. Por incrível que pareça, temos esse aí também. — Ela pigarreia. — Ok, mais uma última parada antes de eu lhes mostrar os seus dormitórios.

Sigo Lark e meus companheiros de equipe para fora da biblioteca, ainda fula da vida com as severas restrições de internet. Por que eu fui a única a se opor? Talvez meus colegas finalistas estejam com medo de fazer alguma coisa que possa prejudicá-los, mas como podem não *se importar* que fiquemos efetivamente desligados do mundo exterior? Além disso, "*sites* pré-aprovados" soa apenas como um eufemismo para censura. Sou capaz de apostar a minha vida que entre esses *sites* não está o *Conspirador do Espaço*, nem qualquer outro *site* que não promova os propósitos da Missão Europa. Essa não é a NASA que eu conheço, que eu cresci admirando.

Mas, também, ninguém aqui está fingindo que é. O CTEI tomou o controle... e isso significa um novo conjunto de regras.

Assim que nós sete entramos no elevador, Lark pressiona o botão para o último andar.

— A maior parte do seu tempo será gasta em ambientes fechados, então, o doutor Takumi generosamente disponibilizou a Torre do Telescópio para os finalistas durante o seu tempo livre. Pode ser pequeno, mas é o meu lugar favorito no *campus*.

As portas do elevador se abrem para o calor lá fora. Nós seguimos Lark por um caminho de concreto até uma escada em espiral, que nos conduz ao terraço circular acima de nós. Uma placa alta de acrílico serve de gradil, tornando impossível que alguém caia... ou pule. E no centro da torre está a justificativa para seu nome, um longo e inclinado telescópio de montagem equatorial, apontado para o céu.

— Legal — murmura Leo, aproximando-se para olhar mais de perto.

No passado, eu teria sido a primeira a correr e olhar pela lente. Desde que meus avós me compraram o meu primeiro telescópio infantil, mostrando-me como eu podia ver as mesmas estrelas do meu quintal de Los Angeles que eles viam no Irã, eu fiquei fascinada por telescópios. Mas agora, sabendo que corro o risco de ser enviada em breve para o espaço... pela primeira vez na minha vida, a visão de um telescópio mais parece um sinistro lembrete.

— Daqui, vocês podem enxergar alguns dos planetas e estrelas mais distantes no nosso sistema solar — diz Lark. — Incluindo Europa.

Um tremor me atravessa. Há algo um pouco assustador em ver o lugar onde seis de nós serão forçados a viver e morrer — pairando lá em cima como apenas uma manchinha no céu.

Lark olha para o seu relógio de pulso e então se vira para a escada.

— Muito bem, vamos ver seus dormitórios.

Retornamos para o alojamento e, dessa vez, Lark vira na direção oposta ao refeitório e à biblioteca. Esse novo corredor é mais agradável, com carpete felpudo e janelas arredondadas, emblemas de missões coloridos e fotografias decoram as paredes, e há até ocasionais aparadores com livros em exposição. É como ir de um espaço industrial para um residencial.

— O dormitório das garotas fica à esquerda, o dos rapazes, à direita — instrui Lark, quando chegamos a uma bifurcação no corredor. — São dois em cada quarto, e vocês encontrarão as designações de dormitório afixadas nas portas.

Sinto um calafrio na barriga em reação às suas palavras. Não que eu achasse que cada um fosse receber seu próprio quarto... mas com certeza alimentava alguma esperança.

Lark nos conduz pelo corredor do dormitório das garotas, passando pelas portas com placas com o nome de finalistas de outras equipes, até chegar a uma que nos pertence. *Naomi Ardalan & Suki Chuan*. Lanço a Suki um sorrisinho, me perguntando se ela se sente como eu sobre dividir o quarto com uma estranha.

— Vocês têm duas horas para desfazer as malas e se instalarem antes de nos encontrarmos no refeitório para o jantar. — Lark enfia a mão no bolso da jaqueta e entrega a cada uma de nós um cartão magnético. — Isso serve como chave tanto para o quarto de vocês quanto para as áreas comuns permitidas. Certifiquem-se de guardá-lo bem e lembrem... Esse cartão não abrirá outras portas além das de seu próprio quarto, e dos espaços que acabei de lhes mostrar. Todas as outras salas, corredores e edifícios aqui do CTEI estão proibidos, a menos que vocês estejam comigo ou com outro membro da equipe. Isso significa: *nada* de se aventurarem no Andar da Missão, nos laboratórios, ou em qualquer outro lugar por conta própria. Isso só resultará na ira do doutor Takumi que, confiem em mim, vocês não vão querer ver. — Ela olha sério para cada um de nós. — Vocês entenderam?

Assinto obediente junto com os outros, mas percebo as batidas do meu coração acelerando. Por que tanto segredo? Por que estamos confinados em apenas quatro espaços neste *campus* enorme?

O que eles estão escondendo?

A porta se fecha atrás de nós, mergulhando Suki e eu no silêncio. Por alguns instantes, ficamos apenas ali, paradas, ambas paralisadas pelo constrangimento da situação. Mas então dou uma leve tossida, e obrigo a mim mesma a me recompor. Talvez eu não seja uma pessoa muito sociável, mas preciso fazer amizade aqui. Talvez ter uma colega de quarto acabe sendo uma boa.

— Então... e aí, o que você acha? Sobre isso tudo? — eu pergunto, percebendo, enquanto as palavras saem da minha boca, como sou péssima em puxar conversa.

— Eu acho que... — Ela respira fundo, tensa, e, por um segundo, me pergunto se ela vai me contar algo real — mas então sua expressão se fecha. — Eu acho que devemos tentar descansar um pouco enquanto podemos. Seremos submetidas a um cronograma exaustivo.

Ela avança e acende as luzes. Nossa bagagem já está aqui esperando por nós e Suki arrasta sua mala para a cama mais distante da porta, acabando por reivindicar o lado mais silencioso do dormitório sem me perguntar. Mas eu tenho coisas mais relevantes com que me preocupar do que uma colega de quarto potencialmente sem consideração.

Eu me jogo na cama ao meu lado e espio nosso entorno. O quarto é mais ou menos o que eu esperava — pequeno e nada acolhedor, com duas camas de solteiro, um par de mesas brancas e cadeiras giratórias combinando, e um armário e uma cômoda para compartilhar. As paredes estão nuas, exceto por um grande e elegante espelho próximo à porta. A princípio, fico surpresa que o CTEI tenha se incomodado com espelhos tão caprichados em cada quarto, até que uma tela de LED acende dentro dele. Uma mensagem na tela mostra nossos nomes e o cronograma de hoje, com um relógio em contagem regressiva lembrando que temos duas horas até o jantar.

— Eu preferia uma janela a isso — digo a Suki, indicando com a cabeça a Tela/Espelho do Estresse.

— Hum — é tudo o que ela diz em resposta, antes de abrir sua bolsa de lona e dobrar suas roupas em nossa cômoda. Não tenho pressa de desfazer as malas, mas Suki está deixando claro que não estamos prestes a quebrar o gelo e criar laços de amizade. Eu também poderia arrumar o meu lado do quarto com algumas lembranças de casa.

Pulo da cama e apanho minha mala, abrindo os zíperes dos compartimentos que contêm minhas fotos e pôsteres. Retiro minha foto emoldurada com a doutora Greta Wagner da Feira de Ciências de dois anos antes e a posiciono em um lugar de honra na minha mesa, depois uso algumas das tachinhas que há ali para pregar o meu pôster favorito, de Albert Einstein mostrando a língua. E então desenterro a foto mais preciosa de todas — do Ano-Novo Persa, de quando eu tinha 14 anos. Meu pai está saltando sobre uma fulgurante fogueira, seguindo a tradição de Ano-Novo, com um sorriso infantil no rosto, enquanto eu, Sam e a mamãe observamos abraçados, praticamente chorando de tanto rir. É uma imagem que sempre me fez sorrir — até hoje.

Nada pode fazer com que esse lugar se pareça com meu lar, não quando minha família está a mais de mil quilômetros de distância. E se eu achava que tinha um plano sólido na manga para voltar para eles, a lengalenga de regras e restrições do doutor Takumi está me forçando a reconsiderar tudo.

— Eu... eu acho que vou tirar uma soneca — minto para Suki. Claro que não há a menor possibilidade de adormecer, mas eu preciso de uma desculpa para me virar na direção oposta a ela, para esconder o meu rosto e deixar as inevitáveis lágrimas se derramarem.

SETE

LEO

— ISSO NÃO É O MÁXIMO?

Dou a volta no dormitório que compartilho com Asher, inspecionando todos os luxos que antes eu não valorizava. Uma cama confortável, nosso próprio aquecedor e ar-condicionado, móveis que parecem robustos o bastante para aguentar as tempestades... quem precisa de mais alguma coisa além disso? Mas alguém tivera um bocado de trabalho para compensar minha lastimável falta de roupas — guardando nas gavetas da cômoda camisetas e meias, cuecas boxer e bermudas, calças cáqui e suéteres, tudo no meu tamanho.

Até esse momento, eu quase havia me esquecido como era a sensação de ser cuidado. A ideia de não precisar mais ter que lutar por cada sobra de comida e cada retalho de pano faz eu me sentir uns cinco quilos mais leve. Eu me jogo na cama, a gratidão me inundando.

— É muito legal — concorda Asher, revirando o interior de sua bagagem. Ele começa a colocar livros e fotos em sua mesa, e eu me pergunto se ele perceberá que não tenho um único pertence sequer para tirar da mala. Mas, se o fizer, ele é educado o bastante para não comentar.

— Você ficou tão chocado quanto eu por ter sido recrutado? — pergunto.

Asher dá um modesto encolher de ombros.

— Quero dizer, eu com certeza esperava ser selecionado, e como me tornei piloto de caça no Tzahal, que são as Forças de Defesa de Israel, achei que tinha de tentar. Esse era meu plano antes mesmo da Missão Europa: me tornar astronauta, começando como piloto. — Seus olhos se turvam. — Mas agora que sabemos que eles utilizarão um *robô* nessa função, não estou muito certo do que estou fazendo aqui.

— Eles não podem deixar tudo nas mãos de uma inteligência artificial — ressalto. — E se acontecesse uma falha no sistema ou surgisse uma questão técnica? Aposto que o doutor Takumi e a general ainda assim precisam de pelo menos um humano a bordo com experiência em pilotagem.

Asher assente, parecendo ligeiramente mais esperançoso.

— Obrigado. Eu só... preciso disso. — Ele olha para o chão. — Você sabe como é... não ter uma casa para a qual retornar.

— Eu sei. — Não me aprofundo no assunto explicando quanto perdi, tenho certeza de que minha falta de pertences fala por si só. Mas sinto uma onda de compaixão quando me lembro que a elevação do mar Mediterrâneo resultou em milhões de lares debaixo d'água, deixando os israelenses sem outra escolha senão fugir.

— Espero que você seja um dos Seis Finalistas — digo a ele de repente. — Espero que nós dois sejamos.

Asher sorri.

— Eu também.

Asher e eu cruzamos as portas do refeitório e nos deparamos com um burburinho de conversas e uma mistura de cheiros tentadores.

Três robôs utilitários sem rosto estão posicionados atrás do balcão do bufê, seus corpos sintéticos revestidos de plástico movimentando-se em sincronia enquanto preparam o jantar. Maravilhado, cutuco Asher com o cotovelo, e ele solta um assobio baixinho.

— É, isso é bem diferente de casa, com certeza.

Nós nos juntamos a Lark, Beckett e Katerina em nossa mesa, segundos antes de Naomi e Suki tomarem seus lugares. Os olhos de Naomi estão vermelhos, sua expressão desconfiada, e eu sinto um inesperado desejo de lhe estender a mão por sobre a mesa e fazê-la sorrir. Mas sua cabeça está virada para a parte da frente do salão, onde o doutor Takumi, a general Sokolov e o restante da equipe estão supervisionando o ambiente acomodados sobre uma plataforma. O doutor Takumi levanta-se e o refeitório mergulha em silêncio.

— Boa noite, finalistas — ele nos cumprimenta. — Imagino que neste exato momento suas famílias estão todas na frente da TV, assistindo à cobertura da imprensa do dia de hoje e sentindo-se muito orgulhosas de vocês.

Quem me dera.

— No entanto, nosso trabalho tem início amanhã — ele prossegue. — Durante o treinamento, espera-se de vocês que levem seus corpos e mentes além dos próprios limites, além da fadiga. Isso é o que distingue os astronautas dos amadores.

Eu me sento mais ereto, esperando que o doutor Takumi possa ver a determinação no meu rosto. Eu *não* serei um dos amadores. Não importa o que for preciso, eu não vou pisar na bola.

— Ao longo desse processo, vocês alternarão entre aprender as habilidades necessárias para a árdua jornada no espaço longínquo e aquelas necessárias para sobreviver e construir um lar permanente em Europa. Ter foco é fundamental. — Ele faz uma pausa. — As habilidades que vocês aprenderem aqui embaixo podem ser justamente o que salvará suas vidas lá em cima.

O silêncio no recinto parece conferir um peso às suas palavras. Ele mantém nosso olhar concentrado em sua figura por mais um instante, e depois acena em sinal de aprovação.

— E agora, o jantar será servido. Quando eu chamar o nome da sua equipe, pegue uma bandeja e formem uma fila no balcão.

Assim que chega a nossa vez, eu praticamente disparo da minha cadeira. Um dos robôs utilitários gira quando me aproximo do balcão.

— Você gostaria da refeição americana, da refeição chinesa ou de ambas? — pergunta a máquina com uma voz mecânica desprovida de gênero, nem feminina nem masculina.

— Hum, ambas, por favor?

Observo com admiração enquanto o robô deposita no meu prato frango frito com couve-galega e pão de milho, antes de me passar um segundo prato com mabo tofu e uma tigela de sopa de guioza de camarão. Eu mal consigo me lembrar da última vez que comi assim. Por um momento, os únicos sons à minha volta são do barulho de talheres raspando nos pratos enquanto nós seis atacamos a comida, até Katerina inclinar-se para a frente.

— Algum de vocês viu o novo documentário da BBC sobre Europa?

— Sim, meu tio mostrou isso na Casa Branca — diz Beckett de boca cheia. Eu flagro Naomi revirando de leve os olhos em reação a isso, e contenho o riso.

— Não foi demais? — Katerina elogia com entusiasmo. — A parte mais legal foi quando eles mostraram como Júpiter parece vinte e quatro vezes maior no céu de Europa do que o nosso próprio Sol para nós na Terra. Dá pra *imaginar* a vista que teríamos todos os dias? Acho que é isso que estou mais empolgada para fazer: me sentar na superfície de gelo e olhar para Júpiter ali na minha frente, bem grandão.

— Isso com certeza vai deixar no chinelo todas as belezas da Terra — concorda Lark, uma expressão enigmática atravessando seu rosto.

— Não paro de pensar no pouso — observo, me recostando na minha cadeira enquanto fico imaginando. — Aquele momento em que somos os primeiríssimos a colocar o pé em uma parte inteiramente nova do universo... é como se fôssemos Marco Polo, só que numa escala infinitamente maior.

— Sim, e o lançamento do foguete — Asher se junta à conversa, seu semblante se alegrando. — Eu assisti a tantos deles na internet e sempre quis estar eu mesmo lá, preso com o cinto de segurança no interior da cápsula, pronto para a decolagem. Mas eu nunca imaginei chegar a um lugar tão distante do sistema. Essa é a parte mais surreal nisso tudo. — Ele olha para Suki, que está sentada na sua frente. — E quanto a você?

Há uma breve pausa antes de Suki responder, sua voz calma, mas firme.

— Ir embora da Terra... é isso que mal posso esperar para fazer.

Eu ergo meu copo para o dela.

— É, tenho certeza de que todos nós podemos brindar a isso.

Mas Naomi balança a cabeça, espetando um pedaço de pão de milho com o garfo.

— Eu não entendo. Vocês estão agindo como se isso aqui fossem umas férias em vez de um recrutamento. Se formos selecionados, poderíamos *literalmente* explodir em milhões de pedaços antes mesmo de chegarmos a Europa, ou acabarmos morrendo de fome, se o vazamento de combustível da *Athena* nos custar nossos suprimentos. Ou podemos chegar a Europa sem nenhum imprevisto, só para sermos mortos pelo ambiente ou... por alguma outra coisa. — Ela respira fundo. — Eu só acho que precisamos ser um pouco mais realistas.

— O que foi? Está com medinho? — zomba Beckett.

— Todos nós deveríamos ter medo — alega Naomi com uma voz quase imperceptível de tão baixa. Posso dizer que há mais em suas palavras do que ela está querendo revelar, mas antes que eu possa perguntar, Lark intervém.

— Olhe, o risco é uma parte inerente das viagens espaciais, mas isso não significa que essas piores hipóteses vão mesmo se concretizar. Eu sei que o vazamento de combustível parece alarmante, mas a SatCon está bem de olho nisso vinte e quatro horas por dia — e prosseguir com a data de lançamento garante que os Seis Finalistas conseguirão chegar a Marte a tempo de resgatar a nave de abastecimento. — Ela olha para nós com determinação. — Se houve uma missão destinada ao sucesso, é essa. Na Missão Europa, é a primeira vez que temos as inteligências de todas as agências espaciais internacionais reunidas em um projeto. Vocês podem confiar que eles estão fazendo desta missão a mais segura possível.

— Não importa *o que* aconteça, ainda assim deve ser melhor do que ficar na Terra e esperar para morrer — eu argumento. Suki e Asher concordam com a cabeça, mas Naomi me lança um olhar incrédulo.

— Você não pode estar falando sério.

— Eu estou. E se você não entende o que quero dizer — sorrio com tristeza —, considere-se sortuda.

Ela franze a testa, prestes a acrescentar algo mais, quando Lark pigarreia.

— Que tal encerrarmos nossa primeira noite de uma forma mais leve? Quero que nos tornemos uma equipe de verdade, o que significa que precisamos começar a nos conhecer melhor. Por que não compartilhamos alguma coisa sobre nós?

Quando ninguém se oferece, Lark diz:

— Tudo bem, eu começo. Nasci e cresci em Huntsville, Alabama, que abriga o museu das conquistas e foguetes do programa espacial americano, o US Space and Rocket Center. Foi o que fez eu me interessar pelo espaço desde pequena, e estudei engenharia no MIT antes de ingressar na NASA logo depois da faculdade. Meu primeiro voo espacial, de fato, foi a última viagem à Estação Espacial Internacional, mas quando o doutor Takumi me ofereceu a chance de ajudá-lo a desenvolver o CTEI, eu me aposentei das viagens espaciais para me juntar a ele aqui.

— Você estava na última missão da EEI? — Naomi encara Lark. — Então, você estava aqui quando estourou a notícia sobre a tripulação da *Athena*. Você sabia...

— E isso é o bastante a meu respeito — Lark a interrompe, com uma risadinha. Ela se volta para a nossa colega de equipe sentada à sua direita. — Katerina?

— Hum, alguns de vocês podem ter me visto nos derradeiros Jogos Olímpicos — diz Katerina com um sorriso fugaz. — Mas o que a maioria das pessoas não sabe sobre mim é que sou muito boa em matemática. Em grande parte, devo a essa característica o fato de ter me tornado tão forte no gelo, em vez de ficar nervosa, eu me concentrava no número de rotações e nos ângulos geométricos que eu precisava alcançar para concluir com perfeição os saltos.

À medida que continuamos as apresentações, fico sabendo que Suki foi a estudante de engenharia mais jovem da história de sua universidade em Singapura, depois de eliminar várias disciplinas, antes do tsunami, ao passo que Naomi nos conta sobre sua premiada invenção de radiotelescópio. Quanto mais meus colegas de equipe listam suas realizações, mais gotas de suor sinto formarem-se na minha testa. Como posso competir com esse grupo?

Mostrando ao doutor Takumi e à general Sokolov que eu sou simplesmente o nadador e mergulhador que eles precisam para a sobrevivência em Europa, lembro a mim mesmo, recordando-me das palavras de Elena. Se o que ela entreouviu verdade, então sou tão crucial para esta missão quanto os acadêmicos... talvez até mais.

Beckett é o último de nossos colegas de equipe a falar, e quando chega sua vez, ele percorre a mesa com os olhos, fitando cada um de nós, como se soubesse de algo que não sabemos.

— Não é interessante que cada um de nós possua exatamente o mesmo ponto forte de outra pessoa nessa equipe? Suki e Naomi têm o mesmo histórico de engenharia e ciência, Asher e Katerina são ambos prodígios da matemática, e eu e Leo somos os nadadores. — Ele inclina a cabeça. — Dá até pra achar que todos nós estamos sendo colocados uns contra os outros.

Lark tenta descartar essa teoria com uma risada, mas é tarde demais. Nós seis já estamos nos entreolhando de maneira diferente. E, à ideia de outro nadador aqui, toda a comida que acabei de ingerir ameaça subir à superfície. Esse era para ser o meu ás na manga. *E se ele for tão bom quanto eu?* Já faz mais de um ano desde o meu último torneio ou treino de natação com meu treinador; estou longe de estar preparado para competir.

— Em qual modalidade você era melhor? — pergunto a Beckett, tentando parecer indiferente.

— Quatrocentos metros nado livre.

— Oh. — Engulo em seco com força. — Eu também.

Eu deveria ter sabido que haveria mais de um nadador na disputa aqui, com todos os elementos subaquáticos envolvidos na terraformação de Europa. Mas, empolgado como estava, eu nunca considerei a possibilidade.

Simplesmente presumi que seria eu.

O Primeiro Dia de Treinamento começa praticamente ao raiar do sol com um alerta de convocação do espelho interativo do dormitório, seguido por um corrido café da manhã no qual, ao contrário da noite anterior, ninguém parece ter muito apetite. E, então, antes que eu me dê conta, estamos seguindo Lark para o *hall* do elevador — e para a nossa primeira sessão de treinamento.

O elevador faz um tinido quando chegamos ao sexto andar. Lark se apressa para sair primeiro do elevador, nos conduzindo a uma parede de concreto logo à frente.

— Cada equipe irá trabalhar em um horário diferente, para que vocês possam receber o mais próximo possível de uma atenção individualizada durante o treinamento — explica ela, dando uma olhada para trás para se assegurar de que todos estamos escutando. — A primeira sessão de vocês hoje ocorrerá em uma reprodução em tamanho real da *Pontus*: a nave espacial que levará os Seis Finalistas para Europa.

Lark pressiona a credencial pendurada em seu pescoço contra um símbolo do tamanho de uma moeda de 25 centavos na parede, e eu ouço a reação de surpresa atrás de mim quando o concreto começa a se abrir. A parede desliza para a frente, revelando as brilhantes fuselagens brancas das cápsulas espaciais e o braço estendido de uma grua robótica, acenando-nos para entrar.

— Aqui vamos nós.

Lark atravessa a abertura, e nós a seguimos pelo Andar da Missão. Trata-se de uma vasta extensão, do tamanho de um campo de futebol americano, com uma série de gigantescas estruturas cilíndricas e interligadas ao longo do chão. As paredes e o teto estão pintados de preto para se parecerem com o espaço sideral que seria avistado por nós pelas escotilhas da aeronave, enquanto uma luz azul futurística contrabalança a escuridão. A general Sokolov sai de uma das cápsulas, vestida com um uniforme de voo vermelho adornado com emblemas e insígnias de missões.

— Bom dia, e bem-vindos à *Pontus* — ela anuncia. — O que veem diante de vocês são as cápsulas, módulos e nodos de ligação que compõem a nave espacial mais avançada já construída — a base que será o lar dos Seis Finalistas durante a jornada para Europa.

Eu me viro para Asher, que está em pé ao meu lado, e nós trocamos um olhar emocionado. *Isso está acontecendo de verdade.*

— A nave espacial não apenas os transportará do Ponto A a um ponto B distante, como também atuará como uma cápsula de ejeção, protegendo-os dos elementos mortais e das condições severas do espaço sideral. No entanto, esta mesma cápsula pode facilmente se tornar uma arma se vocês não compreenderem como ela opera e o que faz a *Pontus* funcionar. Basta apenas um errinho de nada, por exemplo, falhar ao selar de forma segura as portas pressurizadas, e vocês poderiam ser mortos em questão de segundos.

Ela deixa aquelas palavras suspensas no ar, a imagem de uma morte por explosão pairando acima de nós, antes de nos conduzir para a primeira cápsula espacial.

— Nos próximos dias, vocês enfrentarão exercícios de treinamento em emergências para testar tanto a compreensão de vocês acerca da nave espacial quanto sua capacidade de sobreviver a uma crise a bordo. Por isso, prestem muita atenção enquanto os conduzo pela *Pontus*.

A general sobe alguns degraus e entra em um cilindro gigante com o formato de um pião, com quatro propulsores que se projetam do fundo. Nós a seguimos lá para dentro, emergindo em uma plataforma de voo com iluminação azulada. Duas colossais telas de *tablet* dependuram-se do teto, inclinadas para baixo para encarar os cinco assentos de couro no centro da cabine, todos na posição reclinada para o lançamento. Outro par de assentos encontra-se diante de uma cabine de comando com janela panorâmica, com uma série de instrumentos de voo entre eles, e uma tela de navegação eletrônica *ultra full HD* que se estende pelo vidro. Enquanto nós seis olhamos em volta maravilhados, a general Sokolov se dirige a passos largos para a cabine de comando.

— Enquanto o Cyb estará pilotando a nave espacial sob meu comando, um dos Seis Finalistas assume este assento ao lado da IA e serve como copiloto. As próximas simulações de voo testarão suas habilidades e determinarão quem é mais adequado para essa função, além de nos ajudar a preencher os outros postos importantes para a missão: tenente-comandante, especialista em comunicação e tecnologia, oficial cientista, oficial médico e especialista subaquático de Europa.

Asher me cutuca nas costas com o cotovelo, um sorriso iluminando seu rosto. Ele está seguro de pegar o assento do copiloto, e sei que ele deve estar pensando que com toda certeza serei escolhido para o posto de especialista subaquático. E eu de fato deveria ser: é o trabalho que nasci para fazer. Mas, quando Beckett lança à general um sorriso confiante, sinto uma pontada de preocupação.

— A maior parte da jornada será realizada em velocidade previamente programada, ou *cruise control*, graças à nova tecnologia de algoritmos implementada em nossos computadores de voo e aviônica — prossegue a general Sokolov. — No entanto, três etapas fundamentais no voo espacial devem ser executadas manualmente, devido à sua complexidade e ao maior grau de risco envolvido. São elas: a trajetória no lançamento da Terra, o acoplamento com a nave de abastecimento *Athena* na órbita de Marte e o pouso em Europa. Enquanto Cyb e o copiloto nos mantêm em curso, precisaremos de dois membros dos Seis Finalistas para completar uma Atividade Extraveicular, que chamaremos simplesmente pela sigla em inglês EVA (Extra-Vehicular Activity), também conhecida como caminhada espacial, e supervisionar o encaixe da *Pontus* na nave de abastecimento de Marte. Se alguma coisa der errado lá...

— Nós morremos? — Naomi conjectura.

— Vocês morrem — confirma a general. — Mas espera-se que os quatro remanescentes ainda cumpram a missão.

Ouço Katerina engolir em seco ao meu lado, e sinto um clima de tensão permeando nós seis, mas a general já seguiu em frente, está agachada abrindo uma escotilha redonda na parte de trás da cápsula.

— Sigam-me.

Nós caminhamos agachados pelo túnel atrás dela, passando de um módulo repleto de equipamentos para o seguinte, enquanto ela aponta para o bloco de carga funcional que fornece nossa energia e propulsão, o compartimento utilitário que armazena nossos *racks* de carga e suprimentos de emergência, e os alojamentos da tripulação, onde passaremos a maior parte do tempo a bordo — que incluem compartimentos privativos de descanso, uma cozinha, academia, uma estação de comunicação com um par de computadores *desktop* de tela grande e dois banheiros com "toaletes espaciais". Meu pulso acelera à medida que assimilo o entorno.

Consigo me imaginar aqui com tanta clareza. Posso ver a projeção do meu futuro: eu, sentado na cadeira da estação de comunicação; posso *sentir* o orgulho e a satisfação de transmitir relatórios de progresso para Houston e para o mundo inteiro que acompanha. Sei que a escolha não depende de mim, mas, na minha cabeça, eu já estou lá.

— Tem alguma coisa no desenho geométrico aqui... — Naomi se manifesta, girando devagar. — A nave espacial toda me lembra alguém, na verdade... o trabalho da doutora Greta Wagner.

A general Sokolov faz uma pausa, olhando para Naomi surpresa.

— É uma observação muito perspicaz. A *Pontus*, de fato, era uma colaboração entre a SpaceInc e a doutora Wagner.

O rosto de Naomi se alegra, e ela abre um sorriso, o primeiro de verdade que a vi dar até agora.

— Então, a doutora Wagner está envolvida na missão? Ela virá aqui? Trabalharemos com ela durante o nosso treinamento?

A general aperta os lábios.

— Receio que não. Nós agradecemos as contribuições dela para a *Pontus*, mas optamos por encerrar nosso contrato com a doutora Wagner.

— O quê? — Naomi a encara. — Por quê?

— Ela teve algumas divergências com o restante da equipe — explica Sokolov, escondendo o jogo. Antes que qualquer um de nós possa perguntar *o que* isso significa, a general gira nos calcanhares, movendo-se em direção a um túnel semelhante a um tubo, na parte de trás dos alojamentos da tripulação. — Agora, pela passagem logo à frente, chegaremos a uma das estruturas mais cruciais de toda a aeronave: a eclusa de ar. — Ela puxa uma alavanca, e a porta da passagem vibra, abrindo-se. — Vocês todos vão na frente. Estarei bem atrás.

Beckett entra primeiro, escalando, seguido de Katerina e de mim, todos nós forçados a nos arrastar de barriga pelo espaço apertado. Eu ouço o som de uma chapa de aço se deslocando de volta ao lugar quando a general fecha a escotilha, e então sua voz ecoa pelo túnel.

— A eclusa de ar é a última coisa que vocês verão antes de saírem para o espaço aberto, e sua primeira parada ao retornar à nave depois de sua EVA. Quando vocês se deslocam entre o ambiente controlado e respirável da *Pontus* e os domínios tóxicos lá fora, a pressão da eclusa de ar evita que os gases nocivos externos entrem em nossa espaçonave. E, assim que vocês pendurarem os seus trajes espaciais, o mecanismo da eclusa de ar filtrará para fora automaticamente esses mesmos gases. — Ela faz uma pausa. — Tenho certeza de que agora está claro por que uma simples falha em trancar imediatamente a porta mataria todos vocês.

— Sim — nós seis respondemos em uníssono.

Chegamos a uma pesada escotilha redonda com seis travas interligadas cobrindo sua superfície. A general Sokolov passa por nós rastejando e demonstra como operar as hastes para soltar cada trava, até que a porta da eclusa de ar se abre e despencamos para dentro.

— Não se preocupem. Isso será muito mais interessante quando vocês estiverem flutuando em gravidade zero — assegura a general enquanto Katerina e Naomi chocam-se uma com a outra e Beckett aterrissa no chão com um baque. A general dá uma olhada abrupta para cima quando o último integrante de nossa equipe, Suki, tomba. Os olhos de Sokolov vão e voltam entre a escotilha aberta e minha colega de equipe.

— Você não ouviu o que eu disse sobre fechar a escotilha, Suki?

A cor some do rosto de Suki.

— Si-sim. Eu ouvi.

— E, ainda assim, você foi a última a entrar na eclusa de ar e não conseguiu seguir minha ordem expressa. — O tom de voz da general é rude. Sinto um frio na barriga enquanto a observo olhar com firmeza para Suki.

— Mas eu... foi só porque eu pensei que você ia...

A general agarra Suki pelos ombros e a empurra na direção da escotilha.

— Volte para o túnel.

Suki olha para a general com nervosismo, mas faz o que ela ordenou, rastejando pela escotilha. De volta ao túnel, ela pressiona as mãos contra a porta aberta, a boca formulando uma pergunta — no exato instante em que a general bate a porta do lado de dentro, fechando-a, por pouco não atingindo os dedos de Suki. A eclusa de ar é tomada por um silêncio sepulcral.

— O que está acontecendo? — grita a voz abafada de Suki do lado de fora da porta de chapa de aço. — Como eu faço pra sair daqui?

— Você não vai sair — diz a general. — Não até seu próximo período de treinamento dentro de trinta minutos.

— O quê? — A voz de Suki se eleva, adquirindo um tom de pânico. — Mas mal tem ar aqui dentro. Eu não vou conseguir respirar!

— Imagine essa sensação elevada à centésima potência — diz a general Sokolov com frieza. — *Isso* é o que vai acontecer se você ou um de seus companheiros usar a eclusa de ar de forma incorreta no vácuo do espaço. — Ela se vira para encarar o restante de nós. — Vocês todos estão recebendo uma lição fundamental, uma lição que salvará suas vidas se ficarem atentos a isso.

E, então, seguindo em frente como se Suki não estivesse presa num espaço confinado atrás da porta da escotilha, a general se desloca mais para o interior da eclusa, gesticulando para que a sigamos. Mas eu não consigo me concentrar, minha mente focada na colega de equipe deixada para trás no túnel. Posso dizer que Naomi se sente da mesma forma, e enquanto a general Sokolov nos mostra a câmara de equipamento onde vamos descontaminar nossos trajes espaciais, eu a flagro afastando-se do grupo, caminhando devagar em direção à porta da escotilha. *O que ela vai fazer?*

Por instinto, eu me aproximo alguns passos dela, enquanto permaneço dentro do campo de visão da general. Naomi pressiona o rosto contra a escotilha e começa a falar.

— Consegue me ouvir, Suki? É a Naomi. Precisamos mantê-la relaxada e sua pulsação, regular. Se você não entrar em pânico, e esgotar seus níveis de oxigênio, tem ar suficiente aí dentro para você sobreviver por mais do dobro do tempo. Feche os olhos... vejamos se podemos enganar sua mente para que adormeça...

Observá-la fazendo aquilo, correndo ela própria o risco de sofrer uma punição para ajudar uma garota que acabou de conhecer, isso mexe comigo. Por cima do ombro, dou uma espiada na general Sokolov, que está no meio da demonstração do mecanismo de descontaminação do traje espacial, e eu pego seu olhar direcionado casualmente para Naomi. Mas a general não apresenta reação alguma. Apenas observa Naomi de canto de olho enquanto continua com a explicação, com uma expressão indecifrável no rosto.

Lark está aguardando no Andar da Missão quando saímos da cápsula espacial, e com vigor ela nos apressa para nossa segunda sessão de treinamento, no Nível 4. Consigo sentir o cheiro do cloro antes mesmo que as portas do elevador se abram e meus músculos se retesam. *Hora de competir.*

— Durante anos, este andar abrigou o Laboratório de Flutuabilidade Neutra — explica Lark, conduzindo-nos por um longo corredor branco. — Os engenheiros da NASA construíram uma reprodução subaquática da Estação Espacial Internacional, e os astronautas em treinamento, como eu, usavam uniformes de flutuabilidade neutra para simular a microgravidade do espaço enquanto praticávamos para as nossas EVAs. Mas quando a Missão Europa foi aprovada, o doutor Takumi fez este lugar ser redesenhado e reutilizado para outro fim: preparar os Seis Finalistas para as operações subaquáticas necessárias a fim de terraformar Europa para o povoamento.

Ela abre uma porta dupla e fico boquiaberto. Da piscina colossal e os altos trampolins às bandeiras de dezenas de países distribuídas pelas paredes, é como se estivéssemos dentro de um dos meus antigos sonhos olímpicos. Mas conforme vamos nos aproximando, começo a notar as diferenças. Nunca vi uma piscina tão profunda — parece quase insondável — e situado a cerca de 15 ou 20 metros debaixo d'água encontra-se um enorme bloco de gelo. O gelo é coberto de sulcos vermelhos entrecruzados... assim como a superfície de Europa.

Um homem em traje de mergulho atravessa o recinto em nossa direção, e Lark lhe presta continência antes de se sentar na arquibancada.

— Bem-vindos, finalistas. Eu sou o tenente Barnes, SEAL da Marinha dos Estados Unidos e instrutor de mergulho master da PADI.

Este é o meu momento. Endireito os ombros, minha adrenalina começando a ficar a mil, enquanto ele fala.

— Como vocês sabem, a primeira e mais importante tarefa dos Seis Finalistas no pouso implica perfurar a crosta de gelo de Europa para alcançar o oceano e a superfície rochosa abaixo dela — o trecho da lua de Júpiter mais parecido com a Terra, onde construiremos nossa colônia humana — ele explica. — Precisamos de um líder e atleta excepcional para servir como especialista subaquático e dirigir esses esforços, mas os outros cinco também devem se tornar mergulhadores certificados.

Tem que ser eu. Quais são as chances de que alguém aqui chegue perto de realizar o tipo de mergulho profundo que eu executava como caçador de tesouros em Roma? Eu fui feito sob medida para a função, meu corpo foi projetado para isso.

— Dito isso, hoje vamos começar com um tutorial de mergulho — prossegue o tenente Barnes. — Vocês estão usando roupas de banho sob seus uniformes, correto?

Nós balançamos a cabeça confirmando, as instruções de Lark na noite anterior de repente fazendo sentido.

— Ótimo. Depois que lhes entregar seu equipamento e trajes de mergulho, troquem de roupa e me encontrem à beira da piscina.

Estou prestes a dizer a ele que, na verdade, não preciso de nenhum equipamento, quando me ocorre que talvez possa querer manter esse truque específico em segredo até o momento certo. Fico em silêncio enquanto o tenente Barnes passa mochilas com tanques de mergulho e *rebreathers*, escafandros e máscaras. E, então, surge do nada um zumbido, seguido de uma série de *bips* ressoando de tempos em tempos. Todos nós nos viramos na direção do som e nos deparamos com o robô principal, Cyb, avançando pelas portas duplas ao nosso encontro. A visão faz com que os pelos da minha nuca se arrepiem.

— Ele deve estar aqui para nos avaliar — conclui Katerina, observando o tenente Barnes correr até a IA. E, enquanto nós seis trocamos olhares, posso sentir uma mudança instantânea de humor, uma sugestão sutil de concorrência permeando o nosso grupo agora que Cyb está aqui. Eu já sabia que teria que dar o melhor de mim hoje, mas o negócio está começando a parecer tão desafiador e decisivo como o momento olímpico que costumava imaginar.

Estou tão preocupado olhando para Cyb, me esforçando para ouvir o que ele diz ao tenente Barnes, que não percebo meu concorrente passando por mim e atirando seu uniforme no chão. Somente quando ouço Asher sussurrar "*O que* ele está fazendo?" é que olho para cima — e vejo Beckett subindo até o trampolim de três metros.

— Ai, caramba. — Naomi se encolhe de receio.

Eu seguro a respiração, observando enquanto Beckett endireita e alonga o corpo, assumindo a posição de mergulho. Até agora, sua postura parece boa... Então ele inclina a cabeça para a frente e ergue as pernas, saltando do trampolim em um mergulho de cisne.

Sua entrada na água é impecável. Sinto um profundo desânimo ao perceber que minha vantagem já não é mais apenas minha.

— Você não precisa me ensinar essa, tenente — Beckett se vangloria de dentro da água. E, embora ele esteja falando com Barnes, seus olhos estão presos em Cyb, certificando-se de que o robô o viu.

O tenente Barnes arqueia uma sobrancelha.

— Está anotado. Alguém mais se considera dispensado dessa lição, ou devo continuar?

O forte pulsar no meu peito me dita o que tenho que fazer. Posso não ser um idiota metido como Beckett, mas, neste exato momento, eu preciso fazer o que ele fez. Tenho algo a provar.

Retiro o meu uniforme e me encaminho direto para o trampolim de três metros que Beckett escolheu — só que, em vez disso, subo até o de dez metros. Ouço alguém dizer "Oh, meu Deus". E é a última coisa que escuto antes do meu corpo se retesar, a minha memória muscular assumindo o controle enquanto executo um salto com torção a dez metros de altura, dando um mortal no ar antes de entrar na água com um respingo suave.

Mandei bem. Se isso fosse um campeonato, eu superaria Beckett tanto no quesito dificuldade como no quesito execução. *E é isso o que acontece quando você tenta se exibir para o restante de nós, Beckett Wolfe.*

Ele sai da piscina com cara feia enquanto nossos colegas de equipe olham embasbacados para mim. Ergo a vista para Naomi, que me observa com as sobrancelhas levantadas e um meio sorriso. A ideia de que eu possa ter impressionado uma pessoa tão talentosa como ela faz com que eu estufe o peito de orgulho.

— Muito bom — elogia, por fim, o tenente Barnes, aproximando-se de mim com Cyb ao seu lado. — Você deve ser Leonardo Danieli.

— Eu mesmo.

Eu saio da piscina com um sorriso. Quase havia me esquecido como é bom fazer o que amo, aquilo em que eu sou melhor. Por um segundo, quase posso imaginar que estou em casa, que Angelica e os meus pais estão na arquibancada, assobiando e torcendo por mim exatamente como costumavam fazer em todos os meus campeonatos de natação. Mas então eu sinto o calor do olhar fulminante de Beckett e retorno ao momento presente.

Algo me diz que ele não vai levar numa boa esse constrangimento.

OITO

NAOMI

COM A MANHÃ QUE TIVEMOS, estou esperando que o treinamento da tarde seja um pouco mais tranquilo — talvez até mesmo em uma sala de aula de verdade, para que possamos nos sentar e recuperar o fôlego depois de passar as últimas horas rastejando pelo interior de cápsulas espaciais e mergulhando na água gelada. Mas, é claro, meu otimismo fantasioso não está alinhado com a realidade. Acontece que o momento mais emocionante do nosso dia ainda está por vir.

Nossa primeira pista é quando acompanhamos Lark até o primeiro andar e saímos pela porta principal, deixando para trás o *campus* do CTEI. Um ônibus de passeio nos aguarda do lado de fora, e é quando ela revela o que está reservado para nós.

— O dia de hoje não terá apenas mergulho subaquático. Preparem-se, porque vocês estão prestes a executar um mergulho *parabólico* em pleno ar!

A voz de Lark está repleta de entusiasmo, mas suas palavras me enchem de medo.

— O Cometa do Vômito — eu murmuro.

— É isso mesmo! — Lark sorri para mim, obviamente sem reparar o tremor em minha voz. — Nós realizaremos um voo parabólico por Houston em um avião A500 Zero-G especial. Uma vez que o avião atingir uma altitude de vinte e quatro mil pés, e inclinar-se em um ângulo de quarenta e cinco graus, ele efetuará uma queda livre no ar... o que simula o efeito de estar em órbita. Então, hoje, cada um de vocês descobrirá a sensação exata de não ter peso no espaço.

— Incrível! — exclama Asher, batendo punhos com Leo e Katerina. Suki dá um raro sorriso, e até mesmo o primeiro-sobrinho parece animar-se e perder um pouco de seu humor sombrio da última hora. Por acaso meus colegas de equipe são todos uns viciados em adrenalina ou algo assim? Como posso ser a única aqui apavorada com a ideia de mergulhar de cabeça em um avião? Minhas mãos já estão suando, meu pulso, acelerando. Nunca consegui suportar a sensação de friozinho no estômago, razão pela qual jurei a mim mesma ficar longe dos brinquedos emocionantes de parques de diversão desde que era pequena, depois de uma experiência particularmente difícil no Navio Pirata do parque do píer de Santa Monica. Aí está um exemplo de por que eu não sirvo para ser astronauta.

Mantenho minhas mãos úmidas pressionadas contra os joelhos durante o trajeto do ônibus até o heliporto do Centro Espacial, ignorando os trechos de conversa à minha volta enquanto tento fingir que estou de novo na segurança do meu lar, com Sam e meus pais, contando a história "dessa coisa maluca que fizemos no centro espacial!".

Um reluzente avião com o logo *Zero-G* pintado em letras azuis aguarda por nós no heliporto, com a porta da cabine aberta e a escada baixada. Minha respiração torna-se rasa quando o ônibus para e Lark nos encaminha para a aeronave.

— Vamos!

Meus colegas de equipe sobem correndo pelos degraus e entram no avião, não compartilhando do mesmo pânico que se apodera de mim. *Eu não quero fazer isso, eu não quero fazer isso, eu não...*

— Ande — Lark me cutuca para seguir em frente. — Estarei lá com vocês.

Engulo em seco com força e me obrigo a pôr um pé na frente do outro até estar dentro da cabine. Há apenas algumas fileiras de assentos nos fundos enquanto uma câmara vazia e pintada de branco ocupa o restante do espaço. Eu afundo no assento vazio ao lado de Suki, enquanto Lark começa a distribuir sacos de vômito para que guardemos em nossos bolsos.

— Não é à toa que isso é conhecido como Cometa do Vômito, então, não fiquem muito envergonhados se vomitarem. Um dos oficiais médicos da NASA está de prontidão, caso qualquer um de vocês necessite de atenção extra, mas é provável que sintam apenas um leve enjoo. E não se preocupem — quanto mais vocês praticarem, mais os seus corpos se ajustarão. É por isso que nos dias que antecedem o lançamento, os astronautas geralmente completam até quarenta parábolas de uma só vez.

Aperto os olhos bem fechados, meu estômago já embrulhado com a ideia da rápida subida e queda vertiginosa que temos pela frente. Já é angustiante termos que fazer isso uma vez, eu sequer consigo considerar a ideia de "praticar" quarenta vezes seguidas, como se a queda livre em um avião fosse algum tipo de esporte.

— Estamos prestes a decolar, por isso, segurem-se firmes e aguardem o sinal. Quando alcançarmos a altitude, tirem os sapatos e venham comigo até a Zona de Flutuação — orienta Lark, gesticulando para o espaço branco vazio que se estende à nossa frente.

As rodas abaixo de nós deslizam para a frente, raspando no pavimento. *Inspire, expire*, instruo a mim mesma, embora eu mal consiga respirar fundo. O avião levanta voo, o piloto nos conduzindo numa inclinação traiçoeiramente íngreme, e eu agarro o braço de Suki de forma involuntária, desesperada por algo, qualquer coisa, em que me segurar. Ela aperta a minha mão, seu primeiro gesto amigável desde que nos tornamos colegas de quarto.

— Você vai ficar bem — diz ela, invertendo nossos papéis desde a situação tensa desta manhã.

Eu tento sorrir.

— Obrigada. É que... eu deveria ser uma cientista em terra. Sabe? Eu tenho pavor de altura, tenho pavor de quedas... Esse negócio de ser audaciosa não é muito minha praia.

— Bem, alguém deve ter achado que você é capaz de fazer isso — responde Suki. — É por isso que você está aqui.

Uma luz pisca acima de nossas cabeças, seguida de um sinal sonoro que ecoa pela cabine.

— Essa é a nossa deixa! — Lark grita acima do estrondo da aeronave. — Estamos prontos para a nossa primeira parábola! Sigam-me até a Zona de Flutuação.

Os outros pulam de seus assentos, todos muito ansiosos para o passeio de montanha-russa de gente grande que se aproxima. Suki e eu vamos logo atrás, meu coração subindo pela garganta enquanto entramos na Zona de Flutuação e Lark nos orienta a deitar de costas. Eu me deito ao lado de Suki, com Leo do meu outro lado. Quando meu corpo toca o chão, percebo como ele está próximo de mim, sua pele a poucos centímetros da minha. Giro a cabeça na direção oposta, um rubor queimando minhas faces.

— Quando o avião fizer a curva a um ângulo de quarenta e cinco graus, vocês sentirão em seus corpos uma força-g 1,8 maior do que a gravidade da Terra — Lark grita do chão. — A melhor coisa que vocês podem fazer neste momento é ficar parados. Não façam movimentos bruscos até a queda livre.

Oh, Deus. Ela não estava brincando a respeito da força. Eu reprimo um grito enquanto o peso da gravidade pressiona meu peito. O sangue corre da minha cabeça até os pés, e a sensação é a de que alguém está puxando as minhas entranhas com uma corda, arrastando cada parte de mim para o chão.

O motor do avião silencia.

— É agora! — berra Lark. — Preparem-se para a gravidade zero!

Seguro o chão com as mãos, me preparando. O avião mergulha, e eu arquejo enquanto o peso, devido ao excesso de gravidade, deixa meu corpo. Então, com um movimento rápido de tirar o fôlego, o avião entra em queda livre. Meus gritos são tudo que ouço, meu terror é só do que tenho consciência, enquanto nossos sete corpos erguem-se do chão como mortos ressuscitados. Nós agitamos nossos braços e pernas, agarrando o ar enquanto o avião muda de posição mais uma vez — e, então, estamos flutuando. Estamos *voando*.

Uma sensação vertiginosa borbulha no meu estômago. Algo está acontecendo comigo, algo que eu não esperava. Estou flutuando de cabeça para baixo, meus pés tocando no teto — e eu *não* sinto que vou morrer, nem mesmo vomitar. É exatamente o contrário. Sinto como se todo o peso na minha vida tivesse sido levantado, e eu estou livre.

A câmara ecoa com nossos gritos de animação, guinchos e risos misturados, enquanto nós sete damos cambalhotas no ar e flutuamos para trás, sobre os assentos de passageiros. Leo paira na minha direção enquanto o avião mergulha de novo, e nós dois batemos um no outro no teto. Solto uma gargalhada, e ele sorri, pegando na minha mão num impulso e girando-me pelo ar.

— Eu *sempre* ficava imaginando como seria dançar no teto — ele diz com uma piscadela.

Meu estômago se revira, e dessa vez não tenho tanta certeza se é devido à gravidade zero. Observo Leo flutuar até Asher, e então levanto os braços como um pássaro, cruzando o ar até a cabine principal, e depois voltando.

Depois de cada mergulho parabólico, um ou dois dos meus colegas de equipe adquirem um tom esverdeado e apanham o saco de vômito — mas, por mais estranho que pareça, isso não acontece comigo. Meu corpo é mais forte do que eu pensava. E conforme mergulhamos em nossa última parábola, descubro que não consigo parar de sorrir. É difícil acreditar que algo tão extraordinário, tão mágico, viesse dessa experiência que eu tanto temia.

Até o avião tocar o chão, estou leve como o ar. O peso sumiu do meu corpo.

Nossa equipe retorna ao *campus* do CTEI desgrenhada e delirante com as aventuras do dia, todos nós ansiando pelas mesmas três coisas: chuveiro, comida e cama. Mas assim que colocamos os pés para fora do elevador no andar do alojamento, esses planos simples somem de vista. Uma comoção vem do dormitório dos rapazes — um grito gutural que perfura meu peito. Lark sai correndo e nós a acompanhamos, correndo também, parando de repente quando vemos um grupo de cinco finalistas aglomerados em frente a uma porta fechada, suas expressões sérias.

— O que está acontecendo? — Lark pergunta.

Dianna, a finalista britânica que reconheço do programa de TV sobre os Vinte e Quatro, é a primeira a falar.

— Houve um tufão em Tianjin ontem à noite... onde a família de Jian Soo vive. As notícias são de que se trata de uma das mais violentas tempestades que a China já viu. — Ela baixa a voz. — Grande parte da cidade está debaixo do rio Hai agora, e... eles não encontraram sobreviventes.

Eu escorrego contra a parede, meu coração partindo-se pelo garoto atrás da porta — por todos na China. E, antes que eu perceba, já estou me imaginando no lugar de Jian, ouvindo a mesma notícia sobre a minha própria família. *E se LA for a próxima cidade a ser atingida por uma catástrofe... e eu não estiver lá?* O pensamento me enche de medo, renovando meu desespero de cair fora daqui — de ir para *casa*.

— O doutor Takumi e nosso líder da equipe estão lá dentro com ele agora — diz o finalista australiano, Callum. — Nós só... não nos sentimos à vontade em sair daqui sem saber se Jian está bem.

— Ele não vai ficar bem — Leo se adianta, o olhar fixo na porta fechada. — Não tão cedo. Você nunca supera algo assim. O melhor que se pode esperar é sobreviver a isso.

Olho para ele e algo me ocorre: ele deve estar falando por experiência própria.

— Leo está certo — diz Lark. — Devemos dar a Jian um pouco de privacidade. Por que vocês todos não vão para o salão e tentam relaxar um pouco? Vou aguardar aqui e ver se eles precisam de alguma coisa.

Duvido que qualquer um de nós conseguirá relaxar depois do que acabamos de ouvir, mas nos arrastamos para o salão mesmo assim. O que mais podemos fazer? Somente Beckett se separa do grupo e, por um breve momento, eu me pergunto o que ele está tramando, antes de me virar para Suki, que caminha ao meu lado.

— Outra cidade destruída. — Eu estremeço. — Não consigo nem imaginar o que Jian está passando.

Mas Suki não responde. Ela apenas me lança um olhar de esguelha e então acelera o passo — como se quisesse se afastar de mim. Eu a observo, perplexa, me perguntando como sua simpatia dessa tarde pôde desaparecer tão rápido.

— Olha só — diz Katerina, assim que nós dez estamos reunidos no salão. — Tem alguém nesta sala que *não* perdeu um membro da família devido à mudança climática? Alguém aqui ao menos tem uma casa segura para a qual retornar... uma na qual não precise se preocupar em acordar debaixo d'água ou sob escombros? Se pensarmos bem... todos nós somos como Jian Soo.

Olho em volta e fico surpresa ao ver que todos estão assentindo ou murmurando em concordância. Todo mundo, exceto eu. Eu achava que ser forçada a mudar de residência três vezes nos últimos dois anos era uma coisa ruim, mas estou começando a perceber como a minha situação é afortunada em comparação com a dos outros aqui. O fato de a minha família permanecer intacta é ainda mais raro do que eu tinha conhecimento — e quando me dou conta disso, fico ainda mais ansiosa para voltar para junto deles.

— Eu não tenho nem mesmo um país para o qual retornar, se eu for cortado — diz Asher, olhando para o chão. — A inundação arrasou grande parte da terra. — Ele ergue a vista, com uma expressão de determinação estampada no rosto. — Europa é minha única chance.

— É a única oportunidade para a maioria de nós — observa Dianna. Ela fecha os olhos. — Só temos de rezar para que os seis melhores sejam escolhidos, e que o restante de nós possa lidar com o resultado.

Alguém se movimenta atrás de mim, eu me viro e vejo Leo erguendo-se de sua poltrona, afastando-se do salão — afastando-se dessa conversa. Por impulso, eu me levanto também, seguindo-o até a biblioteca.

— Você está bem?

Ele continua se movendo por entre as estantes, ignorando a minha voz até que eu alcanço seu braço, detendo-o na seção História do Voo Espacial.

— Leo. Qual é o problema?

— Não posso pensar nisso — ele diz num rompante. Seus olhos estão tomados de preocupação quando ele olha para a frente, como se estivesse num lugar completamente diferente e eu não estivesse lá com ele. — Não posso pensar no que aconteceria se eu tivesse que voltar para casa.

— Por quê? — eu sussurro.

— É como... estar preso dentro da minha própria tristeza. — Ele engole em seco com força. — Sempre esperando que eles passem pela porta, ouvindo vozes que nunca virão. Eu não aguentaria mais fazer isso.

Sinto um nó na garganta.

— Sinto muito, Leo. Você... você não precisa me contar mais nada, se não quiser.

Estendo o braço para apertar o ombro dele, e seus olhos voltam a me fitar.

— Eu tinha uma irmã. — As palavras saem aos borbotões, como se estivessem reprimidas por tempo demais. — Angelica. Você teria gostado dela. Ela era inteligente, engraçada, o raio de sol da nossa família. Também tinha personalidade forte, não tinha medo de dizer o que pensava. Ela era capaz de enfrentar qualquer um, e ninguém era páreo para sua sagacidade. — Ele sorri para si mesmo, mas então sua expressão torna-se hesitante. — Era para eu nunca a ter visto daquele jeito, minha irmã caçula debaixo d'água, seu *rosto*...

Ele para, incapaz de continuar falando, e eu diminuo a distância entre nós, envolvendo meus braços ao redor dele enquanto meus próprios olhos ficam marejados. Posso ouvir seu coração batendo através da camiseta, posso sentir seu peito subindo a cada respiração.

— Eu sinto muito... Sinto *tanto*. E eu... eu sei como você se sente, de uma maneira diferente. — Nós nos afastamos e eu me inclino pesadamente contra as prateleiras. — Meu irmão mais novo,

Sam, é tudo para mim. Quando ele foi diagnosticado com doença cardíaca, e os médicos nos disseram que ele estava vivendo além do que deveria... isso quase acabou comigo. Principalmente quando descobrimos que aconteceu devido a uma mutação genética, algo que eu poderia ter tido também, mas não tive. — Sacudo a cabeça, os anos de dor retornando de novo. — Eu sou a irmã mais velha. Deveria ter sido eu em vez dele.

Leo olha para mim com ar compreensivo.

— Nós deveríamos ser seus protetores. Não os sobreviventes.

— Sim — eu sussurro. — Exatamente.

O estrondo de passos ecoa pela biblioteca quando um outro grupo de finalistas entra, despertando-nos do momento. Leo e eu saímos da biblioteca, uma leve timidez entre nós, agora que acabamos de revelar coisas tão pessoais. Mas há algo mais também, e eu posso ver isso em seus olhos antes de seguirmos por caminhos diferentes.

É o sentimento de solidariedade — de encontrar um amigo na escuridão.

Eu não consigo dormir naquela noite, minha mente alternando sem parar entre pensar em Europa e o receio em relação ao meu lar. Não tem sido fácil passar pelo período mais longo que já fiquei sem falar com Sam ou meus pais. Posso sentir o vazio da ausência deles como uma dor física, uma ferida ainda mais intensificada pela preocupação. Nunca tive que me perguntar antes como eles estavam, como Sam se sentia — eu sempre estive bem ali, próxima o bastante para saber tudo com apenas um relancear de olhos. Mas, agora, tudo o que posso fazer é supor, e a incerteza me deixa bem desperta. Se eu ao menos pudesse *conversar* com eles, se não tivesse que esperar até aquela chamada de vídeo programada idiota, então quem sabe eu ficasse bem...

E é nesse momento que eu me lembro — o envelope de Sam. Eu não queria abri-lo na frente de Suki, mas, agora que ela está no décimo quinto sono, tenho a minha chance.

Empurro as cobertas e estico o braço para baixo da minha cama, apanhando a lanterna que deixo ali para o caso de tempestades. Vou caminhando na ponta dos pés até a minha mochila, o estreito facho de luz pairando sobre ela enquanto abro o zíper do compartimento secreto e retiro o envelope branco. Eu o abro, rasgando o papel... mas não há carta alguma em seu interior. Em vez disso, cai na minha mão um *pen drive* de metal. Um que eu reconheço.

Com o coração acelerado, remexo dentro da minha mochila até encontrar o meu *tablet* — o único dispositivo eletrônico pessoal que nos foi permitido trazer para o Centro de Treinamento Espacial, já que funciona sem uma conexão de celular ou WiFi. Eu o ligo e conecto o *pen drive*, arrastando-me de volta para as cobertas enquanto ele carrega.

Uma cabeça alienígena girando surge na tela, e eu contenho uma exclamação de surpresa. É exatamente o que eu suspeitava. *Sam, você é um maninho muito esperto.*

O *pen drive* contém um *software* de hackeamento de minha própria autoria — a primeira versão que codifiquei há dois anos, quando estava desesperada para acessar os computadores do Hospital Burbank. Sam estava lutando para se manter vivo naquela época, seu coração batalhando contra a antiga medicação, e eu não podia simplesmente sentar e esperar. Precisava dos dados internos, dos arquivos e do sequenciamento de DNA que os hospitais nunca liberavam — só para o caso de eu poder enxergar alguma coisa que os médicos sobrecarregados pudessem ter perdido. Então, fiz o melhor uso das minhas habilidades em computador. Eu já era adepta do Python, então, foi apenas uma questão de codificar os *scripts* do servidor, e aí eu estava dentro.

Foi por meio do meu *software* que hackeei os registros de DNA de Sam e descobri que ele precisava de uma droga biotecnológica em vez de uma farmacêutica, e foi isso que, em última análise, me levou a criar a minha solução de edição de DNA. Mas, depois disso, pensei que meus dias de *hacker* houvessem ficado para trás. Eu não tocara neste *pen drive* desde então — mas meu irmão teve o cuidado de se certificar de que eu não o deixasse para trás.

O pensamento me dá uma injeção de entusiasmo, mesmo quando um arrepio de medo corre pela minha espinha. Eu sei por que Sam fez isso. Ele está contando comigo para obter as informações internas que poderiam deter essa missão e levar para casa os Vinte e Quatro... Mas será mesmo que eu ousaria me infiltrar nos computadores da NASA?

Por um lado, se as minhas suspeitas sobre os perigos e os extraterrestres estiverem corretas, eu estaria protegendo meus colegas finalistas — mas depois da noite de hoje, não tenho tanta certeza de que eles *queiram* ser protegidos. Será possível que o que existe lá em Europa seja o menor dos males?

Coloco o *pen drive* de volta no envelope. Não posso tomar nenhuma decisão precipitada — não quando a possibilidade de ser pega hackeando a NASA me jogaria na prisão, talvez até pelo resto da vida. Por enquanto, até que eu decida o que fazer... a coisa mais importante é garantir que o *pen drive* permaneça escondido.

NOVE

LEO

O SEGUNDO DIA DE TREINAMENTO COMEÇA e nós somos levados de volta ao ritmo vertiginoso do CTEI, sem mais comentários do doutor Takumi sobre a tragédia na China.

É como se estivéssemos tão condicionados ao desastre natural que só dedicamos uma noite para refletir antes de passar ao próximo. Ainda assim, sinto a nuvem negra das notícias da noite anterior sobre todos nós no café da manhã, sublinhando a urgência da nossa missão, enquanto Lark nos fala sobre o dia de treinamento que temos pela frente. Meu estômago se contrai ao ver Jian Soo, aparecendo no refeitório com olhos inchados e vermelhos e uma expressão arrasada. Ambos teremos que refrear nosso sofrimento enquanto estamos aqui — para permitir que ele nos impulsione para a frente em vez de para trás.

Depois do café da manhã, Lark nos conduz através de uma série de corredores ao laboratório de realidade virtual: um vasto espaço centrado em torno de uma tela de vídeo de trezentos e sessenta graus, suas paredes tomadas por aparelhos eletrônicos e fios, o teto piscando com sensores LED e câmeras de rastreamento. Três cadeiras giratórias encontram-se dispostas diante da tela, cada uma com um *joystick* ligado a um apoio de braço. Empilhados em cada assento estão *headsets*, coletes táticos *chest rig* e luvas com sensores. Meus dedos se contraem de expectativa. Parece que estamos nos preparando para nos infiltrar em um *video game*.

— Bom dia, finalistas. — A general Sokolov entra na sala por uma porta traseira, com um *tablet* do CTEI reluzindo nas mãos. Nós seis nos colocamos em posição de sentido, batendo-lhe continência como Lark nos ensinou, para lhe retribuir a saudação.

— Hoje, vocês irão experimentar o sistema de treinamento de mais alta tecnologia na Terra — ela começa a falar. — Uma vez que vocês estiverem ligados aos equipamentos e aos sensores, o *software* conhecido como DOUG — Dynamic Onboard Ubiquitous Graphics [Computação Gráfica Onboard Ubíqua Dinâmica] — começará a modelar na tela as paisagens e cenários que vocês encontrarão no espaço a partir do seu ângulo de observação na *Pontus*. Ao mesmo tempo, seus *headsets* fornecem uma representação virtual 3D, mergulhando-os diretamente na ação, enquanto seus assentos se movem em sincronia com a simulação. Então, sentados nessas cadeiras e usando os equipamentos vocês serão levados o mais longe no espaço sideral que qualquer pessoa na Terra poderia ir, sem sair dessa sala. Vocês se surpreenderão com quão realista é a simulação.

Impressionante. Asher e eu trocamos um sorriso.

— A simulação de hoje coloca vocês perto da órbita de Júpiter no final da sua viagem para Europa, em caminhada espacial durante uma verificação do equipamento antes do pouso no satélite — continua a general. — Três de vocês estarão fora da *Pontus* realizando suas EVAs, conectados à nave por cordões umbilicais. No início, vocês escutarão as minhas instruções através de seus *headsets*, mas o objetivo da simulação é verificar como cada um de vocês reage durante uma situação de emergência, que poderá exigir que usem suas mochilas propulsoras. — Os cantos de sua boca se curvam para cima num sorrisinho conspiratório. — O objetivo de vocês é retornar à eclusa de ar inteiros, junto com seus companheiros de equipe, até o final da simulação. Os três serão capazes de se comunicar uns com os outros através dos rádios nos seus *headsets*, da mesma forma como aconteceria numa EVA real. Entenderam?

Nós todos concordamos com a cabeça, embora eu possa dizer pela expressão nos rostos ao meu redor que eu não sou o único que se pergunta como será a coisa toda exatamente. Observo enquanto a general Sokolov consulta seu *tablet*, deslizando várias vezes o dedo sobre a tela, e então a porta atrás de nós se escancara, acontecimento seguido de zumbidos e *bips* que eu reconheço do dia anterior.

Eu me viro para olhar a dupla de robôs, Cyb e Dot, marchando em direção à general com passadas idênticas um tanto sinistras. Nós seis recuamos, abrindo caminho para eles, já que sua presença, mais uma vez, abala os presentes na sala. Posso ver meus colegas de equipe parados numa postura um pouco mais ereta, os maxilares apertados, sem desviar os olhos das IAs. Eles são os curingas em tudo isso: as máquinas com poder para influenciar nossos destinos.

A general cumprimenta os robôs com um meneio de cabeça e depois volta a se concentrar em nós.

— Dot, Cyb e eu iremos nos conectar ao simulador como observadores, cada um de nós avaliando suas ações na tela, bem como sua frequência cardíaca, ondas cerebrais e outras reações físicas rastreadas pelo equipamento do colete. Os primeiros serão... — Ela olha para a tela. — Beckett, Leo e Naomi.

Meus instintos competitivos retornam ao som do meu nome, e me lembro do mantra que costumava percorrer minha mente antes de cada competição internacional de natação: *ser motivo de orgulho para o meu país*. Eu planejo fazer exatamente isso enquanto estou aqui.

Nós três nos aproximamos das cadeiras em frente à tela, e a general Sokolov ajusta os equipamentos de realidade virtual em nossos corpos, prendendo os robustos coletes brancos ao nosso peito e amarrando os marcadores elásticos de LED aos nossos calçados. Deslizo as mãos nas luvas hápticas, observando os sensores de palma se iluminarem enquanto estico os dedos.

O último equipamento colocado é o *headset*, uma máscara de mecanismos sem fio preta e branca que promete nos mergulhar no espaço virtual, assim que a general der o sinal verde para baixá-la sobre nossos olhos.

Ela aponta para os *joysticks* em nossos apoios de braço.

— Quando a simulação exigir que vocês usem seus propulsores a jato, vocês acionarão a propulsão pelo *joystick*. Como vocês sabem, os propulsores a jato são dispositivos de autossalvamento e preenchidos com gases propulsores. Usar uma dessas unidades de manobra tripuladas nas costas é como ter um poder que você pode acessar sempre que tiver necessidade: o poder de, basicamente, voar. Mas é preciso habilidade para controlar os propulsores. — Ela pega um *joystick*, demonstrando seus comandos.

— Estes são os movimentos que vocês usarão para acionar o mecanismo de ignição dos propulsores, com um empurrão longo para velocidade e um menor para estabilizar a direção.

Dot e Cyb atravessam a sala em direção ao painel de controle atrás de nós, e dá para eu ouvir o zumbido baixo de seus mecanismos enquanto estão perto de mim, como uma espécie de respiração de IA.

— Dot e Cyb, conectem-se ao simulador — ordena a general Sokolov.

— Entendido — os robôs respondem em uníssono, e minha pele formiga com o som surreal de suas vozes. É a primeira vez que os ouço falar, e não havia percebido até agora que Cyb está programado como robô masculino e Dot, como feminino.

— Finalistas, baixem os *headsets* para os olhos em três... dois... um. Lembrem-se, não esperamos que vocês saibam exatamente o que fazer. Queremos testar seus instintos.

Tenho um último vislumbre de Asher, Katerina e Suki nos observando com atenção. E depois deslizo a máscara sobre os olhos.

Um grito de espanto me escapa enquanto olho para cima e me vejo flutuando em um céu preto como nanquim. Uma majestosa e colorida esfera giratória está ao longe, acima de mim, lançando seu reflexo brilhante sobre a escuridão. *Júpiter*. Mesmo a centenas de quilômetros de distância, o gigante gasoso domina o céu. Demoro alguns momentos antes de conseguir desviar os olhos dele e observar o restante do meu entorno.

Estou pairando na borda de um dos módulos externos da *Pontus*, meus pés flutuando rente a uma plataforma entre a lateral da nave e a asa brilhante de um painel solar. Quando olho para baixo, parece que meu uniforme do CTEI se transformou em um traje espacial pesado, com um cordão umbilical grosso que corre do arnês do meu traje até uma alça no módulo. Percebo um leve movimento à minha frente, e então Beckett aparece, agachado no painel solar oposto. Um chiado chega ao meu *headset*.

— Houston está relatando um painel solar danificado interferindo com nosso fornecimento de energia — a voz da general Sokolov ecoa pelo rádio. — Leo e Beckett, precisamos que vocês encontrem e cortem o fio enroscado e instalem os estabilizadores... vocês encontrarão as ferramentas em seus cintos de equipamentos, com instruções passo a passo baixadas para seus monitores de pulso. Entendido?

— Entendido — Beckett responde, e eu me apresso a lhe fazer eco. Mas dentro do meu traje estou transpirando diante da constatação de que não tenho ideia do que estou fazendo — e ele é o último companheiro de equipe a quem eu pediria ajuda.

— Naomi, com suas habilidades no computador, colocamos você no braço robótico canadense, o Canadarm, posicionado em frente ao nosso Multiplexador/Demultiplexador Externo. Execute diagnósticos no computador e xeque todo o sistema para uma abordagem a Europa.

— Entendido. — A voz de Naomi chia pelo rádio, e eu olho para cima, meus olhos se arregalando ao vê-la pairando na borda de uma grua móvel, balançando acima da *Pontus*.

— Estamos nos aproximando do primeiro painel solar — diz Beckett, e eu volto a focar no painel dourado à minha frente, cruzando-o nos passos curtos e saltitantes que o meu cordão umbilical permite enquanto luto contra os efeitos da mudança de gravidade. Sou o primeiro a detectar a camada danificada de células solares, e alcanço o cinto de ferramentas conectado ao meu traje, puxando um fio longo que combina com a imagem piscando na tela do meu monitor de pulso. E então sinto algo se chocando contra meu ombro.

Beckett me alcançou, a força de seu movimento derrubando a ferramenta das minhas mãos. O fio gira, flutuando para longe de mim no vácuo do espaço. Eu praguejo baixinho, enquanto Beckett se desloca lateralmente até o painel danificado a fim de executar a tarefa sozinho e ficar com todos os méritos.

— General Sokolov, estou recebendo sinais de aviso do computador externo. Eles estão chegando em código Morse e binário. — A voz de Naomi retorna, abafada por bipes arrítmicos ao fundo. — A mensagem é, *nuvem de meteoritos chegando na posição nove ho...*

Mas antes que ela possa concluir sua frase, a quietude do espaço é quebrada por uma onda de fragmentos, enquanto os meteoritos voam através do vácuo em nossa direção. Eu me arrasto para trás, para longe do painel solar e em direção ao módulo, mas estou muito afastado e as pedras cortam meu cordão umbilical e eu grito para o vazio, quando meu corpo é atirado para longe da *Pontus*.

— Meu cordão umbilical se foi! — grito no rádio, antes de me lembrar das instruções da general no laboratório de realidade virtual. *Usem os propulsores a jato.*

Pressiono meu *joystick*, apontando-me de volta, na direção da nave espacial, e acionando a propulsão. Mas não fazia ideia do quanto a força do propulsor a jato seria poderosa; o deslocamento expulsa o ar dos meus pulmões. Vou me abaixando e desviando dos estilhaços voadores, mas não consigo manejar direito os controles de pressão. Cada empurrão que dou na alavanca de comando me dispara muito longe, e agora estou girando no espaço como um orbitador, me movendo tão rápido que nem sinto meus próprios membros.

— Leo, diminua a velocidade! — ouço Naomi gritar pelo *headset*. — Você tem que dar um impulso mais curto e redirecionar sua posição para as três horas. — Ela se interrompe com um grito, e olho em volta freneticamente, seguindo suas orientações e manobrando os propulsores com as mãos trêmulas, até que afinal avisto o Canadarm por entre a rajada de meteoritos, rachado em dois por uma explosão. Naomi se balança para fora da borda, procurando alcançar uma das alças do módulo da *Pontus*, enquanto o guindaste começa a girar como um pião, mas suas luvas conseguem agarrar apenas o vazio.

— Beckett, um pouco de ajuda aqui, por favor! — falo enérgico pelo *headset*, antes de me comunicar outra vez com a general. — Naomi e eu fomos ambos separados da nave espacial. Estou usando meu propulsor para ir em direção a ela. — Mas Sokolov não responde e acho que sei por quê.

— Estou preso embaixo do módulo da bateria — Beckett geme, e eu giro para ver sua figura ao longe, pendurada de cabeça para baixo na nave espacial, com o pé preso num emaranhado de fios, enquanto sua mão procura alcançar o cinto de ferramentas.

— Espere! — Naomi grita. — Parece que posso operar o braço robótico por meio do meu monitor de pulso. Mesmo com o braço quebrado, se eu ao menos puder direcionar este pedaço do guindaste para girar na direção certa, conseguirei agarrá-lo e poderemos dar um salto para a eclusa de ar. Leo, você consegue se aproximar com o propulsor? Aponte para as seis horas.

— Trabalhando nisso! — grito de volta, sentindo minha determinação retornar enquanto pressiono meu *joystick*. *Dessa vez, faça melhor.* Eu avanço através do vazio, usando cada pingo de minha força e coordenação para dirigir meu trepidante corpo rumo ao braço robótico giratório enquanto ele muda a direção, virando-se para a *Pontus*. Naomi estende a mão, e minha luva agarra a dela.

— Quase lá — ela diz com um sorriso, e por um momento fico hipnotizado por seu autocontrole sob pressão. Mas, então, o guindaste balança outra vez, e eu consigo escalá-lo no último segundo, e Naomi agarra a minha cintura enquanto o braço robótico gira cada vez mais perto da *Pontus*.

— Estamos prestes a desconectar o módulo da bateria, Beckett! — Naomi grita. — Mantenha o seu cordão umbilical pronto para nós, vamos soltar você e conseguiremos chegar à eclusa de ar juntos.

Mas Beckett está um passo à frente de nós. À medida que nos aproximamos do módulo, posso ver que ele conseguiu desenterrar um cortador de aço de seu cinturão de ferramentas com a mão livre e está cortando os fios. Uma vez livre, ele começa a fazer o percurso de volta agarrando-se de alça em alça na lateral da nave espacial, em direção à eclusa de ar sem esperar por nós.

— Beckett, ela disse para esperar! — grito pelo rádio.

— Isso faz muito mais sentido — ele argumenta. — Eu posso chegar à eclusa de ar mais rápido e prepará-la para abrir, então, não perderemos tempo lá.

Naomi e eu trocamos um olhar. Sabemos o que ele de fato tem em mente, está fazendo de tudo para ser o primeiro, para vencer o desafio.

— Se não pularmos agora, vamos perder a chance — diz ela, segurando minha luva na dela. — Acione os propulsores uma última vez.

Posso sentir meu coração palpitar quando soltamos o guindaste, nossos corpos sendo propelidos através do espaço aberto com uma rajada de combustível. Minha mão livre se estende diante de mim procurando agarrar às cegas uma das alças ou maçanetas para interromper a nossa queda e, então, *tum!* Minha luva agarra algo sólido, meus pés arranham contra o metal...

— E isso encerra os trabalhos. Bem-vindos de volta à Terra.

Uma voz invade a cena. Balanço a cabeça para me livrar do som, ainda tentando entrar na eclusa de ar... até que ela desaparece da minha vista. Alguém levanta a máscara dos meus olhos, mas ainda não estou no mundo real. Minha mão ainda está na de Naomi, meus pés chutando as pernas da minha cadeira enquanto tento completar nosso trajeto para a área segura.

Quando finalmente abro os olhos, a visão da sala e de seus equipamentos é um alívio e, mesmo assim, de certo modo, parece estar tudo errado. Naomi e eu soltamos as mãos, e noto um rubor se espalhando por suas bochechas.

— Isso foi... pareceu tão real. — Pisco atônito para a general Sokolov parada diante de nós. — Eu quase me esqueci de que era apenas uma simulação.

Ela concorda com a cabeça.

— Essa é a ideia. Nossa tecnologia colabora com sua consciência para tornar a simulação o mais imersiva e autêntica possível.

— Mas por que parou antes de chegarmos à eclusa de ar? — Beckett pergunta com uma careta. — Eu estava tão perto.

Sim, você estava. Lanço-lhe um olhar fulminante. *Traidor.*

— Eu já tinha visto o que eu precisava ver — diz a general, com uma expressão enigmática no rosto. — Vocês três se saíram bem e mostraram fortes instintos, mas um de vocês em particular se destacou. Cyb, você é da mesma opinião?

Prendo a respiração enquanto o robô se desconecta da rede de realidade virtual e dos fios, virando-se para nos encarar.

— Pela capacidade de ler e decifrar o código da máquina, a compreensão dos mecanismos de velocidade e propulsão e a capacidade de pensar sob pressão, o vencedor dessa rodada é dos EUA: Naomi Ardalan.

Observo o rosto de Beckett endurecer e o rubor de Naomi se intensificar. E, para minha surpresa, por mais que eu quisesse vencer... ouvir o nome dela foi quase tão bom quanto se houvesse sido o meu.

Naquela noite no refeitório, algo está diferente. Os balcões do bufê não estão iluminados, e não há o cheiro bom de comida no ar.

— O que você acha que está acontecendo? — pergunto a Asher, enquanto nos dirigimos para nossa mesa.

— Não faço ideia, mas vamos torcer para que nada esteja errado. Estive sonhando com essa refeição o dia todo. — Ele esfrega o estômago, esperançoso.

Nós nos deslocamos para nossos assentos enquanto o doutor Takumi entra no salão, subindo o tablado e assomando sobre todos nós com sua postura empertigada e seu olhar fixo.

— De agora em diante, o jantar será servido meia hora mais tarde; no entanto, vocês ainda precisam se reunir aqui no horário habitual para que possamos acrescentar algo vital em nossa agenda. Isso tem a ver com a BRR. — Sua voz assume um tom quase reverente quando ele pronuncia o nome. — A bactéria resistente à radiação é o principal motivo pelo qual os Vinte e Quatro estão reunidos aqui. Não só o advento da BRR possibilita que possamos finalmente explorar a órbita de Júpiter sem nos arriscar a uma exposição mortal à radiação, mas o limite de idade da vacina nos levou a procurar um novo grupo de astronautas... e encontrá-los. — Seus olhos se movem sobre o grupo, e meus sentidos se aguçam quando seu olhar pousa em mim.

— Aqueles de vocês que ficarem entre os Seis Finalistas serão obrigados a administrar em si próprios injeções diárias de BRR assim que entrarem no cinturão de radiação do sistema solar — continua o doutor Takumi. — A BRR não apenas os protegerá durante o voo espacial, mas defenderá seu corpo dos raios extremamente perigosos de Europa, de modo que pular uma única dose pode ser catastrófico. É por isso que devemos usar esse tempo, os últimos dias na Terra para seis de vocês, para avaliar suas reações ao soro experimental. Se algum de vocês sofrer reações adversas... agora é a hora de descobrirmos.

Ele pigarreia.

— Dito isso, cada um de vocês receberá doses noturnas preventivas de BRR, começando agora. Criamos uma pequena enfermaria para a equipe médica da NASA aqui no andar do alojamento, no final do corredor. É lá que vocês farão fila todas as noites para receber suas injeções antes do jantar. Líderes de equipe, acompanhem agora seus finalistas até a enfermaria.

— Bem, isso é interessante — diz Asher enquanto nos levantamos. Ele parece quase tão desconfortável como eu me sinto. Nunca me ocorrera que alguns de nós talvez não consigam tolerar a BRR. *Por favor, não permita que eu seja um deles.*

Nós seguimos Lark e o restante dos nossos colegas finalistas para fora do refeitório e por um corredor acarpetado até chegarmos a uma minúscula sala esterilizada. Uma mulher miúda com um jaleco de laboratório está ao lado da porta, com uma prancheta na mão.

— Tudo bem, quem está pronto para ir primeiro? — ela grita como saudação.

Ninguém responde, nem mesmo o mais competitivo entre nós. Em vez disso, a maioria dos Vinte e Quatro se empurrava por um lugar no fim da fila. Parece que não sou o único aqui que tem medo de agulhas. Ainda assim, acaba de me ocorrer que me apresentar como voluntário para ir primeiro poderia ser um ponto a meu favor, e eu agarrarei qualquer vantagem que puder obter. Levanto a mão e a mulher de branco acena para eu atravessar a porta.

Ela faz um gesto para eu me sentar antes de calçar um par de luvas de látex e puxar de um frasco um líquido azul vivo por uma agulha hipodérmica. Enquanto ela prepara meu braço para a punção, olho para o grupo de finalistas, observando-nos desconfiados enquanto esperam a sua vez. Meus olhos encontram os de Naomi.

Pode ser que eu me sinta mais próximo dela por causa do que experimentamos juntos no simulador de treino hoje, ou porque ela é a única pessoa aqui que sabe o nome da minha irmã. De qualquer forma, encontrar seu rosto no meio do grupo é um alívio.

Ela sorri para mim e, quando a enfermeira mergulha a agulha em meu braço, mal sinto a picada.

Mas, então, o olhar de Naomi muda, sua atenção se desviando para algo atrás de mim. São as fileiras de frascos azuis que cobrem a parede da enfermaria. Eu quase posso ver sua mente trabalhar enquanto ela os estuda, seus olhos se estreitando, e minha curiosidade se aguça.

O que ela sabe que o restante de nós não sabe?

DEZ

NAOMI

O GRITO CORTA O AR DO NOSSO QUARTO NO ALOJAMENTO. Eu acordo sobressaltada quando minha colega de quarto solta um segundo berro de estourar os tímpanos, debatendo-se e chutando em seu colchão. Meus dedos tremem enquanto tateio no escuro, procurando o interruptor.

— Suki! Acorde!

Mas ela não se mexe. Pulo da minha cama e corro até ela. O rosto de Suki está pálido e sem vida, sua testa encharcada de suor. Fico chocada ao descobrir que seus olhos estão abertos, apenas o branco dos globos oculares aparecendo, e me encolho, receosa de repente — do que, eu não sei.

— *Não... não vá, não vá*! — ela lamenta, lágrimas escorrendo por suas bochechas.

Não posso deixar que continue desse jeito. Tento tocar seu braço, mas ela automaticamente bate na minha mão para afastá-la. Ela deve estar lutando contra alguma coisa em seus sonhos, e nesse momento eu sou a substituta para o que quer que seja essa coisa. Corro o risco de ser golpeada de novo se ficar assim tão próxima, mas não tenho escolha. Seus gritos são agonizantes, como unhas afiadas arranhando a pele em carne viva, e eu reúno todas as minhas forças para chacoalhá-la e tentar trazê-la de volta à consciência.

— Acorde! — grito em seu ouvido, agarrando-a pelos ombros. — Suki, *acorde*!

Funciona. Ela pisca, atordoada e ofegante enquanto assimila o que está à sua volta. E, então, encontrando meus olhos, ela começa a chorar — o tipo de choro soluçante e desenfreado que eu jamais esperaria de alguém tão calmo e reservado como Suki.

— Está tudo bem — eu sussurro, colocando minha mão sobre a dela. — Você está bem. Foi só um sonho.

Ela sacode a cabeça com violência.

— Não foi — ela engasga as palavras sob as lágrimas. — Foi o mesmo pesadelo que sou forçada a reviver todo dia. Só que... só que eu nunca sonhei dessa forma, tão vívido e cheio de tantos detalhes horríveis. — Ela desmorona, chorando demais para continuar falando.

— O que você quer dizer? — pergunto, temendo sua resposta. E se eu for a pessoa errada para ajudá-la? Eu não sei o que fazer...

— Eu vi minha mãe e meus irmãos morrerem. Eu assisti a tudo, e eu não pude fazer nada.

Levo a mão à boca.

— Num minuto, eu estava na cozinha limpando a bagunça do bêbado do meu padrasto, observando minha mãe e meu irmão e minha irmã brincarem de bocha, e no outro... — Lágrimas frescas derramam-se de seus olhos. — Você não acreditaria no que eu estava pensando naquele momento. Estava preocupada com o que aconteceria quando eu voltasse para a escola, quando eu teria que deixar os três à mercê dele. Eu estava tão distraída preocupada com um futuro que eles nunca teriam... que perdi minha chance de uma fração de segundo para salvá-los. Eu ouvi o som do rugido, e não fui rápida o bastante para reconhecê-lo como um alerta.

Aperto sua mão, meu coração na garganta enquanto ela fala. Eu me pergunto se deveria interrompê-la e dizer que ela não precisa mais falar, não se for doloroso demais para lembrar. Mas algo em sua voz me deixa ciente de que ela precisa disso e eu fico quieta.

— A onda parecia uma naja de trinta metros de altura, curvada e pronta para atacar. — A voz de Suki baixa, transformando-se num sussurro. — No momento em que a vi, era tarde demais. O tsunami já havia engolido minha família e todo mundo que estava na praia, varrendo todos para o mar. A água veio inundando, esmagando a porta da frente e perseguindo meu padrasto até o andar de cima, mas eu deixei que ela me carregasse para fora. Nadei contra a corrente, procurando minha família... mas não havia esperança. Tudo o que via eram pilhas de corpos e barcos emborcados cortando os rostos dos afogados. Eu tentei tirar essa imagem da minha cabeça, mas não consigo, *não consigo*.

— Sinto muito... sinto muito mesmo. — Eu lanço os braços ao redor dela, percebendo que também estou chorando. Meu estômago queima e meu peito dói enquanto imagino o que ela passou. Suas palavras trazem à tona as lembranças de assistir ao tsunami em todos os noticiários, o horror que minha família e eu sentimos ao ver as fotos da mortandade. Mas, no dia seguinte, houve um novo desastre para noticiar, e o mundo logo seguiu em frente e deixou de lastimar Singapura. Você fica insensível às tragédias diárias, até a próxima acontecer com você.

Quando olho para Suki, e penso em Leo e Jian, não posso deixar de enxergar a Missão Europa sob um prisma diferente. Se desse certo, que *libertação* não seria... Mas minha mente é científica demais para me permitir ter uma fé cega. Eu queria poder acreditar na missão, queria poder esquecer o que minha suposição e minha intuição estão me dizendo sobre a lua de Júpiter. Mas não consigo.

— Para onde você foi depois? — eu pergunto, enxugando os olhos. — O que você fez?

Suki balança a cabeça com amargura.

— Eu não tive escolha. Tive que ficar com o bêbado, porque eu ainda era menor de idade e não tinha meu próprio dinheiro. Pensei que ficaria presa a ele por apenas mais alguns meses naquela casa, e depois voltaria para a universidade e iria embora para sempre. — Seus olhos baixam. — Mas logo descobri que a universidade também havia ficado debaixo d'água.

— Então, essa é a primeira vez que você sai desde que... — minha voz vai morrendo e ela concorda com a cabeça.

— Sim. E agora que eu me afastei, *nunca* vou voltar. Ou eu fico entre os Seis Finalistas, ou morro tentando.

— Eu entendo — murmuro, passando meu braço ao redor dela. Suki apoia a cabeça no meu ombro, exausta da conversa. Mas sua testa está queimando, e eu fico assustada.

— Suki... você está sentindo alguma coisa?

Ela encolhe os ombros ligeiramente e eu encosto a palma da mão em sua testa.

— Você está queimando. Eu deveria chamar a enfermeira...

— Eu só preciso dormir. — Suki afasta minha mão e afunda sob as cobertas. — Não chame ninguém, ok?

— Tudo bem — suspiro. — Mas vou pegar uma compressa fria para você.

Visto uma camiseta por cima do pijama, e estou quase saindo pela porta quando Suki chama meu nome com voz sonolenta.

— Obrigada. Por ser minha amiga, mesmo que eu não tenha sido muito calorosa. — Ela suspira. — Acho que tinha medo de me aproximar de alguém com quem eu estivesse competindo.

Eu me viro, sentindo um aperto no peito ao ver seu rosto sulcado de lágrimas.

— Tudo bem. Eu entendo... e você pode contar comigo.

Amanhece e Suki ainda está pálida e febril, com uma violenta e vermelha erupção cutânea se espalhando pelo braço. Roo as unhas com preocupação enquanto olho para ela.

— Isso parece sério, Suki. Por favor, me deixe levá-la à enfermaria.

— Não. Eu não posso deixar os avaliadores descobrirem e decidirem que eu sou fraca demais para ser selecionada — argumenta. — Especialmente agora que só temos algumas semanas para nos mostrar capazes antes das primeiras eliminações. Eu só preciso atravessar o dia de hoje sem que fique óbvio que há algo de errado comigo e, aí, espero que isso... essa gripe vá embora.

Então ela não suspeita que é mais do que apenas uma gripe. Ou isso, ou ela não quer admitir. Eu me pergunto se deveria revelar a ela minha opinião, se talvez isso a convencesse a ver a enfermeira, mas fico com a boca fechada, com medo de estressá-la ainda mais. Em vez disso, ajudo Suki a aplicar corretivo em seus olhos inchados e empresto para ela uma blusa de mangas compridas para usar por baixo da camiseta do CTEI, antes de lhe dar o braço para se apoiar enquanto caminhamos para o refeitório. Ela tropeça no caminho pelo corredor, e eu paro para estabilizá-la.

— Você está sentindo tontura? — pergunto.

Ela hesita antes de assentir.

— Suki, *por favor*, me deixe...

— De jeito nenhum — ela me interrompe. — Você sabe por que não posso arriscar ser cortada. Não posso voltar para casa.

Esfrego o rosto com as mãos, dividida.

— Certo, tudo bem. Fique perto de mim o dia todo.

Ela aperta meu braço.

— Obrigada.

Dou o braço para ela enquanto adentramos o refeitório, e quando é hora de entrarmos na fila do bufê, faço os pedidos para ela, tratando de pegar todos os itens à disposição com alta quantidade de proteína. De volta à mesa, nossos companheiros de equipe estão ocupados interrogando Lark sobre seus anos de astronauta, e acho que Suki e eu estamos fazendo um trabalho razoavelmente bom em não chamar atenção até que Leo se inclina para mim.

— O que há de errado com ela? — ele sussurra.

— Hum... — olho em volta. Leo e eu estamos na extremidade da mesa, e os outros ainda estão absorvidos em sua conversa, prestando pouca atenção em nós. Eu poderia lhe contar sem que eles ouvissem demais, e seria um alívio... Mas será que posso confiar nele?

Eu me viro para Suki, que agora está arrastando sua colher em uma tigela de aveia, como se isso exigisse um esforço colossal. Ela está ao meu lado e, ao mesmo tempo, parece estar em outro lugar.

— Naomi. — Leo olha para mim de forma eloquente. — Eu sei que algo está acontecendo. Você não precisa me contar, mas me deixe saber se posso ajudar.

Fecho os olhos. Deus, eu adoraria alguma ajuda. Eu me inclino sobre a mesa até nossos rostos estarem tão perto que sinto sua respiração contra minha bochecha. E sussurro:

— Eu acho que ela está tendo uma reação à BRR. Mas você não pode contar a ninguém. — Eu me afasto a tempo de ver a expressão alarmada no rosto de Leo.

— Mas se ela está doente, não devemos ajudá-la?

— Acredite, eu disse o mesmo. Mas, pelo menos por ora, temos que fazer o que ela pediu e não dizer uma palavra. Não quero ser eu a pessoa a destruir suas chances de ficar entre os Seis Finalistas.

Acaba de me ocorrer como minhas palavras são irônicas. Se meu irmão estivesse aqui, ele me diria que eu estaria fazendo um *favor* a Suki, arriscando seu lugar na seleção e mantendo-a aqui na Terra. Mas agora, sabendo o que ela passou, o que muitos dos meus colegas finalistas sofreram em nosso planeta... Sinto minha convicção começar a vacilar.

O primeiro período de treinamento de hoje nos leva à Câmara de Altitude do terceiro andar: um espaço cavernoso feito quase inteiramente de gelo. Parece um iglu vazio no interior do prédio, com nada além de cones laranja espalhados e blocos de gelo empilhados preenchendo o espaço. Lark nos passa casacos grossos antes de nos deixar, e eu sinto um raio de esperança de que talvez esse frio seja exatamente o que Suki precisa, talvez ele possa abrandar sua febre.

— O que há com ela? — Beckett pergunta em voz alta, observando enquanto Suki segura em meu braço, apoiando a maior parte de seu peso em mim. Sinto meus ombros retesarem em sinal de defesa.

— Ela não dormiu bem ontem à noite. Só isso.

O tenente Barnes, nosso instrutor de mergulho, está nos esperando lá dentro, dessa vez vestindo roupas para neve. E ele não está sozinho. Dot está com ele, os olhos artificiais do robô vagando por cada um de nós.

— Bem-vindos à Câmara de Altitude — o tenente nos cumprimenta, com um aceno geral que engloba todo o grupo. — O espaço em que nos encontramos é uma réplica da Thera Macula, recriada pela NASA, a superfície de gelo do terreno onde os Seis Finalistas irão descer quando chegarem a Europa.

Uma onda de emoção percorre os meus colegas de equipe. Katerina dá uma pequena pirueta no gelo, elegante mesmo calçando tênis.

— Parece o meu lar — ouço-a cochichar para Asher antes de o tenente Barnes continuar.

— Ao se prepararem para qualquer missão, os astronautas em treinamento geralmente passam duas horas por dia se exercitando, três vezes por semana, para preparar seus corpos para as mudanças físicas que ocorrem no espaço. Muitas vezes, nós os colocamos em percursos de obstáculos de grau militar, além das rotinas de ginástica padrão. Ao mesmo tempo, nossos cientistas desenvolvem câmaras de altitude como esta para ajudar os corpos dos astronautas a se adaptarem ao ambiente em que entrarão. No entanto, no caso de vocês, com tanto treinamento que precisa ser feito em tão pouco tempo, decidimos matar dois coelhos com uma cajadada só: combinando o desafio físico de um percurso de obstáculos militar com a Câmara de Altitude de Europa.

Troco um olhar nervoso com Suki. Poderia haver pior ocasião para uma sessão de treinamento como essa?

— Europa não tem atmosfera, o que significa que não há vento ou clima, então vocês estarão a salvo de todas as crises relacionadas ao clima que nos atormentam na Terra. — O tenente Barnes faz uma pausa, sorrindo pela reação de meus colegas de equipe. — Há apenas dois problemas ambientais em Europa dos quais estamos cientes. O primeiro é a ocorrência de tremores de gelo, que devem ser parecidos com um terremoto de baixa intensidade. O segundo é conhecido como erupções de água: quando as placas tectônicas se deslocam, fazem com que enormes jatos de água sejam expelidos do gelo. Embora esses eventos possam parecer perturbadores, ambos são bastante leves em comparação com o que passamos aqui na Terra.

Olho o tenente com desconfiança. Com que autoridade ele pode afirmar isso, se nunca experimentou nenhuma dessas coisas por si mesmo? Além disso, mesmo que estes sejam os únicos problemas ambientais dos quais eles "estão cientes", quanto tempo será que levará até que as mãos humanas causem estragos neste novo mundo, assim como fizemos na Terra? Estou começando a me perguntar quem deveria ter mais medo: nós das incógnitas de Europa e da sua potencial vida inteligente... ou eles dos seres humanos e de nossa propensão para destruir?

— Para completar o percurso, vocês executarão *sprints*, ou seja, corridas de velocidade, em torno do caminho delimitado pelos cones laranja e saltarão sobre os obstáculos de blocos de gelo, esquivando-se de qualquer tremor de gelo simulado ou erupções de jatos de água que possam ocorrer — o tenente Barnes nos instrui. — Seu desafio é ultrapassar os obstáculos sem cair, e sem tocar a água ou os cones. Vocês completarão o percurso em duplas, e quem tiver o melhor tempo e menor desconto de pontos no final vence. Entenderam?

Eu me encolho. Essa é uma façanha atlética além da minha zona de conforto, e muito além do que Suki é capaz agora.

Ela se vira para mim em pânico.

— Eu... eu não posso estragar tudo — ela ofega. — Eu preciso vencer.

Resisto ao desejo de dizer a ela que *isso* é algo que jamais vai acontecer no estado em que se encontra.

— Vamos formar uma dupla — sugiro em vez disso. — Eu irei na sua velocidade, aí você não parecerá lenta em comparação com os outros.

— Obrigada — ela diz, seu rosto inundando de alívio. — Não tenho nem palavras para agradecer você.

— Sem problema — digo a ela, embora uma vozinha na minha mente me lembre o aviso do doutor Takumi. E se eu não for uma atriz boa o suficiente para convencê-los? E se descobrirem que estou entregando o jogo de propósito? Por outro lado... minhas habilidades desportivas insignificantes podem ser úteis aqui. Não demandará muito esforço fazer com que Suki pareça normal.

— Tudo bem, formem duplas!

Leo e Asher encabeçam a fila, com Katerina e Beckett logo atrás deles, e eu e Suki por último. Observo, com os nervos à flor da pele, quando Leo e Asher disparam no segundo em que o tenente Barnes sopra o apito. Os dois ziguezagueiam em torno dos cones a uma velocidade vertiginosa, ocasionalmente escorregando no gelo, mas equilibrando-se antes de tocarem o chão. E então o primeiro terremoto de gelo ocorre. Eu nem estou *na* pista de obstáculos e meu corpo balança; apoio as mãos nos joelhos para não cair e arrastar Suki para baixo comigo.

Asher cai ao chão, mas Leo continua correndo, saltando sobre um dos blocos de gelo com tanta confiança que não consigo desviar o olhar. Asher se levanta, e ouço Katerina festejando-o enquanto ele se aproxima, correndo em direção aos obstáculos. Justo quando Leo salta por cima do penúltimo obstáculo, um jato de água de mais de um metro de altura explode pelo chão. Meu queixo cai e fico admirada, mas ele não para de se mover, seu rosto é a imagem da determinação. Outra explosão de água acontece logo antes de seu salto final, e em uma das imagens mais deslumbrantes que já vi, Leo dá um salto no ar, subindo acima do jato de água e atinge a linha de chegada.

— Uau — eu sussurro.

Asher não termina muito atrás, e então o apito sopra para Katerina e Beckett. Saber que somos as próximas me deixa nervosa demais para assistir, e, em vez disso, tento dar a Suki uns conselhos motivacionais.

— Quando chegar a nossa vez, durante os próximos minutos, tente se esquecer do que você estiver sentindo, ok? Imagine que você está tão bem como no seu dia mais saudável e apenas... vá lá e arrebente.

Ela assente, mas seus olhos estão distantes, seu rosto está coberto de suor mesmo neste frio. Meu coração desanima.

— E... próxima dupla!

— Somos nós — digo, engolindo em seco. — Vamos nos posicionar.

Suki e eu assumimos a posição do corredor na linha de partida, meus músculos se esticando em expectativa. Quando o apito soa, eu me demoro um segundo para deixar que ela saia correndo primeiro e depois eu a sigo. Correr no gelo é mais difícil do que parece, e quando o chão abaixo de mim chacoalha no primeiro terremoto de gelo, eu caio sentada.

Colocando-me de pé outra vez, vejo Suki fazendo um esforço valente, as mãos segurando suas canelas para evitar cair com o terremoto. Resisto ao impulso de animá-la e continuo correndo, até um jato de água irromper. Meus pés escorregam e eu caio de volta no gelo.

— Ora, *vamos*, senhoras! — Beckett grita de fora da pista. — Que jeito de representar a América, Naomi!

Ranjo os dentes. Maldito filho da...

Um som horroroso ecoa pela câmara, como vidro quebrado. Meu coração quase para ao ver Suki caída ao lado do bloco de gelo, tendo fracassado na tentativa de saltá-lo. Eu me atrapalho para me levantar e corro a toda velocidade pela primeira vez no treinamento, até alcançá-la. Seu rosto está contorcido de dor.

— Você está bem? Sinto muito, nunca deveria ter deixado você...

O tenente Barnes aparece, interrompendo meu balbuciar.

— Vamos dar uma olhada nesse tornozelo — ele diz, enquanto Suki dá um jeito de se sentar.

— Estou bem — ela sibila. — É apenas uma torção leve. Estou bem, de verdade.

Fecho meus olhos por um breve instante. Sério mesmo que ela vai recusar ajuda *de novo*? Sinto uma pressão suave no meu ombro e me viro. É Leo, seus olhos azuis preocupados. O restante de nossos companheiros de equipe se agrupam em torno do tenente Barnes e Suki, mas Leo está aqui comigo. Eu me ponho de lado para que possamos conversar sozinhos.

— Eu não sei o que fazer — digo a ele em voz baixa. — Eu disse a ela que a ajudaria, mas...

— Mas é óbvio que algo está errado. — Ele termina minha frase. — E não porque ela errou o salto. Isso poderia acontecer com qualquer um. É o jeito que ela... *está* hoje.

Eu sei exatamente o que ele quer dizer. Nossa companheira de equipe equilibrada e focada ao extremo é uma pessoa diferente desde a noite passada... desde a BRR. Eu me viro para olhar para Suki, que está se levantando com a ajuda do tenente Barnes.

— Ela já era — diz alguém atrás de mim, e eu me viro indignada, dando de cara com Beckett, observando a cena com uma expressão complacente no rosto. — Tá na cara que ela não está focada no treino.

— Quer fazer o favor de calar a boca? — Leo diz a ele com rispidez, e sinto uma onda de gratidão.

Beckett ergue as sobrancelhas para Leo.

— Eu imaginei que você ficaria feliz com um competidor a menos.

— Então você não estava prestando atenção, porque eu acabei de bater o seu tempo na pista — Leo revida. — Se alguém precisa de uma competição mais leve, não sou eu.

— Você só me bateu por dois segundos — Beckett caçoa. — Não passou de sorte. Além disso, você já mostrou tudo o que tem. Eu só estou me aquecendo.

— *Certo*. Isso é o que todos os que acabam em segundo lugar dizem.

Por mais que eu adore assistir Leo destruindo aquele idiota, eu não quero deixar Suki sozinha com os outros por mais tempo. Pego o braço dele.

— Vamos ver como ela está.

Viramos as costas para Beckett e voltamos para Suki, que força um sorriso quando nos vê.

— Desculpe por tudo isso. Eu acabei... acabei de dizer ao tenente Barnes que meu tornozelo realmente não está doendo tanto a ponto de incomodar a enfermeira. Vou procurar descansar hoje, e tenho certeza de que estarei melhor amanhã.

— Eu aprecio sua disposição — diz o tenente Barnes com um aceno de cabeça. — Isso é o que gostamos de ver aqui no CTEI. Eu direi a Lark para dar uma folga aos seus pés hoje, mas espero você de volta, em forma, para o combate amanhã.

— Sem dúvida. — Suki abre um sorriso, e tenho que admirar sua *performance*. Talvez a queda tenha expulsado dela os sintomas que a estavam deixando como um zumbi, pois ela com certeza parece mais alerta e ávida agora. Ou... Talvez seja apenas desespero para continuar aqui. A necessidade supera tudo, mesmo uma dor excruciante.

— De volta ao trabalho! — o tenente Barnes grita, reunindo todos em volta dele. — Eu tenho os resultados finais com base em seus tempos. Chegando em último, com o percurso incompleto, está Suki, precedida por Naomi em quinto, também com o percurso incompleto.

Nós duas trocamos um olhar infeliz, mesmo que os resultados não sejam exatamente uma surpresa. Ouço Beckett sufocar uma risadinha, e sinto um desejo repentino de chutar alguma coisa.

— Em quarto lugar, com um tempo de quatro minutos e trinta segundos, vem Asher. Katerina fica em terceiro, com quatro minutos redondos.

A questão é, *por que* estou tão frustrada? Eu queria que Suki se saísse bem, não eu. Já tenho mais atenção aqui do que pretendia, considerando que meu objetivo final é ir para casa. Mas a derrota deixa um gosto amargo na minha boca. É possível... que eu esteja sendo envolvida pelo espírito de competição daqui?

— E em segundo lugar, temos Beckett com um tempo de três minutos e quarenta segundos. Isso faz de Leo o nosso vencedor, chegando em apenas três minutos e trinta e oito segundos!

Todos aplaudem, exceto Beckett, é claro. Leo abre um largo sorriso. Eu lhe sorrio de volta.

Suki parece um pouquinho mais perto do normal com o passar do dia: ainda um pouco pálida, e suando mesmo com o ar-condicionado no máximo, mas posso ver a vida voltando aos olhos dela. Ainda assim, quando seis e trinta se aproximam e é hora de entrarmos na fila para nossa segunda injeção de BRR, exorto-a ainda mais a contar para a enfermeira sobre seus sintomas.

— Quero dizer, não parece um pouco... imprudente tomar outra dose sem lhe contar como você se sentiu desde a noite passada?

Suki permanece teimosa como sempre.

— Eu lhe disse... *preciso* estar entre os Seis Finalistas. Não posso voltar. E se eu lhes der qualquer motivo para pensar que não sou tão forte quanto os outros aqui, acabou para mim.

E então eu assisto, prendendo a respiração, enquanto ela recebe outra dose do soro.

Leo me lança um olhar questionador, mas ele também não diz nada, ambos guardando o segredo dela... para melhor ou pior.

Deixamos a enfermaria e vamos para o refeitório jantar, e é muito esquisito passar de injeções para o menu britânico de salsichas e purê. Uma vez que estamos sentados diante dos pratos cheios, o doutor Takumi faz um anúncio surpresa: do tipo que eu esperava desde o momento em que cheguei.

— Após a refeição, os Líderes de Equipe vão escoltá-los até a biblioteca para o seu primeiro bate-papo semanal com suas famílias. Todos os seus familiares foram notificados e estarão esperando a chamada de vídeo no horário designado...

Os gritos e comemorações das quatro mesas do refeitório quase o abafam. O pensamento de *finalmente* poder ver e falar com Sam e meus pais me deixa zonza, muito elétrica para conseguir dar sequer outra garfada. Katerina e Asher sorriem de orelha a orelha enquanto se engajam numa conversa animada sobre que pessoas de suas cidades natais eles esperam ver em seus bate-papos de vídeo, enquanto Beckett se junta a eles, não tão animado. Fico impressionada que ele não aproveite a oportunidade para se vangloriar de ficar *on-line* com a própria Casa Branca, e estou prestes a sussurrar isso para Leo quando percebo sua expressão arrasada. Suki empurra o prato cheio para o lado, com o olhar baixando para o chão e meu coração se aperta pelos dois. Não pode haver nada pior do que saber que as únicas pessoas que importam não estarão lá do outro lado da tela.

— Eu não preciso ir, não é? — Leo pergunta para Lark baixinho.

— Vai querer dar bolo no seu encontro? — Lark levanta uma sobrancelha para ele, e Leo olha para ela confuso.

— Não tenho parentes próximos — diz ele. — Então, deduzi...

— Que você não teria uma chamada de vídeo? Sem chance — diz Lark com um sorriso.

— Recebemos uma mensagem *muito* apaixonada de uma certa Elena Vincenti pedindo privilégios de comunicação com você. Eu não poderia dizer não a uma mensagem como essa. — Ela baixa a voz para um tom conspiratório. — E o fato de ela ser a filha do primeiro-ministro certamente me ajudou a obter um sim do doutor Takumi!

Meu rosto fica estranhamente quente enquanto escuto, embora eu não saiba por que me importo. E daí se ele tiver uma namorada na terra dele?

— A filha do primeiro-ministro? — Beckett ergue uma sobrancelha. — Você é um azarão.

— Não é que... — Leo começa, suas bochechas vermelhas, mas Asher o interrompe.

— Assume, cara — Ele dá um soquinho de punho em Leo, e eu sinto meu interior se contorcer de irritação. E pela primeira vez desde que nos conhecemos, a visão do sorriso de Leo faz eu me sentir pior em vez de melhor.

Quando por fim chegamos à biblioteca para a nossa vez nos computadores, estou que não me aguento. Não consigo parar quieta no lugar enquanto Lark liga os monitores e loga cada um de nós; aguardo com impaciência que ela termine de acomodar Katerina antes de vir para o meu lugar. Até que enfim, estou logada e meu rosto ansioso me encara no canto esquerdo da tela. E depois...

— Naomi!!

— *Azizam!*

Os rostos de Sam e de meus pais enchem a tela, e enquanto eu olho para eles me sinto como se estivesse respirando pela primeira vez depois de dias debaixo d'água. Meus olhos se enchem de lágrimas enquanto me esqueço de todos à minha volta nessa sala, esqueço tudo menos eles.

— É tão bom ver vocês — consigo falar, com voz embargada. — Senti tanta saudade...

— Não tanto quanto nós sentimos a sua falta — diz mamãe, colocando a mão na tela.

— Como você está, querida? — pergunta papai, e eu percebo que ele está usando o suéter verde felpudo que eu lhe dei no Dia dos Pais. Eu daria qualquer coisa para poder atravessar a tela e abraçá-lo.

— Eu... eu estou bem. Não consigo ficar longe de vocês, é tão difícil quanto pensei que seria. Mas felizmente fiz alguns amigos aqui, e isso ajuda um pouco.

— É claro que você fez — diz Sam com um sorriso melancólico.

— Isso me lembra. Temos algo para lhe mostrar — diz papai, sua voz se elevando de empolgação. Eu o ouço remexendo alguma coisa fora da tela, e então ele levanta uma cópia da revista *Time*. — Incrível, não é?

Eu inspiro fundo. Somos nós, os Vinte e Quatro, na capa da revista... sob uma manchete em letras garrafais que diz: "Os adolescentes que vão salvar a raça humana".

— Uau — murmuro. É surreal ver a mim e meus companheiros na capa de uma revista, mas mais do que orgulho, a imagem me enche de medo. Medo de estarmos manipulando o público, alimentando demais suas esperanças, quando não há garantia de que nossa história não acabará de forma diferente do desastre da *Athena*... ou de que Europa não se revelará tão perigosa quanto a Terra.

— Eles dedicaram mais espaço para você e Beckett Wolfe — Sam acrescenta, tirando a revista das mãos de papai e folheando as páginas até encontrar o que ele está procurando. Ele segura um artigo diante da tela, uma matéria intitulada "O sobrinho do presidente e o prodígio irano-americano" com uma foto reluzente de mim e Beckett, de pé, rígidos, ao lado um do outro no dia da chegada.

— Sabendo como o presidente Wolfe se sente sobre imigrantes, ele deve estar *amando* toda essa atenção à nossa ascendência — papai ri.

— É verdade — digo com um sorriso. Beckett provavelmente está tão emocionado quanto o tio por ter que compartilhar a atenção de toda a sua imprensa comigo. Eu sei que é mesquinho, mas não posso deixar de sentir um pouquinho de satisfação com o aborrecimento que essa manchete lhe causará. — Chega de falar de mim. Estou ansiosa para saber como vocês estão indo. — Eu olho mais atentamente para os três. — Sam, como você está se sentindo?

— Estou bem. Indo a todas as minhas consultas e tomando meus remédios. Você não precisa se preocupar, mana — ele diz com um sorriso irônico.

Mas, ao estudá-lo pela tela, sinto uma onda de ansiedade. Ele parece ainda mais magro do que quando eu parti, e não há como esconder o cansaço em seus olhos.

— Você está descansando o bastante? Comendo o bastante? Eu pensei que as famílias dos Vinte e Quatro iriam obter comida extra...

— Sim, para as três questões — responde Sam, rindo. — *Eu estou* bem, mas vejo que o centro espacial não mudou você nem um pouco.

Eu tento sorrir, para afastar a sensação de que sua tranquilidade é fingida, apenas para eu me sentir bem.

— Nós estamos cuidando dele, querida. Não se preocupe — diz mamãe, envolvendo seu braço ao redor de Sam. Eu sinto uma dor no peito ao vê-los, tão próximos, enquanto eu estou a uma distância incalculável.

— Como estão as coisas por aí? Você está se divertindo? — papai pergunta, olhando para mim esperançoso.

— Na realidade... sim, às vezes. O treinamento que fizemos até agora é bastante incrível. É como se estivéssemos na Hogwarts do espaço, mas em vez de nos ensinar magia, eles estão nos preparando para sermos expulsos do planeta. — Eu dou risada. — Terei uma série de histórias para contar para vocês quando eu voltar para casa.

No silêncio que se abate, quase posso ouvir minha frase revirando em suas mentes: *"Se você voltar para casa"*.

— Então, você abriu a minha carta? — Sam pergunta, tentando parecer casual.

Eu conheço a verdadeira pergunta que ele está fazendo: eu pretendo usar o *pen drive* com o *software* de hackeamento, e estou fazendo progressos na minha verdadeira missão, para voltar para eles e permanecer na Terra? Tenho que assegurar a ele que estou cumprindo a minha promessa de voltar para casa, sem me entregar para Lark ou qualquer outra pessoa que escutar.

— Eu abri, e em resposta à sua pergunta... Ainda estou imaginando uma forma de fazer isso — respondo. — Mas eu vou.

Meus pais estão visivelmente confusos, mas antes que possam perguntar do que estamos falando, Lark chama nossa atenção.

— Hora de deslogar. É a vez da próxima equipe nos computadores.

Entro em pânico. *Não podemos* ser desconectados tão cedo... e eu não consigo entender a ideia de só ver a minha família assim, em sessões dolorosamente curtas e através de um monitor de computador.

— Eu amo vocês — digo, engolindo o nó na garganta. — Eu não quero dizer adeus.

— Nós amamos você mais, *azizam* — diz papai com voz rouca, e dá para ver que ele está segurando as lágrimas. Os olhos de mamãe estão marejados quando ela sopra beijos para a tela, e Sam me dá o sinal de mão secreto que inventamos na escola primária. Eu pensei que ele tinha esquecido, e eu dou risada entre lágrimas.

— Amo você, mana. Sinto muito mesmo a sua falta.

E então a tela fica preta, e o vazio me deixa com uma renovada determinação.

Eu tenho que colocar o plano em ação.

ONZE

LEO

HÁ BATIDAS FORTES NA MINHA PORTA, um grito que invade meus sonhos. Eu acordo sobressaltado, piscando para o relógio ao meu lado enquanto ele marca três e meia. Será que imaginei o barulho? O que poderia estar acontecendo a esta hora?

Então, ouço uma voz familiar gritar por ajuda e afasto as cobertas de cima de mim. Visto a primeira calça que consigo encontrar e abro a porta.

É Naomi. Assim que me vê, seu rosto enruga-se, transtornado.

— Suki está com problemas — ela ofega. — Estava tudo bem, eu achei que ela estava melhorando, e aí... então...

Asher se junta a nós, esfregando os olhos.

— O que houve?

— Aconteceu alguma coisa com Suki — falo para ele. — Vamos.

Nós três corremos pelo corredor escuro para a ala das garotas, alguns finalistas com os olhos sonolentos colocam a cabeça para fora de seus quartos ao som da comoção, até que chegamos à porta do quarto de Naomi e Suki. Posso ouvir um som estrangulado vindo do interior do aposento, e Naomi hesita antes de abrir a porta.

— Eu... eu deveria preparar vocês. A coisa está muito feia...

— Está tudo bem — assegura Asher. — Eu estive no exército, e quanto a Leo... — Ele não conclui a frase, mas eu sei como ela termina. *Quanto a Leo, a família dele toda morreu. Ele pode lidar com um colega de equipe que está passando mal.*

— Vamos lá — eu falo para Naomi. Ela engole em seco e abre a porta... e o meu corpo todo se retesa, em pânico.

Um animal selvagem está convulsionando sobre a cama, tremendo e espumando pela boca. Sua cabeça vira em nossa direção quando entramos, e ela abre a boca para falar, para gritar — mas tudo o que sai são sons desconexos. O esforço parece agitá-la ainda mais, e agora ela está chacoalhando o leito com sua tremedeira, sua pele adquirindo uma tonalidade azulada. Esta não é Suki — não pode ser ela.

— Eu nunca vi nada assim. — Naomi encara a cama com o olhar vidrado, sua expressão tomada pelo terror. — A princípio, pensei que fosse uma convulsão, mas só foi piorando. Eu queria levá-la para a enfermaria, mas não consigo erguê-la sozinha, e não se deve mover alguém que está tendo uma convulsão, se é que é isso mesmo o que ela está tendo. — Ela se contém, balançando a cabeça, impotente, e eu me viro para Asher.

— Vá buscar ajuda, ok? Tente voltar o mais rápido possível. — Eu dou a ordem com muito mais determinação do que de fato sinto, e Asher assente com a cabeça, parecendo aliviado por ter algo para fazer. Enquanto ele corre para fora do quarto, dou alguns passos hesitantes em direção a Suki.

— Vai... vai ficar tudo bem — eu gaguejo, embora saiba que ela não está ouvindo. Ela está completamente fora do ar. — A ajuda já está vindo, e...

No intervalo entre uma respiração e outra, Suki estende os braços para cima e agarra meus dois pulsos. Sua força me pega desprevenido, e eu solto um berro quando ela crava as unhas na minha pele.

— O que ela está fazendo? — Naomi grita.

— Eu... não sei... como ela... ficou... tão forte? — eu engasgo com as palavras.

— *Tā hái huózhe*. — Suki me encara com um olhar desvairado e repete a frase com voz distorcida. — *Tā hái huózhe*.

— É mandarim — Naomi esclarece, ofegante. — Por favor, me diga que você entende mandarim.

Nego com a cabeça.

— *Tā hái huózhe* — diz Suki mais uma vez, agora sussurrando. E então ela solta meus pulsos, e seu corpo fica inerte.

— Não! — Naomi grita, correndo para o lado de sua colega de quarto. Afundo a minha cabeça nas mãos, temendo pelo momento que sei que está chegando. Não posso ver outro cadáver, não outra pessoa...

— Ela está respirando! — Naomi mantém dois dedos pressionados contra o pulso dela, e o alívio me inunda. Ainda há uma chance.

Passos ressoam vindo em nossa direção, e a porta se abre. Quando Asher volta com Lark e o doutor Takumi no encalço, o corpo de Suki se atira para a frente, a convulsão retornando ainda mais violenta do que antes. Ela bate a cabeça contra a parede enquanto se debate, ainda gritando a frase desconhecida, "*Tā hái huózhe*". Posso ver lágrimas em seus olhos, e eu me viro desesperada para o doutor Takumi e Lark.

— O que está acontecendo com ela?

— E o que ela está dizendo? — Naomi exige saber atrás de mim. — Vocês conseguem entendê-la?

A cor some do rosto de Lark à medida que ela assimila a cena. Ela se volta para o doutor Takumi, que também não diz uma só palavra. Ele simplesmente aproxima-se alguns passos, sua presença no centro do quarto apenas aumentando a acentuada sensação de medo — e estende o braço para Suki. Eu prendo a respiração quando ele a levanta da cama e ela grita, sua cabeça revirando de um lado para o outro, as mãos retorcidas agarrando o ar. Ainda conseguindo manter sua compostura, o doutor Takumi enfia a mão no bolso da jaqueta e retira de lá uma seringa.

— O que você está fazen...? — Mas antes mesmo que Naomi possa formular sua pergunta, o doutor Takumi afunda a agulha na pele de Suki. E tudo fica em silêncio.

— Este sedativo leve deve surtir o efeito desejado — ele esclarece, segurando Suki com força. Ele se dirige para a porta com ela nos braços, e Naomi pula na sua frente, barrando-o.

— Para onde você a está levando? O que está acontecendo?

— Receio que ela tenha sofrido uma reação adversa à BRR — ele explica com frieza. — Vou levá-la ao nosso centro médico, no Centro Espacial Johnson. Nós os manteremos atualizados, conforme necessário.

Nós quatro observamos enquanto o doutor Takumi a carrega, até que tudo o que resta de Suki é o cheiro do medo. Lark suspira fundo.

— Sinto muito por vocês terem presenciado isso. Quando o corpo rejeita uma vacina pode, vez ou outra, ocasionar sintomas catatônicos que são assustadores para quem os testemunha. Mas podem confiar que o doutor Takumi fará com que Suki receba o melhor atendimento possível.

— Se a BRR é tão arriscada... — Naomi começa a questionar, mas Lark a interrompe.

— Para a grande maioria de vocês, não é. Suki é a única entre os Vinte e Quatro a manifestar sintomas.

Até agora, acrescento na minha mente. Será que um de nós poderia ser o próximo?

— Eu sei que será difícil dormir depois disso — ela reconhece. — Mas temos outro dia agitado amanhã, e vocês vão querer estar bem descansados.

— Espera um pouco. — Naomi a encara, incrédula. — Então, não importa o que aconteça com Suki, amanhã é um dia como qualquer outro?

— É assim que as coisas funcionam no nosso centro — diz Lark. — Na NASA, eu treinei com a tripulação do *Athena* e vi alguns dos meus amigos mais próximos morrerem. Fiquei devastada, mas ainda assim tive que me apresentar ao trabalho. Nossos objetivos na NASA permaneceram os mesmos: ir além dos limites do espaço e encontrar um novo lar para abrigar a vida humana. Isso não muda quando algo ruim acontece. — Ela se move em direção à porta. — E não há razão para acreditar que algo irreparável aconteceu hoje à noite. Se bem conheço o doutor Takumi, ele não poupará esforços para garantir que Suki se recupere.

— Vamos torcer — Naomi murmura em voz baixa.

— Dito isto — Lark continua —, eu sugiro que voltemos para os nossos quartos e tentemos dormir pelo menos um pouco.

— Vão indo na frente — digo aos outros. — Vou ficar só mais alguns minutos.

Lark me olha de soslaio, mas não tenta me impedir.

— Só não demorem muito.

— Boa noite, Naomi. Eu... eu espero que você fique bem — diz Asher, dando uma rápida olhada na cama vazia de Suki, depois segue Lark para fora do quarto. E, então, ficamos só nós dois.

Observo Naomi se dirigir para o seu lado do quarto, decorado com fotos e pôsteres, ao passo que do lado de Suki não há nada pendurado. Ela desliza para o chão, recostada contra a cama, a cabeça pressionada nos joelhos.

— Tudo isso é culpa minha — diz ela, abatida. — Eu suspeitei que algo estava errado vinte e quatro horas atrás. Eu não deveria ter dado ouvidos a ela. Eu poderia ter *evitado* isso.

— Não tem como você saber ao certo — eu a consolo, abrindo espaço ao lado dela no chão. — Além disso, parecia que ela estava melhorando. Eu pensei que o pior já havia passado quando a vi no jantar. Como você poderia saber que algo assim aconteceria?

— Eu não deveria tê-la deixado receber outra injeção — Naomi prossegue, cerrando os dentes. — Talvez ela *estivesse* melhorando, mas a segunda aplicação tenha causado isso.

— Isso não é culpa sua. — Eu coloco a mão em seu braço. — Você não criou a BRR, e você não a forçou a receber a injeção. Você tentou buscar ajuda para ela e Suki recusou. Como alguém que sabe uma ou outra coisa a respeito de culpa... — respiro fundo. — Aconselho você a deixar isso pra lá.

Ela fica quieta por um instante.

— É. Acho que você está certo. — Seus olhos vagam de volta para a cama vazia de Suki. — Nem a pau que vou conseguir dormir esta noite.

— Eu posso... ficar aqui com você. Pelo tempo que você quiser.

Ela dá um leve sorriso.

— Obrigada. Eu não quero mesmo ficar sozinha neste momento.

Retribuo o sorriso, algo mexendo com meu peito enquanto olho para ela.

— Eu preciso de uma distração — Naomi suspira, inclinando a cabeça para trás contra a cama. Ela me espia pelo canto do olho. — Sabe onde eu sempre quis ir, antes das inundações?

— Onde?

— Para a Itália — revela ela. — Eu tinha um "Fichário dos Sonhos" em casa, onde eu juntava fotos e artigos de lugares aos quais eu queria ir, coisas que eu queria fazer. Imaginei fazer uma viagem da vitória com o meu irmão um dia, quando ele estivesse totalmente curado. O plano era passar três semanas entre Veneza, Florença, Roma e a Costa Amalfitana, visitando todos os pontos turísticos e degustando todos os pratos regionais ao longo da viagem. — Seu sorriso desaparece. — Teria sido incrível.

— Queria que você pudesse ter visto isso também — digo baixinho. — Talvez, se as coisas tivessem sido diferentes... nós teríamos nos conhecido lá, em vez disso.

— É. — Ela fica em silêncio por um momento, e então pergunta: — Quer me contar sobre isso? Sobre Roma?

Sinto um aperto no coração. Faz tanto tempo desde a última vez que me permiti lembrar como era de fato — quando o Coliseu e as Escadarias da Praça da Espanha repousavam em terra firme. Quando minha família estava viva. Mas as imagens já estão brotando na minha mente, e ouço-me começar a falar.

— Talvez todos possam achar que sua própria cidade é o centro do mundo, mas Roma era mesmo. A história residia bem ali onde morávamos: a arena dos gladiadores, a Cidade do Vaticano. Tínhamos Michelangelo, Fellini. Mas mesmo com tanta história, ela de alguma forma nunca parecia velha. A cidade transpirava *vida*, vida pulsante e sonora. Em qualquer lugar em que você ia, havia pessoas de todas as idades em cafés e restaurantes, nas casas noturnas, torcendo nas ruas por seus times de futebol em dias de jogo. Eu adorava o barulho.

— Parece fantástico — observa Naomi, fechando os olhos. Dá para perceber que seu corpo está relaxando, seus ombros tensos se afrouxando, e eu prossigo.

— Embora tecnicamente fosse uma cidade grande, havia uma proximidade entre os moradores locais. Meus vizinhos estavam todos envolvidos uns na vida dos outros. Se eu saísse com uma garota uma vez, a senhora Conti, minha vizinha, ficava perguntando sobre ela durante semanas. — Eu dou risada. — A *pensione* da minha família servia um almoço de domingo aos moradores e hóspedes do hotel. Nós nos empanturrávamos com seis pratos de comida, e então minha mãe sentava ao piano e todos cantavam as tradicionais canções italianas... aquelas músicas que todos nós conhecemos de cor. Às vezes, ficávamos lá por horas. Angelica tinha uma voz incrível. O restante de nós era apenas barulhento, mas ela sabia cantar de verdade.

Naomi muda um pouco de posição no lugar, aproximando-se, enquanto sinto que uma parte de mim mesmo afasta-se para longe desse quarto — retornando para casa, trazendo de volta à vida a minha família. Eu olho para o anel no meu dedo, com o brasão Danieli, traçando a letra *D* cursiva com o meu polegar.

— Era um lugar perfeito. E... acho que tenho sorte de ter vivenciado isso, antes de tudo desaparecer.

— Parece o paraíso. — Naomi repousa a cabeça no meu ombro. Nós ficamos assim por alguns minutos ou horas — o tempo parece parar —, até que o som de sua suave respiração me diz que ela conseguiu adormecer.

Eu a levanto nos braços o mais delicadamente possível e coloco na cama. Ela se mexe um pouco, mas não acorda, e eu a envolvo com as cobertas.

— Boa noite, Naomi — sussurro.

Olho para ela uma última vez. Sua expressão é tão tranquila enquanto dorme, como se o trauma que testemunhamos com Suki nunca tivesse acontecido.

Saio do quarto, tateando no escuro em direção ao dormitório masculino. Durante todo o trajeto, seu rosto permanece marcado na minha mente.

Na manhã seguinte, acordo parecendo um zumbi, meio alucinando por não ter dormido quase nada. Asher e eu nos aprontamos com pressa, ambos ansiosos para ver se, por um milagre, Suki estará esperando por nós na mesa da nossa equipe para o café da manhã. Mas, quando entramos no refeitório, encontramos seu assento vazio. Lark e o doutor Takumi também não estão lá.

— Acho que ela ainda está recebendo tratamento — digo a Asher. — Caramba, espero que ela esteja bem.

Meu olhar se cruza com o de Naomi do outro lado do refeitório, e de repente estou bem desperto. Asher e eu deslizamos para nossos assentos, eu me sentando ao lado dela.

— Oi — eu a cumprimento, com um leve sorriso. — Como você está?

— Oi. Eu estou... — Ela balança a cabeça. — Eu não sei. Só quero descobrir o que aconteceu com a minha colega de quarto.

Em um *timing* perfeito, Lark entra no refeitório, seguida pelo doutor Takumi, em uma passada mais lenta. Antes mesmo que Lark sequer chegue ao seu assento, Naomi, Asher e eu a bombardeamos com perguntas, enquanto Katerina e Beckett ouvem com curiosidade, os dois ainda alheios ao que ocorrera com Suki.

— O doutor Takumi irá explicar tudo — é só o que Lark diz. Mas, pela expressão em seu rosto, tenho uma terrível sensação de que as notícias não são boas.

O doutor Takumi caminha decidido até o tablado na frente do refeitório e ergue as mãos para que os presentes fiquem em silêncio.

— Eu tenho um triste anúncio a fazer. Como vocês devem ter notado, um de nossos Vinte e Quatro está ausente hoje. Lamentavelmente, Suki Chuan teve que ser cortada mais cedo, por ter sofrido uma reação adversa à BRR. Ela não é mais uma finalista da Missão Europa.

A notícia me atinge como um golpe. Eu me viro para Naomi bem no momento em que seu rosto é tomado por uma expressão mortificada. Suspiros e exclamações de choque percorrem o refeitório, e meu estômago se revira com a percepção de que Suki se foi, sua chance de um futuro arruinada em uma só noite.

— Onde ela está? — Naomi sussurra para Lark, seu lábio inferior tremendo.

— Ainda está no centro médico. Vai levar algum tempo até que se recupere, mas não se preocupe — assegura Lark. — Ela está recebendo o melhor tratamento.

— A todos aqueles que estão preocupados de que o mesmo possa acontecer com vocês, a boa notícia é que as chances de uma reação alérgica à BRR ainda são muito pequenas. Se vocês ainda não apresentaram sintomas, a probabilidade é de que seu corpo já esteja aceitando o soro. No entanto, o que aconteceu com Suki é exatamente o motivo de monitorarmos suas reações antes de partirem da Terra. — O doutor Takumi faz uma pausa, intensificando seu olhar para todos nós. — Se vocês sentirem algo fora do comum, o *que quer que seja*, eu espero que venham direto até mim ou até o seu Líder de Equipe. A última coisa que vocês vão querer é que uma complicação médica surja em Europa... quando vocês estarão basicamente por conta própria. — Ele pigarreia. — E agora, vamos tentar deixar para trás este infeliz incidente e começar o dia de hoje com o pé direito.

Ele sinaliza para que formemos uma fila no balcão do bufê, mas ninguém na nossa mesa se move. Até mesmo Beckett parece hesitante.

— Droga. Uma já foi eliminada — ele comenta, quebrando o silêncio.

— Ela não merecia isso. — A voz de Naomi falha quando ela se vira para Lark. — Quando podemos vê-la? Nós devemos pelo menos visitá-la.

— Hum, não estou certa quanto a isso — responde Lark, desviando o olhar. — O centro médico não permite visitantes nesse estágio delicado, fora os familiares mais próximos.

— Ela me disse que não tem nenhum parente vivo, exceto por um padrasto com o qual ela não se dá bem — Katerina objeta. — Naomi tem razão. Nós temos que ir visitá-la.

Asher e eu assentimos, e Lark se inclina para a frente, baixando a voz.

— Eu sei que é difícil, mas vocês precisam deixar isso para lá. Confiem em mim... pressionar a respeito dessa questão não trará nada de bom. Vocês não podem fazer nada por Suki agora, mas vocês cinco ainda *estão* competindo para integrar os Seis Finalistas. Isso tem que ser o foco de vocês. *Nada mais.*

Ela está certa, eu sei. Nenhum de nós pode se dar ao luxo de se distrair e perder essa oportunidade, ainda mais eu. Só que... por que eu tenho a sensação de que suas palavras contêm uma ameaça velada?

Um clima de tristeza paira sobre nós cinco enquanto cumprimos o dia de treinamento com a equipe reduzida. O único entre nós que de certa forma está animado é, claro, Beckett. Conforme Lark nos conduz à piscina de mergulho para outra sessão com o tenente Barnes, dou uma espiada para trás e percebo que Beckett caminha ao lado de Naomi e Katerina, dizendo algo a Naomi que a faz se encolher de descontentamento. Eu diminuo o passo até emparelhar com eles.

— Quero dizer, se você pensar bem a respeito, ela provavelmente era sua maior concorrente — eu o ouço dizer. — Eu dei uma pesquisada nos Vinte e Quatro antes de vir para cá, e é óbvio que vocês duas eram cotadas para uma das vagas acadêmicas da missão. Suas chances aumentaram bastante agora que ela se foi.

— Minha amiga está no *hospital* — Naomi vocifera. — Você acha que eu dou a mínima pra quem vai ganhar de quem na seleção?

Beckett dá de ombros, impassível.

— Mas ela não era sua amiga tanto assim, era? Você a conhecia há o quê, uma semana?

Naomi o fulmina com o olhar.

— Ela era minha colega de quarto. Talvez seja difícil para você se importar com alguém com quem passa quase todo o seu tempo, mas alguns de nós não têm o mesmo problema.

— Só estou falando. — Ele lhe lança um olhar crítico. — Acho que você se afeiçoou a ela porque sentia falta de ter seu irmão doente para cuidar.

A fúria explode dentro de mim, e eu salto entre os dois.

— Ei, cara, por que você não cala essa sua boca?

Eu quero agarrá-lo pelo colarinho e jogá-lo contra a parede; quero fazê-lo pagar por falar com Naomi desse jeito. Mas antes que eu possa fazer isso, ela se desvia de mim e segura a parte de trás da camisa dele, empurrando-o tão forte que ele tropeça em Katerina.

— Nunca mais fale do meu irmão de novo — ela sibila.

— Já chega! — Lark se mete entre nós, puxando Naomi para longe de Beckett. — Esta equipe já passou por muita coisa, não precisa de vocês dois aumentando o drama. A menos que vocês *queiram* ver como o doutor Takumi fica quando está irritado, parem agora com essa briga e comecem a se comportar como colegas solidários. Entenderam?

Ambos resmungam o seu consentimento enquanto se recusam a olhar um para o outro. Assim que Lark vira as costas para nós, Naomi passa por Beckett acotovelando-o, e Katerina se junta a nós, nos alcançando.

— Eu sei que ele pode ter agido como um idiota, mas Beckett não é de todo ruim — ela diz em voz baixa. — Eu conversei com ele algumas vezes e, bem... digamos que as pessoas não o invejariam se conhecessem a história toda de sua família.

— Eu não ligo para a história dele — responde Naomi, sem se abalar. — Ele não agiu apenas como um idiota, ele é um idiota.

— Além disso, todos nós chegamos aqui com um passado e você não vê o restante de nós fazendo inimigos — eu ressalto.

— Sim — admite Katerina. — Eu não sei...

Interrompemos a conversa quando entramos no espaço que rodeia a piscina de mergulho, o tenente Barnes nos aguardando na borda. Conforme nos aproximamos, posso enxergar através da água o que parece ser um submarino para um único ocupante, estacionado no gelo que cobre o fundo da piscina. Uma cúpula de vidro circunda o assento do condutor, enquanto o casco pressurizado é uma esfera de aço maciça unida a cápsulas de bateria e propulsores. Uma série de raias repousa sobre a superfície da piscina, trazendo-me a lembrança dos meus tempos de competição — e, apesar da manhã que tivemos, sinto um leve estímulo de empolgação.

— Vamos lá, equipe! — O tenente Barnes gesticula para irmos até ele.

Nós nos reunimos e espero ele dar início ao treinamento dizendo algo sobre Suki, para nos tranquilizar de alguma forma — mas ele não fala nada. Em vez disso, ele discorre detidamente sobre a tarefa a seguir, como se não houvesse nada de incomum em nossa equipe de cinco.

— O foco de hoje é a sobrevivência na água — ele começa. — O que estão vendo diante de vocês no fundo da piscina é um submersível: o mesmo modelo de veículo subaquático que os Seis Finalistas irão pilotar no oceano de Europa depois de perfurarem o gelo.

— Incrível — murmura Asher, e eu concordo com a cabeça.

— Quando vocês tocarem o solo de Europa, no início viverão em um abrigo inflável na superfície do gelo — prossegue o tenente Barnes. — No entanto, para criar um ambiente habitável para um assentamento em massa, precisamos que vocês penetrem a crosta de gelo para acessar o provável oceano que se encontra sob a superfície. Com a orientação navegacional de Cyb e Dot, vocês localizarão o imenso bolsão entre a superfície gelada e o oceano interno. É nesse bolsão que vocês vão descobrir um trecho sem fim de terra rochosa, poderão produzir oxigênio do oceano próximo por meio da eletrólise da água — e onde vocês ficarão a salvo da radiação e das temperaturas drásticas, graças ao escudo de gelo acima. E é *aí* que vocês irão fincar a sua bandeira e estabelecer a nossa nova colônia humana. — Ele faz uma pausa. — Esse é o nosso Santo Graal.

Imaginando a cena na minha cabeça, sinto um ímpeto de certeza de que esse será o meu legado. Essa deve ser a razão pela qual eu sobrevivi à inundação — para nos conduzir ao próximo mundo.

— Desse modo, localizar e construir este ambiente demandará muitas viagens de deslocamento nos submersíveis, especialmente para aquele que for designado especialista subaquático. É por isso que hoje vocês receberão um curso intensivo sobre como pilotar essas embarcações, e como escapar em uma emergência.

Nós observamos atentos enquanto o tenente demonstra o desafio à nossa frente, mergulhando na água e nadando até o submersível. Ele destranca a cúpula de vidro e escala para o assento do condutor, acionando, em seguida, os propulsores e utilizando os pedais para navegar pela extensão do chão da piscina, suas mãos livres. Quando alcança a extremidade oposta da piscina, podemos vê-lo através da transparência da cúpula de vidro manuseando uma caixa de câmbio — e, então, o submersível dispara na água como um foguete em miniatura, cruzando a superfície da piscina. Ele sai do veículo ao som dos nossos aplausos.

— Vocês realizarão o desafio um de cada vez, começando com um mergulho até o submersível ao soar do meu apito — ele nos instrui. — Ao entrarem na embarcação, vocês encontrarão um monitor *touch screen* que controla as funções de energia, propulsão, velocidade e emergência. Eu programei o submersível de modo que, após completar uma série de voltas pilotando ao redor da piscina, um alarme será emitido, exigindo que vocês usem a tecnologia de propulsão de emergência para se lançarem à superfície. Eu vou cronometrar cada um de vocês para ver quem consegue completar este exercício em menos de cinco minutos. Para finalizar o desafio, assim que saírem do submersível, vocês nadarão logo abaixo da superfície e tentarão segurar a respiração embaixo d'água por dois minutos inteiros. Pode parecer incoerente com todo o equipamento que vocês estão aprendendo a usar, mas astronautas devem estar preparados para qualquer coisa, incluindo o improvável evento de uma falha de sistema nas águas de Europa. Em um caso raro assim, a capacidade de prender a respiração até alcançar a superfície poderia ser a diferença entre a vida e a morte.

O tenente Barnes distribui os trajes de mergulho, e nós cinco despimos nossos uniformes até ficarmos apenas com os trajes de banho que usamos por baixo da roupa. À visão de Naomi em seu maiô, minha pele fica quente. Eu desvio rápido o olhar.

— Conforme eu for chamando seus nomes, formem uma fila em frente ao trampolim. Essa será a ordem em que vocês completarão o desafio.

Meu nome é chamado por último, e eu assisto do fim da fila meus colegas de equipe mergulharem na piscina, um a um. Naomi tem dificuldade com o submersível, mas Asher e Katerina pegam o jeito da coisa depois de alguns minutos testando os controles. Para minha decepção, apenas Beckett consegue as duas desagradáveis façanhas de operar com sucesso o submersível em sua primeira tentativa e manter a respiração embaixo d'água pelos dois minutos completos. E, então, chega a minha vez.

Eu subo até o trampolim mais alto, consciente de que todos os olhos estão direcionados para mim enquanto mergulho da prancha. No instante em que a minha pele toca a água, é como se tudo se encaixasse. Eu suspiro quando uma corrente elétrica percorre minhas veias, transformando meus braços e pernas em uma energia vibrante e formigante — uma sensação que nunca experimentei antes. Tudo o que sei é que meu corpo está clamando por movimento, e eu sigo seu comando, desferindo braçadas em estilo livre. Meu corpo avança pela piscina como um desenho animado em ritmo acelerado, e sem ver um cronômetro, sei que estou batendo todos os meus tempos anteriores. *Como estou fazendo isso?* Eu sempre fui rápido, mas essa velocidade é outro nível. É como se meus membros fossem jatos.

Em questão de segundos, estou diante do submersível, levantando a cúpula de vidro e me esgueirando para dentro do compacto assento do piloto. Um monitor *touch screen* pisca no interior da minha janela de vidro, e eu aperto o botão Liga/Desliga, pressionando o pedal. E então o veículo dispara, movendo-se para a frente, atravessando a água como um emocionante brinquedo de parque de diversões, e eu rio alto pela simples alegria de sentir isso.

Um alarme agudo ressoa dentro do compartimento do banco do piloto, enquanto o monitor *touch screen* ilumina-se com letras vermelhas de emergência: *AVISO! O2 EM 5%*. Eu sorrio, sabendo que isso significa que eu devo usar o propulsor.

Meus dedos dançam sobre o monitor *touch screen*, tocando diferentes botões até encontrar ENGATAR PROPULSÃO DE EMERGÊNCIA. Um ruído ecoa do motor abaixo de mim, a água da piscina se ondula ao redor do submersível — e o veículo dispara direto para cima, rompendo a superfície com um audível espirrar de água.

Abro a escotilha do assento do piloto e escalo para fora da cúpula de vidro, ainda pulsando com a adrenalina.

— Isso foi incrível! — eu grito da piscina. Ninguém responde e, quando olho para meus colegas de equipe, percebo que todos estão me encarando de uma forma estranha.

— Seu tempo é de exatos três minutos — o tenente Barnes lê de seu cronômetro, levantando as sobrancelhas.

— Caramba... — eu exclamo, surpreso com minha própria velocidade.

— Muito bem, quando eu soar o apito, termine o exercício prendendo a respiração embaixo d'água por dois minutos. Está pronto?

Eu concordo com a cabeça. Depois daquele período mergulhando em Roma sem nenhum equipamento de respiração, isso aqui vai ser moleza. Eu ouço o soar do apito, e mergulho de volta para debaixo d'água, prendendo a respiração. Os dois minutos transcorrem sem esforço — eu conseguiria obter esse tempo facilmente —, mas então ouço a voz abafada do tenente gritando: "Cinco minutos!" e, o que parecem ser apenas alguns segundos depois, "*Dez!*".

O estranho é que não estou nem me esforçando. Normalmente a essa altura eu estaria ansiando por ar, mas, neste momento, sinto que poderia ficar aqui outros dez minutos ou mais do que isso. Ainda assim, uma voz irritante na minha cabeça me diz que eu já me exibi demais por um dia. Eu não preciso transformar todo esse período de treinamento no Show do Leo. Então, quando ouço o tenente Barnes comemorar "*Quinze* minutos!", eu acabo emergindo da água.

Um vulto alto assoma à beira da piscina e, conforme a água escorre dos meus olhos, eu enxergo quem é. Alguém deve ter pedido para chamar o doutor Takumi enquanto eu estava embaixo d'água, porque lá está ele, parado na frente dos meus colegas de equipe estupefatos.

O doutor Takumi estende a mão quando eu me iço para fora da piscina, e nossos olhos se encontram. Ele me lança um sorriso raro — e eu sei que sou o responsável por causar essa reação nele.

Eu impressionei a figura mais importante por aqui.

DOZE

NAOMI

O QUE ACABEI DE VER NÃO PODE SER REAL. Não é... *humano*. Sinto o sangue rugir nos meus ouvidos quando vejo Leo apertar a mão do doutor Takumi, e eu me pergunto quem ele de fato é — *o que* ele é. Mas, então, ele me olha do outro lado da piscina, exibindo aquele sorriso de covinhas e o calor familiar no meu peito substitui o medo. Ainda assim, quando já estamos com o uniforme novamente e deixando a piscina de mergulho, eu puxo Leo de lado.

— O que foi *aquilo*? Eu já vi você nadar antes, sabia que você era bom, mas prender a respiração assim? Era quase como se você fosse... anfíbio.

— Foi bem louco, não foi? — As bochechas de Leo enrubescem enquanto sorri, e eu percebo que ele pensa que eu simplesmente o elogiei.

— Louco é uma boa palavra para definir — respondo secamente. — Eu não estou tentando minimizar quanto você é um grande nadador, mas... havia algo diferente acontecendo hoje?

Antes que ele responda, Lark faz sinal para que nós cinco a sigamos para nossa próxima sessão de treinamento no Andar da Missão. Leo e eu ficamos alguns passos para trás enquanto seguimos nossos companheiros de equipe pelo longo corredor até o elevador, mantendo nossas vozes baixas.

— E então? — eu o pressiono. — O que exatamente aconteceu na água?

— Eu não sei. Mas senti algo diferente assim que entrei na piscina — admite Leo. — Era como se houvesse uma carga extra e instintiva em meu corpo. Eu não sei *o que* era. Talvez um aumento da adrenalina ou algo assim?

Nego com a cabeça.

— Não. A adrenalina não altera por completo o seu potencial físico. Não lhe dá uma velocidade sobrenatural nem a capacidade de não precisar respirar. — Eu olho nos olhos dele. — Você sabe o que é isso, não é?

Leo cruza os braços contra o peito. Ele não quer ouvir, não quer que eu estrague seu momento. Mas eu não tenho escolha.

— É a BRR. Deve ser o que causou isso. Você e Suki ambos tiveram uma reação, só que, no seu caso, não foi adversa. Pelo menos, ainda não. — Penso rápido. — Tenho que encontrar uma maneira de obter uma amostra do soro, para que eu possa descobrir o que há nele. Eu só *sei* que há algo que eles não nos contaram, algo sigiloso...

— Não — ele me interrompe. — Eu não quero ver você encrencada e é exatamente isso o que acontecerá se você forçar a barra e tentar roubar a BRR. Além disso, eu preciso desse efeito. Eu *preciso* ser um dos Seis Finalistas. Se o soro estiver me ajudando a me destacar e chegar a Europa, não me importo com o que há nele.

Fico boquiaberta. Não posso acreditar no que estou ouvindo.

— É sério que você está falando isso? Depois de ontem à noite, depois de Suki, você pode realmente ser tão insensível?

Ele se encolhe envergonhado.

— Eu não estou sendo insensível... você sabe quanto eu me senti mal com o que aconteceu com ela. Mas se Suki estivesse aqui agora, ela diria o mesmo. Ela me diria para não pôr em risco minhas chances quando as coisas estão indo tão bem.

— Sim, e foi essa atitude que a colocou no hospital — retruco. — Seja lá o que houver na BRR, provou ser poderoso e perigoso. Não se trata apenas de Suki ou de você ou de mim. *Todos* nós que o tomamos somos vulneráveis.

Estamos nos aproximando do elevador agora, a poucos passos dos outros. Leo para de repente.

— O que você quer de mim? Não posso negar o fato de que eu quero essa missão, que eu *preciso* dela. Assim como eu não posso negar o fato de que você, não.

Suas palavras me pegam desprevenida.

— Eu... bem, somos amigos, não é?

Uma expressão estranha cruza seu rosto enquanto ele confirma com a cabeça.

— E os amigos cuidam uns dos outros — continuo. — Eu não quero ver você acabar numa situação semelhante à que aconteceu com Suki. Então, preciso descobrir se minhas suspeitas são verdadeiras... e eu preciso que você confie em mim.

Leo hesita antes de responder.

— Tudo bem. Desde que sua investigação não coloque nenhum de nós dois em encrencas.

— Vamos, vocês dois! — grita a voz de Lark, e Leo e eu aceleramos o ritmo para nos juntarmos ao restante da equipe.

Quando entramos no elevador, sinto os olhos de alguém em nós. É Beckett, sua expressão fria e calculista enquanto examina

Leo. Um arrepio me atravessa e eu me pergunto quanto Leo está em sua mira... e quanto seu desempenho hoje pode lhe custar.

Voltando ao dormitório após o nosso dia de treino, outra vez nos deparamos com uma cena de caos.

Os finalistas de outras duas equipes enchem os corredores, seus rostos vermelhos e abalados, os corpos sacudidos por soluços, enquanto os líderes das equipes em vão tentam acalmá-los. Leo e eu nos entreolhamos com medo, e seguro na sua mão por instinto enquanto me preparo para receber o baque. *O que está acontecendo?*

Lark abre caminho por entre o grupo, tentando obter respostas, enquanto eu pego trechos de conversa através do pandemônio. "Callum." "*Submersível.*" "*... ficou doido.*" "Morto."

Eu recuo horrorizada. Ouvi mal... devo ter ouvido mal.

Avisto Ana Martinez, do dia da chegada, chorando nos braços de Dev Khanna, e eu me apresso na direção deles.

— O que há de errado, Ana? O que está acontecendo?

Ela se afasta de Dev e olha para mim com expressão desorientada, em pânico.

— É Callum. Ele... ele está morto. Aconteceu bem na nossa frente. Ele se f-foi do nada.

A bile me sobe pela garganta. Minha mente viaja no tempo até o finalista australiano sentado ao meu lado durante o discurso de boas-vindas do doutor Takumi. E não consigo respirar.

— Como aconteceu? — Leo sussurra.

— Nós estávamos fazendo o exercício com o submersível. Nossa equipe foi a última na piscina de mergulho hoje — conta Dev, tremendo. — Tudo estava indo bem, e então, quando foi a vez de Callum... Foi a coisa mais louca.

— O que aconteceu?

— Ele ativou a propulsão, como deveria, mas, de repente, ele *saiu* do submersível enquanto ainda estava em movimento. E ele... Ele nadou direto para baixo das hélices. — Dev aperta os olhos, balançando a cabeça, como se quisesse se livrar da imagem. — O tenente Barnes estava gritando para ele parar, ele pulou na água atrás de Callum, mas era tarde demais. O submersível cortou-o em segundos.

Olho para Dev, lutando para compreender a história horripilante.

— Por que, por que ele faria isso?

— Isso é o que não faz sentido — Ana lamenta. — Ele estava feliz; estava tão bem aqui, e entusiasmado com a missão. Mas, então, hoje, desde o início, havia algo diferente nele. Era quase como se ele estivesse... — Ela encolheu os ombros, impotente, e Dev terminou a frase.

— Possuído.

Meu coração martela no peito. Eu me viro para Leo, e posso ver em seus olhos que ele sabe o que estou pensando. *A BRR.*

Passos trovejantes vêm em nossa direção, e nós recuamos enquanto o doutor Takumi e a general Sokolov entram no corredor, com expressão austera no rosto.

— Todo mundo na biblioteca — o doutor Takumi nos orienta, e nós obedecemos, arrastando os pés apaticamente atrás dos nossos líderes. Uma vez que estamos todos sentados ao redor das longas mesas de leitura, o doutor Takumi pigarreia, olhando para o mar de expressões atordoadas.

— Finalistas, eu sei que vocês passaram por um choque terrível. A general e eu, o tenente Barnes, e todos os funcionários aqui no CTEI estamos devastados pelo que aconteceu com Callum Turner hoje. Para os seus colegas de equipe que presenciaram a cena, sabemos quão traumático deve ter sido. Mas é importante que vocês entendam que esse foi um incidente isolado. — Ele faz uma pausa. — Parece que Callum Turner tinha um problema psiquiátrico não diagnosticado, que nossos exames iniciais não conseguiram detectar, o que explica seu comportamento fatal hoje.

O *quê?*

— Os robôs a princípio relataram que havia algo de errado ao monitorar suas reações físicas e ondas cerebrais durante a simulação da realidade virtual — fala a general Sokolov. — Nós havíamos programado uma avaliação psiquiátrica para ele para amanhã, mas — ela deixa a cabeça pender — nós tomamos tal providência tarde demais.

Olho à minha volta, me perguntando se meus colegas finalistas estão engolindo essa história conveniente. Mas já dá para perceber na maioria dos seus rostos: aceitação. Eu sei quanto é fácil se apegar à primeira resposta que se recebe em meio ao torpor do choque, mas balanço minha cabeça com frustração, convencida de que o doutor Takumi e a general estão nos manipulando para que acreditemos no que eles querem.

— Acabei de falar por telefone com um dos principais psiquiatras de Houston, que confirmou que, em um paciente como Callum, o estresse pode desencadear sintomas e colapsos nervosos como o que ocorreu na piscina de mergulho — continua o doutor Takumi. — Nós lamentamos muito termos exposto Callum a um ambiente com o qual ele não estava preparado para lidar. Também lamentamos o impacto que isso tem sobre vocês e seus colegas.

Levanto a mão.

— Qual era o problema dele, exatamente?

— Receio que os detalhes específicos devam permanecer confidenciais, por respeito à família de Callum — responde o doutor Takumi sem se alterar.

Conveniente, outra vez. Respiro fundo e me atrevo a fazer outra pergunta.

— E vocês têm certeza de que não é a BRR? E se isso for uma reação, como aconteceu com Suki?

Cada rosto na sala gira em minha direção, e eu posso sentir Leo tenso ao meu lado. Quando o doutor Takumi afinal me responde, sua voz é controlada e calma, mas dá para ver a ameaça em seus olhos enquanto ele me encara.

— Acho que deixamos claro que isso não tem nada a ver com a BRR. Como disse a general, Cyb e Dot relataram atividade irregular das ondas cerebrais em Callum antes de ele receber sua primeira dose da vacina. Mais uma vez, este foi um incidente *isolado*.

Ele desvia seu olhar fuzilante de mim, olhando na direção do grupo que o observa.

— Todos nós lamentamos a perda de Callum, e não o esqueceremos. Mas saibam: em toda conquista significativa na história da humanidade houve infelizes baixas ao longo do caminho. É como meus predecessores da NASA sempre disseram: o risco é o preço do progresso. — Ele deixa as palavras serem digeridas pela plateia um instante antes de continuar. — Nós vamos deixá-los com seus líderes de equipe pelo restante do dia. Aproveitem esse tempo para consolarem a si mesmos e a seus companheiros. Voltaremos à nossa missão pela manhã.

Seu discurso pode ter funcionado com os outros, mas só fez crescer minha desconfiança. Eu *tenho* que colocar minhas mãos na BRR... tenho que obter as respostas que todos nós precisamos.

Assim que todos se levantam de seus assentos, examino os rostos ao meu redor, procurando a pessoa que pode me dar pelo menos uma pista. Jian Soo está parado perto dos computadores, junto ao finalista francês, Henri, e eu abro caminho por entre os demais em direção a eles.

— Jian — murmuro. — Eu sei que Callum era seu companheiro de equipe, e sinto muito. Este não é... este realmente não é o momento certo para isso, eu sei, mas tenho que lhe perguntar uma coisa. Ontem à noite, quando Suki estava tendo sua... sua reação à BRR, ela ficou repetindo algo em mandarim.

Ele levanta uma sobrancelha e me acena com a cabeça para continuar.

— Soou como *"tā hái huózhe"*. Isso é... isso é uma frase de verdade?

Jian expira forte.

— Você tem certeza de que foi isso que ela disse?

— Isso não me saiu da cabeça. Então, posso afirmar com certeza que sim.

Jian olha para mim.

— Ela estava dizendo: *"Está vivo"*.

Como se eu precisasse de mais provas das prioridades do doutor Takumi, naquela noite somos escoltados para a enfermaria a fim de tomarmos as injeções de BRR, como de costume. Você pensaria que hoje, mais do que em qualquer outro dia, seria a ocasião para ele nos poupar das injeções, mas mesmo a perda de um finalista não é o bastante para ele interromper nosso cronograma rigoroso. Existe apenas uma vantagem em voltar lá e arriscar outra dose: isso me dá uma oportunidade.

— Você se lembra de quando eu pedi para confiar em mim? — sussurro para Leo, puxando-o de lado, a caminho da enfermaria. — Vou fazer algo, e eu preciso de uma ajudinha sua. É por Callum e Suki.

— O que é? — Ele me olha desconfiado. — Não esqueça que eu também lhe pedi que você não nos metesse em encrenca.

— Isso não é nada de mais — asseguro, embora eu tenha a sensação de que ele possa discordar. — Então, assim que eu me sentar na cadeira, mas antes que a enfermeira traga a injeção, eu preciso que você simplesmente... crie uma distração. Algo que a faça se afastar de mim e manter o foco em você pelo breve momento necessário para que eu pegue um dos frascos de soro. Assim que eu tiver me virado e lhe fizer um sinal, você pode voltar ao normal. Tudo bem?

— Hum. Que tipo de distração? E você sabe que há câmeras de segurança no prédio, certo?

— Sim, mas mesmo que haja uma câmera lá na enfermaria, o que eu duvido, serei tão rápida que nem vai dar para verem nada. E a distração pode ser qualquer coisa... eu não sei, fingir tropeçar e torcer o tornozelo ou algo assim. — Dou de ombros. — Não se preocupe com plateia também. Podemos ficar no final da fila, então, a maioria dos outros já estará no refeitório quando eu entrar.

Leo resmunga.

— Eu não vou conseguir fazer você desistir disso, não é?

— Não. E em comparação com outros planos que bolei, este é bastante tranquilo.

— Tudo bem. — Ele suspira, e eu aperto seu braço em sinal de gratidão.

— Obrigada. Eu sei que você não se arrependerá disso.

Nós nos juntamos ao restante de nossos colegas de equipe e aos outros finalistas do lado de fora da enfermaria, esperando em silêncio, enquanto a fila vai diminuindo até chegar aos últimos. À medida que cada finalista entra na sala para receber a injeção, estremecendo com a picada da agulha, minhas palmas ficam molhadas de suor com a percepção de que qualquer um de nós poderia ser a próxima Suki... ou o próximo *Callum*. E, então, chega a minha vez.

Faço a Leo um gesto de encorajamento com a cabeça antes de avançar para a enfermaria. *Um... dois...* A enfermeira me conduz até a cadeira e tomo o meu assento, girando-o apenas ligeiramente, de modo que fico a um braço de distância da estante com os frascos. *Três.*

O som de tosse vem logo a seguir, fraco no início, e depois crescendo mais alto, mais urgente. Tento não sorrir.

A enfermeira faz uma pausa diante de seus instrumentos quando a tosse aumenta, e Leo grita com voz sufocada: "Água!".

— Um segundo — ela me diz, antes de se apressar para cuidar dele. E então, com a adrenalina subindo, eu me viro no assento para encarar os frascos. O líquido claro e brilhante está ali, à minha disposição e, com um movimento rápido, pego um frasco da parte de trás da prateleira, escondendo-o no bolso com zíper do meu moletom.

Solto a respiração e giro para encarar Leo, que está sendo golpeado entre as escápulas pela enfermeira. Ele intercepta o meu olhar e eu coço a orelha: o sinal que combinamos

— Agora estou melhor! — Leo fala num ímpeto, fingindo tomar uma golfada de ar. — Acho que engasguei, mas agora já posso respirar.

E enquanto a enfermeira volta sua atenção para mim, dou a Leo um sorriso agradecido, articulando com os lábios a palavra "*obrigada*".

De volta ao meu dormitório pela primeira vez desde a manhã, olho para o vazio que Suki deixou. A cama está sem lençóis, a escrivaninha, vazia, nosso armário compartilhado está sem suas roupas e sapatos. Até mesmo o cheiro do aposento está diferente, com um toque de produto químico, como se alguém houvesse limpado o lugar para tentar remover qualquer vestígio de Suki, como se ela nunca houvesse estado aqui.

— Mas eu não vou esquecer de você, Suki — sussurro para a cama vazia. — Eu prometo descobrir o que aconteceu com você e com Callum.

É então que me ocorre um pensamento que me faz estremecer: quem entrou para limpar as coisas dela poderia ter aproveitado a oportunidade para espionar as minhas. Corro até o armário e pego minha mochila. Meus dedos tremem ao abrir o zíper do compartimento secreto.

Por favor, por favor, esteja ainda aqui...

Solto o ar longamente ao ver o *pen drive* com meu *software* de hackeamento ainda aninhado em segurança no compartimento com zíper. Aliviada, corro os dedos sobre o *pen drive* antes de colocá-lo de lado e vasculho a bolsa até encontrar exatamente o que eu preciso.

Algumas meninas colocam em sua bagagem protetor solar ou roupas extras para imprevistos. Eu, por outro lado, sou o tipo que carrega um microscópio eletrônico portátil sempre que viajo. Pode parecer estranho, mas você nunca sabe o que poderá encontrar ao sair de casa. Um inseto exótico ou um seixo incomum nas ruas de algum lugar se torna uma forma de arte quando colocado sob as lentes de um microscópio. E estou prestes a descobrir o tipo de arte que se esconde nessas bactérias resistentes à radiação.

Eu retiro da mochila o microscópio e uma pequena garrafa de água e os levo para a minha mesa. Relanceio a vista para a porta, me certificando de que está bem fechada, antes de derramar uma gota de água na lâmina do microscópio. Com o coração acelerando, busco o frasco de BRR no meu bolso e desenrosco a tampa, revelando o gélido azul do soro viscoso lá dentro. Derramo um pouco do soro na lâmina junto com a gota de água, coloco a lamínula de vidro sobre ele... e depois espio através da lente.

Impossível. Sacudo a cabeça diante da imagem à minha frente, piscando rápido para tentar limpar minha visão. As células das bactérias são procariotas, não devem ter um núcleo. E ainda assim...

Respiro fundo, esperando que o tumulto em meu peito diminua e, em seguida, volto a olhar pela lente, esperando algo diferente dessa vez. Mas ainda encontro três inconfundíveis núcleos... onde não deveria haver nenhum.

A BRR é uma exceção literal *a todas* as regras relativas a bactérias da Terra.

TREZE

LEO

NO CAFÉ DA MANHÃ, Naomi desliza um pedaço de papel na minha mão por baixo da mesa. Meu estômago dá um salto quando seus dedos roçam os meus, e eu passo o restante da refeição com a mente fixa na mensagem que estou segurando, imaginando o que ela diz. Assim que somos dispensados do refeitório e meus colegas de equipe se levantam da mesa, empurrando suas cadeiras para trás, eu desdobro o papel e leio as palavras dela, rabiscadas com tinta azul.

Encontrei uma coisa. Se programe para me encontrar na Torre do Telescópio após o jantar. Certifique-se de estar sozinho.

Eu paro e dou uma respirada para recuperar o fôlego. Como é que vou conseguir esperar até a noite para descobrir as novidades que ela tem para contar?

É preciso cada grama da minha concentração para permanecer focado durante o treinamento, enquanto Lark nos conduz do Andar da Missão para a Câmara de Altitude e de lá para o laboratório de realidade virtual. Minha mente já está na torre com Naomi. Quando finalmente chegamos ao horário do jantar, ela se inclina para murmurar no meu ouvido:

— Você vai primeiro. Estarei poucos passos atrás de você.

Assinto com a cabeça, olhando para o relógio. Faltam apenas vinte minutos. Mas, então, meus olhos flagram outra coisa: Beckett, nos observando da extremidade oposta da mesa. Eu lanço a Naomi um olhar de advertência antes de me afastar.

Subo a escada em espiral para a torre de dois em dois degraus, e quando o vento bate no meu pescoço, me dou conta de como sentia falta de ficar ao ar livre. Lá em Roma, procurava passar o mínimo de tempo possível fechado entre quatro paredes, nos destroços da nossa *pensione*. Por mais que eu odiasse o mar que roubou de mim a minha família, olhar para o céu e para as estrelas, de certa forma, me confortava.

Eu me dirijo agora para o telescópio, espiando por ele até encontrar a constelação que estou procurando — aquela que sempre faz eu me lembrar dos meus pais e da minha irmã: o cinturão de Órion, com suas três estrelas tremeluzentes. Talvez eles estejam lá em cima, olhando por mim.

Respiro fundo e giro o telescópio para um ângulo diferente — na direção de Europa. Acabo de encontrar a colorida esfera de Júpiter e a mancha acinzentada de sua lua quando ouço o som de passos.

— Oi — Naomi diz atrás de mim. — Obrigada por vir me encontrar.

— Não há de quê. — Eu me afasto do telescópio, notando como seu rosto reluz ao luar. Um rubor brinca em suas bochechas e, por um momento, ficamos parados ali, só olhando um para o outro. E, então, ela desvia o olhar, tomando ar antes de começar a abordar o que deseja me contar.

— Eu analisei a BRR. E, Leo... ela tinha *três núcleos*.

Em resposta à minha expressão vazia, ela continua:

— É uma lei da ciência que as bactérias na Terra, assim como todos os organismos procariontes, *não* possuem núcleo. Assim como é uma lei da fisiologia humana, não sermos dotados, por exemplo, de barbatanas. Então, do mesmo jeito que não seríamos considerados humanos se tivéssemos barbatanas, o fato de as bactérias resistentes à radiação possuírem três núcleos significa teoricamente que...

— Não são da Terra? — eu concluo a frase dela, as palavras soando implausíveis enquanto saem da minha boca.

— Exatamente.

Eu balanço a cabeça, tentando afastar a ilusão da minha mente. Um de nós aqui precisa se manter equilibrado.

— Poderia haver uma exceção a essa regra do núcleo? — pergunto.

— Só houve uma possível exceção, e ainda assim é altamente contestada pelos cientistas. Mas mesmo essa exceção, nos planctomicetos, tem apenas uma estrutura semelhante a um núcleo. A ideia de uma espécie de bactéria da Terra com três núcleos é uma impossibilidade. E tem mais. — Naomi começa a andar de um lado para o outro pelo estreito espaço da torre, como se seu corpo não pudesse permanecer parado sob a magnitude de sua descoberta. — Jian traduziu a frase que Suki ficou repetindo naquela noite... *tā hái huózhe*. Ele disse que significa "Está vivo". — Ela olha para mim com olhos desvairados, e eu não sei dizer se ela está com medo ou empolgada... ou as duas coisas. — Você não vê a ligação?

— Hum...

— Eu acho que quando ela entrou naquele estado alterado após a segunda dose, seu corpo poderia de alguma forma sentir o que estava na BRR... que o soro vem de algo *vivo*. — A voz de Naomi vai baixando até se tornar sussurrante. — Algo como... os extraterrestres de Europa.

Minhas sobrancelhas se arqueiam ao máximo. Ela está tentando ser engraçada? Ou...

— E eu acho que Callum teve a mesma reação antes do acidente com o submersível — ela prossegue. — É por isso que ele não estava agindo como ele mesmo, a razão de ele parecer... de acordo com seus colegas de equipe... *possuído*.

— Extraterrestres? Tipo... homenzinhos verdes?

Ela para de caminhar, estreitando os olhos para mim.

— Eu nunca mencionei essa descrição deles, mas sim... vida inteligente. E, a propósito, não sou nem de perto a primeira pessoa a suspeitar que existem ETs em Europa. Imagino que você nunca tenha acessado o *Conspirador do Espaço*.

Nego com a cabeça.

— É um *site* incrível que meu irmão e eu seguimos há anos, que usa ciência de ponta para desmentir mitos e provar novas teorias — explica ela. — E há meses eles estão postando argumentos detalhados sobre a razão de a vida extraterrestre não apenas ser possível, mas, teoricamente, *existir* em Europa, devido ao seu ambiente de partículas de alta energia e ao oceano abaixo da superfície aquecido pelas correntes. As agências espaciais se recusam a levar o *Conspirador do Espaço* a sério ou abordar as alegações de forma direta, mas, se há uma coisa na qual eu acredito, é a ciência... e o *Conspirador do Espaço* está certo. As substâncias químicas e as partículas existentes em Europa são *conhecidas* por criar vida.

Ela finalmente faz uma pausa para respirar.

— Portanto, isso significa que o CTEI não apenas está planejando nos enviar para outra parte do universo... eles estão nos enviando para o desconhecido. Um mundo no qual não somos os primeiros.

Eu a encaro. Agora entendo por que ela tem desconfiado da missão desde o início.

— Você acredita mesmo nesse negócio?

— Eu acredito. Agora mais do que nunca. E estou contando tudo isso a você porque vou provar essa teoria... e pode chegar um momento, como ontem à noite, em que eu vou precisar de um cúmplice.

— É melhor me contar o que você está planejando, então.

Embora eu tenha quase certeza de que ela está perseguindo algo que não existe, não posso negar a satisfação que sinto por ela ter escolhido a mim para confiar. Talvez eu não seja o único a experimentar os sentimentos que estou começando a ter.

— O que eu preciso fazer é encontrar bioassinaturas — diz Naomi. Diante outra vez da minha expressão perdida, ela revira os olhos. — Você por acaso prestou *um pouco* de atenção que fosse nas aulas de ciências, ou estava ocupado demais nadando?

— Estava ocupado demais nadando — afirmo. Compartilhamos um sorriso antes de ela continuar.

— Bioassinaturas são substâncias como elementos, moléculas, isótopos etc. que fornecem evidências tangíveis de vida. Se eu pudesse encontrar alguma forma de acessar os dados da missão de reconhecimento de Europa, essa seria a primeira coisa que eu procuraria.

— Mas o mundo inteiro não saberia a respeito disso, se houvesse essas tais de bioassinaturas? — pergunto.

— Somente se as autoridades decidissem compartilhar a informação com o mundo. E por que fariam isso? Isso apenas comprometeria a nossa missão. Além disso, quem sabe se alguém que teve acesso aos dados não estava mesmo *procurando* por bioassinaturas?

Naomi para de andar de repente, sua postura ereta como uma flecha. Eu praticamente posso ver a lâmpada acendendo em cima de sua cabeça.

— *Os robôs* — ela murmura. — Eles estavam *lá*. Eles deram a volta em Europa 36 vezes em sua sonda espacial, perto o bastante para coletar os dados que eu preciso. Se houver bioassinaturas a serem encontradas, elas ainda devem estar armazenadas em Dot e Cyb.

— Seu corpo treme de entusiasmo. — Talvez eu não consiga entrar no supercomputador da NASA... mas eu posso chegar aos robôs.

Eu odeio decepcioná-la, mas...

— Você acha mesmo que eles vão entregar informações confidenciais assim fácil se você pedir com jeitinho?

Naomi evita meu olhar.

— Existem outras formas de conseguir isso.

Sinto uma pontada de preocupação enquanto a analiso, imaginando quão longe ela irá. É tentador ser levado pelo aspecto intrigante de sua teoria — mas sou eu quem tem algo a perder aqui.

— Ouça, eu... Eu não vou ficar no seu caminho, e estou aqui se você precisar de mim. Mas você precisa saber que eu ainda quero isso... eu ainda *preciso* ser um dos Seis Finalistas. Eu sei que isso pode parecer loucura depois de tudo o que acabou de me contar, mas o que está dizendo ainda é especulação. Nenhum de nós sabe ao certo o que Suki quis dizer, ou o que de fato aconteceu com ela e com Callum. Mas o que eu sei com certeza é que Europa é o único futuro que eu tenho. — Eu forço um sorriso. — Além disso, quando muito, sua hipótese acabou de tornar isso muito mais interessante. Quem *não gostaria* de ver alienígenas de perto? Quero dizer, se você não tivesse uma família esperando por você em casa... você não gostaria de ir?

Naomi olha para mim por um longo momento.

— Entendi. Eu não vou estragar a sua chance, Leo. Mas vou tentar mantê-lo a salvo... e isso significa continuar procurando a verdade. Basta que eu... tome cuidado.

Tome cuidado. A lembrança me retorna em um *flash*, a voz de outra pessoa proferindo essas mesmas palavras. Minha pele formiga quando o aviso de Elena de antes de eu partir ressurge com tudo. *Eles veem você como uma espécie de arma.*

Será possível... que o que Elena ouviu naquela noite no Palazzo tenha alguma coisa a ver com a teoria de Naomi? Devo dizer alguma coisa?

Mas a ideia de ser forçado a voltar para o vazio da minha antiga vida é pior do que qualquer perigo não confirmado em Europa. Eu fico de boca fechada.

O treinamento do dia seguinte nos leva de volta ao Cometa do Vômito pela primeira vez desde o nosso voo sem gravidade. Dessa vez, a general Sokolov junta-se a nós no avião Zero-G na companhia de Lark, e assim que entramos, vejo uma pilha de arneses para o corpo alinhados em um dos assentos da primeira fileira. Uma corda longa e resistente que antes não estava lá agora se encontra presa à porta do avião, percorrendo a extensão da aeronave.

— Por favor, me diga que não vamos usar essas coisas — diz Naomi, olhando para os arneses.

— Muito bem, finalistas! — A general Sokolov junta as mãos. — Quem aqui sabe o que será exigido dos Seis Finalistas quando se acoplarem à nave de abastecimento na órbita de Marte e se prepararem para serem arremessados pela gravidade até Europa?

Asher levanta a mão.

— Enquanto Cyb e o copiloto conduzem a *Pontus*, duas pessoas precisarão realizar uma caminhada espacial do lado de fora... primeiro para corrigir o vazamento de combustível na nave de abastecimento e executar diagnósticos, e depois para supervisionar e orientar o mecanismo de acoplamento.

— Correto — diz a general Sokolov. — Então, a todos vocês que têm medo de altura, chegou a hora de superá-lo. Quando estiverem realizando a caminhada espacial na órbita de Marte, vocês estarão num ponto mais alto no universo do que sua mente pode compreender — e vocês não podem, não *devem* perder a calma. Vertigem por altura em EVA pode representar um problema real para os astronautas, e nosso objetivo hoje é combater isso. — Ela para, observando as nossas reações. — O simulador de realidade virtual nos ajudou a chegar lá mentalmente, mas agora, com o intuito de replicar fisicamente a sensação de flutuar entre as estrelas enquanto realizamos uma caminhada espacial, faremos *bungee-jump* saltando deste avião a dez mil pés, e aterrissaremos em outro.

Ouço Naomi engolir em seco ao meu lado, e fico tentado a apertar sua mão ou envolver meus braços ao redor dela. Mas me contenho.

— Vocês realizarão um salto *tandem* e serão reunidos de acordo com seu peso. Enquanto isso, o arnês e a corda que vocês usarão hoje desempenharão uma função similar aos cordões umbilicais que vocês utilizarão no espaço.

A general consulta seu *tablet*, e o forte batimento no meu peito acelera.

— As duplas de paraquedismo são Naomi e Katerina, Asher e eu, e Leo e Beckett.

Meu estômago congela. Eu deveria ter sabido que seríamos ele e eu.

À medida que as rodas do avião se movem para a frente e erguem voo, a adrenalina felizmente assume o controle. Eu me sento ao lado de Naomi, meu corpo vibrando de expectativa, enquanto a general nos prepara para o que está por vir. Ela e Asher irão primeiro, e eu observo Lark ajudá-los a colocar seus arneses de corpo, e uni-los com correias. O avião diminui a velocidade até quase planar, e quando Lark pressiona um botão, a porta da cabine se abre.

— Oh, Deus. — Naomi agarra firme o braço do assento, os nós de seus dedos chegando a ficar brancos, e, dessa vez, não hesito em colocar minha mão sobre a dela.

A general Sokolov e Asher caminham desajeitados em *tandem* até a beirada do avião, o vento açoitando seus rostos.

— Três... dois... um — a general entoa. — Salte!

O gritinho de Katerina ecoa pela cabine quando a general e Asher saem voando, seus corpos dependurados de ponta-cabeça presos à corda. Eu pressiono o rosto contra a janela, observando enquanto os dois abrem os braços como se fossem asas e planam pelas nuvens, os gritos de Asher desaparecendo. Apesar de estar com os nervos à flor da pele, sinto um tremor de excitação. Deve ser um baita passeio.

— Eu não vou morrer — Naomi murmura para si mesma com os dentes rangendo, embora soe mais como uma pergunta do que uma declaração. — Velocidade terminal... eu não sentirei a sensação de queda livre depois de atingir a velocidade terminal.

Eu aperto o ombro dela.

— Você se lembra de como adorou o voo sem gravidade? Isso será tão divertido quanto, e, além disso, acabará mais rápido.

Um segundo avião, menor, arremete para encontrar Asher e a general em pleno ar, e os dois usam a corda para balançarem em direção à porta aberta.

— Uau! — murmuro. — Não posso acreditar que vamos começar a fazer isso.

— Vamos *começar*? — Naomi olha para mim com incredulidade. Ela estremece quando Lark chama o seu nome e o de Katerina, e eu me adianto e lhe dou um breve abraço.

— Boa sorte.

Apenas um segundo de contato, mas sinto saudade do calor onde seu corpo encostou no meu.

Eu me inclino para a frente, nervoso por ela, enquanto Lark prende a corda elástica ao seu arnês e pés. "Três... dois... um... saltem! — ela grita, e eu me preparo. Mas Naomi e Katerina permanecem na borda, olhando o solo lá embaixo com medo, e Lark tem que repetir a contagem regressiva, dessa vez dando-lhes um ligeiro empurrão. E, então, elas estão caindo, voando, assim como a general e Asher, seus gritos cortando o ar. Quando se aproximam novamente do nosso avião, sorrio à visão de Naomi gargalhando pela liberação de adrenalina, enquanto ela navega pelas nuvens.

O segundo avião laça as duas para dentro, e agora é a nossa vez. Mantenho os olhos à frente, sem dizer uma palavra a Beckett, enquanto Lark prende o equipamento nas nossas costas.

— Vocês ficarão no ar por dois minutos completos — Lark grita acima do som do motor enquanto prende a corda em nossos arneses. — Não olhem para baixo e ficarão bem. Dobrem os joelhos ao pularem e, depois, abram os braços enquanto voam.

Minhas pernas parecem chumbo enquanto me arrasto em direção à porta aberta, amarrado ao meu rival. Quando nos aproximamos da borda, eu imediatamente vou contra o conselho de Lark e olho para baixo. Mas não avisto solo contra o qual me precipitar a toda velocidade, há apenas nuvens... e o vento, que sopra rajadas amargamente frias aqui em cima.

— Três... dois... — Olho para Beckett e, por instinto, estendo a mão para apertar a dele. Por mais que eu não goste do cara, estamos prestes a dar o salto de nossas vidas juntos... Não devemos pelo menos ser civilizados nisso? Mas ele não vê minha mão estendida ou a ignora. E, então, Lark grita: — Um! Saltem!

O momento chegou, mas no início minhas pernas não se movem. Eu olho para o céu, minha mente tentando compreender o que estou prestes a fazer, meu corpo congelado pelo medo. E então percebo que estou mais perto da minha família aqui do que em qualquer lugar do mundo. Beckett avança para a frente, eu dobro meus joelhos e pulo da borda para o ar.

Meu coração parece saltar do corpo enquanto pulo. O vento bate contra nossas costas, nos virando de cabeça para baixo, e eu ouço gritos enquanto meu interior se contorce, enquanto a gravidade desaparece. Mas então vem uma onda de pura e louca euforia. E enquanto eu pairo sobre Houston, percebo que não estou caindo: estou sendo carregado pelo ar.

Solto um grito enquanto meu corpo voa, tão excitado que eu nem me importo de compartilhar isso com Beckett. Nossos corpos planam um ao lado do outro, e eu olho para ele com um sorriso, esquecendo temporariamente que é meu rival aqui. Mas ele não esqueceu. Ele também está olhando para mim, só que seus olhos são poças escuras. E, de repente, sinto a mão dele nas minhas costas, procurando alcançar o meu arnês.

— Pare... — eu tento gritar, mas mal consigo falar aqui. Nós estamos nos movendo muito rápido; o vento afoga a minha voz. Eu tateio atrás de mim, tentando agarrar meu arnês, a corda, *alguma coisa*, mas as mãos dele já se fecharam sobre as tiras do arnês. Sinto um aperto no estômago quando ele puxa a primeira tira. Ele vai me matar, aqui mesmo no céu, onde ninguém pode me salvar. Ele vai arrancar o meu arnês, me soltar da corda e me fazer chocar contra o chão, me transformando numa pilha de membros esmagados, enquanto dirá para todo mundo que foi um acidente...

Um rugido de motor. Nosso avião de resgate, a general Sokolov jogando a corda para nos puxar. E nunca senti tanto alívio ao ver alguém ou qualquer coisa na minha vida inteira. *Eu vou viver.* Beckett perdeu sua chance. Sua mão larga meu arnês, e, em vez disso, ele segura a corda da general, balançando o corpo para o segundo avião, comigo logo atrás dele, sem tirar meus olhos de suas costas.

— Isso não foi uma loucura? — Naomi corre na minha direção, com um vívido alívio por já ter superado seu salto.

Eu concordo balançando a cabeça e tento sorrir, mas por dentro estou frio como gelo. Atrás de nós, Beckett ri e toca as palmas de Asher e Katerina no alto, não se parecendo nem um pouco com o assassino que eu vi no ar. Será que interpretei mal o que aconteceu? Ou o meu concorrente, meu colega de equipe, acaba de *tentar me eliminar?*

CATORZE

NAOMI

CHEGO AO REFEITÓRIO PELA MANHÃ mal faltando um minuto para eu me apresentar, ainda grogue de sono por causa da noite de pesadelos que me assombram desde que Suki foi embora. Escorrego para meu assento bem no instante em que o doutor Takumi se levanta para fazer um de seus anúncios, e eu me preparo, quase com medo de ouvir as novidades que ele tem para nós dessa vez. Mas não é outro comunicado de mais uma reação à BRR — é algo completamente diferente.

— Assim como suas habilidades físicas e inteligência acadêmica são vitais para a missão, há outro fator que desempenha um papel igualmente crucial na determinação de quem irá compor os Seis Finalistas — ele começa dizendo. — Refiro-me ao seu estado mental e psicológico. A morte de Callum Turner é um trágico lembrete disso.

Eu fico rígida no meu assento. Quer dizer então que ele está se atendo a essa versão da história, em vez de apontar o dedo para a verdadeira razão.

— Os testes de personalidade que vocês realizaram quando estavam na escola, durante a fase de busca da nossa missão, ajudaram a garantir-lhes uma vaga aqui. No entanto, como vimos com

Callum, esses testes estavam longe de ser infalíveis. Enquanto nos preparamos para a primeira rodada de eliminações no fim dessa semana, devemos aplicar avaliações psicológicas mais detalhadas — que terão início hoje, após o café da manhã.

    Leo e eu trocamos um olhar nervoso. A última coisa de que eu preciso é ter um dos seguidores do doutor Takumi tentando investigar minha alma — ou prever meus planos.

    — Para evitar que a parcialidade e as emoções humanas interfiram nas avaliações psicológicas, estamos transferindo o controle dessa tarefa aos nossos robôs — revela o doutor Takumi. — Dot e Cyb foram os únicos a suspeitar da instabilidade de Callum, e eles compreendem exatamente o que estamos buscando. E, visto que eles viajarão e viverão junto com os Seis Finalistas, é apropriado que monitorem de perto as personalidades envolvidas. — Seus olhos varrem o recinto, observando cada um dos vinte e dois recrutas. — O melhor conselho que posso lhes oferecer é que sejam completamente honestos em suas respostas. Ao dizerem o que *acham* que queremos ouvir, vocês podem, sem saber, prejudicar suas próprias chances. E não há necessidade de se preocuparem em ficar constrangidos na frente de seus colegas de equipe. Cada um de vocês se reunirá em particular com os robôs.

    Meus batimentos cardíacos aceleram. Não há como negar que passar um tempo sozinha com os dois robôs mais avançados já feitos seria a realização de um sonho científico, só que sempre achei que seria eu a estudá-los, e não o *contrário*. Eu não esperava ser submetida a um julgamento psicológico por duas máquinas infalíveis, que devem ter algum tipo de sensor que se acende sempre que detecta que eu estou mentindo. Como vou conseguir sobrepujar a perfeição?

    A voz distante do meu antigo professor de ciências da computação ecoa na minha mente: — *Há dois segredos para entender e manipular máquinas: você deve ter uma profunda compreensão tanto do sistema de numeração binário quanto de lógica.*

Tanto o sistema de numeração binário como a lógica são meus pontos fortes. Não faço ideia de como poderei implementá-los na minha sessão com os robôs... mas eu preciso tentar.

Lark entra e sai das nossas sessões de treinamento durante a manhã, tirando um por um do Andar da Missão e nos levando para as avaliações psicológicas. Asher vai primeiro, e estou ansiosa para lhe perguntar como foi, como eram os robôs e que tipo de perguntas fizeram — mas Lark já nos advertiu para que mantenhamos nossas sessões confidenciais. Tudo o que posso fazer é avaliar as reações dos meus colegas de equipe conforme retornam, reparando se eles parecem apreensivos ou aliviados. E, então, chega a minha vez.

Caminhando com Lark até o *hall* do elevador, percebo que esta é a minha primeira oportunidade de estar sozinha com ela para perguntar sobre Suki. Eu respiro fundo enquanto entramos no elevador, tentando passar tranquilidade, mas ainda assim as minhas palavras saem alvoroçadas.

— Lark, eu... eu estou preocupada de verdade com Suki. Nós não recebemos nenhuma informação nova, e não sei se ela ainda está aqui ou como está passando... mas sei que ela não pode voltar para Singapura. A situação está terrível para ela lá, e a única família que ela tem é o padrasto, que é...

Lark ergue a mão no ar para me interromper.

— Suki não voltará para Singapura.

— Não? — Eu solto um suspiro de alívio.

— Não. Ela está em uma instalação médica aqui em Houston. Os médicos têm esperança de que vão conseguir reverter os efeitos de sua catatonia.

— O quê? — Fico pasma. — Eles *têm esperança*? Está me dizendo que ela ainda não melhorou nada? O que vai acontecer se eles não conseguirem curá-la?

O elevador para no quarto andar, e Lark caminha na frente.

— Eu tenho me atualizado sobre a condição dela por meio do doutor Takumi, mas ainda é cedo demais para determinar qualquer tipo de prognóstico. Como eu disse, os médicos têm esperança. Mas se eles não conseguirem reverter os sintomas dela, Suki continuará sob os cuidados da equipe médica do CTEI, fornecendo um estudo de caso humano para o desenvolvimento da BRR. De um modo ou de outro, ela estará sendo assistida.

— Mas... mas... ela não é um rato de laboratório! — eu protesto, horrorizada com o que estou ouvindo. – É da *Suki* que estamos falando. Ela era brilhante e estava predestinada a realizar grandes coisas e... e poderia ser qualquer um de nós lá!

Lark para de repente, pousando a mão no meu ombro.

— Ela ainda pode alcançar grandes coisas, mesmo agora. Nos ajudando a aperfeiçoar o soro que manterá os Seis Finalistas vivos e progredindo em Europa.

Sinto a bile subindo pela minha garganta com a implicação por trás de suas palavras. Enquanto Suki está indefesa em uma cama de hospital, eles planejam tratar seu corpo e mente como alguma espécie de experiência científica brutal? Como Lark pode concordar com isso?

— Eles obrigaram você... — eu começo a falar, mas Lark me lança uma expressão enfática antes de erguer os olhos para o teto. Eu sigo o olhar dela até uma luz verde piscante. *Câmera de segurança.*

— Há baixas em toda missão — ela argumenta, sua voz um tom um pouco alto, como se estivesse representando para alguém que está fora da vista. — Eu sei disso melhor do que ninguém. Tudo o que você pode fazer é continuar seguindo em frente. Dê o seu melhor aqui... pela honra de Suki.

Eu assinto e fico em silêncio pelo restante do trajeto, enquanto minha mente gira com perguntas sobre Suki e a extensão dos planos do doutor Takumi, sobre Lark e onde reside sua lealdade. Cruzamos porta fechada atrás de porta fechada no corredor que parece um labirinto sem fim até que Lark, afinal, faz uma pausa e posiciona seu cartão de autenticação em frente a uma porta pintada de azul.

— Bem-vinda ao laboratório de robótica.

Seguro a respiração quando entramos, acessando um lugar enorme semelhante a um galpão, com cabos enrolados ao longo do piso e longas mesas repletas de metais, fios, computadores e *tablets*. No centro do recinto, emitindo um brilho sobrenatural, há duas cápsulas em formato de ovo medindo cerca de um metro e oitenta de altura.

— Essas são as câmaras de hibernação? — eu pergunto, olhando fixo.

— Sim. É aí que Cyb e Dot vão para recarregar suas baterias... literalmente.

À medida que ela nos conduz pelo espaço desorganizado, passamos por uma fileira de cabeças e torsos de robôs em recipientes de armazenamento pretos — como partes de corpo desmembradas guardadas em seus caixões. Embora eu saiba que se tratem de IAs em construção, a visão me provoca um calafrio.

Lark passa por um arco e entra em uma sala menor dentro do laboratório, um escritório zumbindo com o som das máquinas, que estão reunidas em volta de uma mesa de vidro *touch screen*. Eu a acompanho para dentro da sala, e paro de repente quando fico cara a cara com os humanoides de bronze e platina. Abro a boca para falar e descubro que, pela segunda vez em minha vida, eu estou... tietando. Não me sentia assim desde que conheci a doutora Wagner

— como se eu estivesse diante do mais alto reino das possibilidades, o lugar onde a ciência e os milagres se encontram.

— Olá, Naomi — Cyb me cumprimenta com uma voz nítida e programada para ser masculina.

— Oi — eu respondo, minha voz ressoando em um tom ligeiramente mais alto do que um sussurro.

— Voltarei em trinta minutos — diz Lark. — Lembre-se de apenas relaxar e dar as primeiras respostas honestas que lhe vêm à mente.

— Hum. Está bem.

— Sente-se — ordena Cyb, gesticulando para a cadeira em frente à mesa de vidro. Dot se dirige devagar até mim, e eu tento não ofegar quando a IA avança para conectar sensores com fios ao meu peito, abdômen e ponta dos dedos e prender um aparelho de pressão arterial ao redor do meu braço. Meu nervosismo aumenta com a percepção de que eles estão monitorando minhas reações fisiológicas, e eu faço uma oração silenciosa para que meu corpo não me traia.

Cyb pressiona um ponto na mesa *touch screen*, e então gira a cabeça para me encarar.

— Naomi, como você avalia seu tempo aqui até agora?

— Hum, bem... — Eu mudo de posição no meu assento. Meus pensamentos estão todos embaralhados enquanto meu olhar passa dos robôs para os sensores no meu corpo, mas faço um esforço para me concentrar. *Como posso fazer com que isso funcione a meu favor?* — É diferente do que eu imaginava. Algumas coisas foram melhores do que eu esperava; já outras, foram... piores.

— Por favor, elabore. Quais partes se provaram difíceis?

— Eu não consigo tirar da cabeça a imagem da última noite de Suki — eu respondo, observando-os com atenção, enquanto fico me perguntando que informações eles têm sobre ela e Callum... e o que eu poderia conseguir coletar. — É doloroso ficar no meu quarto sem ela, ou pensar sobre o que teria acontecido se eu a tivesse obrigado a ir à enfermaria. E, depois, o que aconteceu com Callum, eu simplesmente não acredito...

Eu me detenho antes de falar demais. Dot inclina-se sobre a mesa *touch screen* e realiza uma série de toques rápidos, como se estivesse tomando nota. Eu observo, hipnotizada pela visão das mãos humanas do robô, que consistem de três dedos e um polegar.

— Naomi. — A voz de Cyb me traz de volta do meu devaneio com um sobressalto. — No que você não acredita?

— Eu... eu não acredito que ele esteja morto. Quero dizer, eu sei que é verdade, mas não posso acreditar que de fato aconteceu — eu improviso, tentando não pensar muito em como meus sinais vitais devem estar parecendo descontrolados nos monitores agora. Dot realiza mais alguns movimentos, tocando a mesa, e eu fico desalentada. Eu deveria estar causando uma boa impressão.

— Quais são as outras dificuldades que você enfrentou aqui?

Tentar provar o segredo por trás dessa BRR que estão injetando em nós, eu digo para mim mesma. *Tentar descobrir o que o doutor Takumi está escondendo de nós a respeito dessa missão, antes que seja tarde demais.* Mas é claro que não posso falar sobre esses assuntos. Em vez disso, eu conto aos robôs uma verdade diferente.

— Ficar longe da minha família. É a coisa mais difícil que já tive que fazer. Há outros finalistas aqui que estão ansiosos para ir embora da Terra, e eu entendo. Mas eu... — Respiro fundo, olhando direto para os olhos artificiais de Cyb. *Seja honesta. Talvez isso os ajude a confiarem em mim.* — Eu não sou um deles. Eu preciso estar com a minha família, em especial com meu irmão mais novo, Sam.

Cyb assente.

— Obrigado por compartilhar isso. Agora, conte-nos sobre os aspectos positivos. Existem áreas aqui no CTEI nas quais você sente que está se desenvolvendo?

— Sim — admito. — Se eu colocar de lado os sentimentos em relação a deixar a minha família, e se conseguir superar o que aconteceu com Suki e Callum, então este lugar é, em muitos aspectos, uma terra da fantasia para alguém como eu, com tanta ciência inovadora por todos os lados. Começando com vocês dois, na verdade. Mas...

— Mas o quê? — Cyb pressiona.

Mas é uma terra de fantasia com um lado sombrio.

— Mas eu tenho dificuldade em deixar os aspectos ruins para lá — é o que respondo em vez disso. — Embora existam momentos em que eu consiga, como no Cometa do Vômito ou nos simuladores de realidade virtual.

— E com Leonardo Danieli.

Viro a cabeça de repente. Por acaso Cyb... acabou mesmo de dizer isso?

— Como disse?

— Detectamos uma ligação entre você e o finalista Leonardo Danieli — esclarece Cyb sem alteração. — Você não diria que esse tem sido um dos aspectos positivos do seu tempo aqui?

Minha garganta fica seca. Mesmo com a entonação desprovida de emoção de Cyb, posso ler nas entrelinhas de suas palavras aparentemente inócuas. *Estamos de olho. Nós vemos mais do que vocês sabem.*

— Leo e eu somos apenas amigos — eu gaguejo, quando recupero a voz. — Mas, sim, ele é... ele é incrível. Meu amigo mais próximo aqui.

Pigarreio, nervosa, enquanto Dot e Cyb viram-se um para o outro e assentem.

— Muito bem. Temos algumas perguntas de cunho geral para você agora. Talvez não entenda por que essas perguntas estão sendo feitas, mas isso não é importante. O que importa é responder de imediato com o primeiro pensamento que lhe vier à mente. — Cyb desliza o dedo no canto esquerdo da mesa e eu vejo o reflexo do texto iluminando o vidro.

— Você acredita que tudo no mundo é relativo?

— Sim — eu respondo. Essa pergunta foi fácil. — Eu acredito.

— Você confia mais na razão do que na emoção? — Cyb me examina de perto.

— Hum... — eu titubeio, insegura sobre qual resposta corresponde à verdade. Eu sou uma cientista, portanto, deveria ser regida pela razão. Mas é o meu instinto, mais do que a minha razão, que está me dizendo que algo desonesto está rolando por trás dos panos com a Missão Europa. — Se eu puder incluir uma terceira opção, eu diria que confio na minha experiente intuição acima de tudo — por fim, respondo.

Cyb não faz qualquer objeção e passa à próxima pergunta.

— Imagens, palavras ou ideias vêm com frequência à sua mente de forma aleatória? — pergunta o robô.

Balanço a cabeça, negando. Essa sim foi estranha.

— Você tem suspeitas sobre o mundo ao seu redor?

Eu congelo. Será que Cyb está perguntando porque a IA *sabe* de algum modo o que eu tenho pensado a respeito da missão? Ou será que a mesma pergunta está sendo feita a todos os finalistas?

— Eu acho que não — minto, me forçando a encarar os olhos do robô. — Eu diria que não sou mais desconfiada do que a média das pessoas.

— Por último, se você fosse forçada a lutar em legítima defesa, qual seria o seu método preferido? Você usaria seu próprio corpo, o ambiente à sua volta ou armas?

Outra pergunta estranha. Eu quebro a cabeça, pensando em voz alta.

— Bem, eu não sou muito boa de briga. Eu escolho a tecnologia como arma. — O *pen drive* à minha espera no meu quarto no dormitório me vem à mente, e meu rosto fica quente. — Hum, eu escolho o ambiente à minha volta.

— Estamos quase terminando agora. — Cyb toca duas vezes a mesa e depois se vira para mim. — Eu só preciso que você dê uma olhada em algumas imagens aqui.

Junto-me a Cyb e Dot atrás da mesa, assistindo maravilhada quando o vidro fica turvo, as cores misturando-se num redemoinho na minha frente, até comporem a forma de um morcego com as asas estendidas.

— Por favor memorize a imagem — Cyb instrui, e então as cores escorrem de novo e se dissipam no vidro transparente. — Diga-nos: o que você acha que parecia?

— É o teste de Rorschach — reconheço, me recordando das manchas de tinta vagas da minha aula de Introdução à Psicologia. A maneira como eu interpreto as imagens dirá a Dot e Cyb se eu tenho ou não tenho transtornos psicológicos. Se eu soubesse como manipular o teste, esse poderia ser o meu passaporte para casa — mas não posso ir a lugar algum até provar minhas teorias sobre a BRR e Europa. Eu já fui fundo demais. — Eu vejo um morcego com a boca bem aberta e as asas estendidas — digo, optando pela resposta honesta.

Depois de dar a minha interpretação de mais duas imagens de manchas de tinta, por fim é hora de ir. Embora eu esteja aliviada por concluir o teste e me afastar dos olhos vigilantes dos robôs, uma parte de mim está relutante em deixar esta sala — o lugar onde estão as respostas.

Minhas palavras para Leo na noite anterior se repetem na minha cabeça. *Se houver bioassinaturas a serem encontradas, elas ainda devem estar armazenadas em Dot e Cyb.* Eu os observo com atenção neste momento, meus olhos detendo-se nas placas de metal que revestem seus torsos — o ponto no qual está localizado o *software* do sistema operacional da inteligência artificial (SOIA). O ponto pelo qual eu acessaria e recuperaria seus segredos, se eu conseguisse.

Afinal, com base no que disse sobre Leo... parece que Cyb já está coletando meus segredos.

Dá para ouvir o vento de dentro do refeitório naquela noite, suas rajadas chacoalhando as janelas durante o jantar. Um estrondo de trovão ecoa pelo salão, e enquanto olho para os rostos apreensivos que me cercam, sei que não sou a única a me preocupar com o que isso significa. Estamos tão bem abrigados aqui no CTEI, com todas as barreiras e fortificações mantendo a maré distante, que tem sido fácil — pelo menos para mim — fingir que estamos a salvo das tempestades furiosas enquanto estivermos aqui. Mas esta é a primeira vez que os sons exteriores penetraram nossos muros... e isso faz com que eu me pergunte o que está por vir.

— Não consigo suportar a ideia de ter que voltar para lá — comenta Katerina, olhando para a janela. — É loucura pensar que estamos a apenas três dias da primeira eliminação.

— Não se preocupe. Aposto que você será escolhida, junto comigo — Beckett, sempre tão confiante de si, assegura-a, lançando a Katerina um sorriso galanteador. *Que nojo.* Ele olha para Lark. — Você não acha?

— Você sabe que não posso comentar coisa alguma a respeito desse assunto — lembra Lark, antes de dar uma mordida no frango *tikka masala* do cardápio dessa noite. — Além disso, para ser franca, eu não sei. Quero dizer, tenho as minhas opiniões, mas o doutor Takumi e a general não me contaram quem estão inclinados a selecionar.

— Bem, você ofereceu suas sugestões sobre quem *você* acha que deveria formar os Seis Finalistas? — pergunta Beckett, observando-a atento. Tento atrair os olhos de Leo para lhe fazer uma careta de cumplicidade, mas ele está preocupado, fitando Beckett com o cenho ligeiramente franzido. Pensando nisso agora, ele tem agido estranho desde o dia do *bungee-jump*.

Lark ri, dando um fim à insistência de Beckett com um gesto de mão.

— Mais uma vez, sem comentários. O doutor Takumi deixou *bem* claro que não posso discutir isso com vocês. Entretanto, posso dizer com segurança que qualquer um de vocês seria um verdadeiro trunfo para a missão.

— Estou tão nervoso. — Asher enterra a cabeça nas mãos. — Qual é o sentido até de tentar comer?

— Quer dizer que nenhum de vocês se sente nem um pouco... diferente em relação à missão, mesmo depois do que aconteceu com Suki e Callum? — questiono. Lark me fuzila com um olhar de advertência, mas eu estou genuinamente curiosa. Será que não estão, no mínimo, um pouco menos entusiasmados agora?

— Eu me sinto horrível por eles, é claro que sim. Mas confio no doutor Takumi quando ele diz que o restante de nós está seguro — responde Katerina. — E se você soubesse pelo que eu estava passando lá na... — Ela estremece. — Além disso, como você pode *não* querer ser um dos seis humanos do mundo a viver uma aventura maior do que qualquer coisa na História?

— Parece que isso não interessa a ela — diz Beckett, apontando o polegar na minha direção, antes de se virar para Lark. — Talvez ela devesse apenas voltar para casa, já que não está emocionalmente envolvida com a missão. Fico mais do que feliz em carregar a bandeira americana sozinho.

— Hum, eu estou bem aqui — eu me dirijo a ele Beckett forma ríspida. Só porque ele por acaso está correto ao afirmar que não estou pronta para fazer uma viagem só de ida para fora do nosso planeta, não significa que vou ficar aqui sentada e deixá-lo tentar me prejudicar.

— Não é assim que a coisa funciona, Beckett — Lark lhe dá um chega pra lá, arqueando uma sobrancelha para ele. — Ter o conjunto certo de habilidades e atributos é mais importante aos líderes da missão do que ter quem está mais ávido.

Enquanto ele resmunga sobre o seu prato, eu me viro para Katerina.

— Você não poderia ir para algum outro lugar que não a Rússia? Quero dizer, se você não for selecionada.

— Não quero nem pensar no que eu faria — responde ela, sem se alterar. Mas, para minha surpresa, Lark me apoia de novo.

— Na verdade, é inteligente pensar sobre isso e se preparar tanto para um desfecho quanto para o outro — diz ela. — O fato é que não serão todos que poderão ir para Europa. E eu tenho certeza de que há *algumas* coisas de suas vidas normais para as quais vocês gostariam de retornar. Certo?

— Eu não sei para onde eu vou — Leo se manifesta, balançando a cabeça. — Mas Roma é que não vai ser. Há muitos... há fantasmas demais aguardando por mim lá. Eu teria que recomeçar em algum outro lugar.

— Eu não posso voltar para Israel também — diz Asher, olhando fixo para a mesa. — Toda nossa terra está sob o Mediterrâneo agora. Antes do recrutamento, eu tinha acabado de me mudar com minha tia e meu tio para um apartamento de dois quartos em Surrey. Sei que tenho sorte de ter um teto sobre minha cabeça, mas... eu nunca pensei que teria que me tornar um *yerida*. — Ele ergue o olhar para todos nós. — É assim que chamamos aqueles que emigram de Israel. Eu ficaria para sempre na mesma rua onde cresci, se pudesse ficar.

— Você só se dá conta de como está envolvido com o lugar de onde é quando ele é tirado de você — reflete Leo.

Os dois compartilham um olhar de conhecimento de causa e, de repente, me sinto deslocada. Eu não tenho o direito de fazer parte dessa conversa, não quando tenho meus pais e meu irmão caçula me aguardando em casa — quando tenho um *lar* de verdade, e ponto final. É estranho pensar que o fato de a minha família estar intacta me marca como diferente, alguém com quem não se tem afinidade, aos olhos dos meus colegas de equipe. E quando olho para Leo e Asher, do outro lado da mesa, sou varrida por uma onda de impotência. Não há nada que eu possa fazer para mudar a situação deles... nada.

— Mas dá para tentar manter uma parte dele com você — conforta Katerina. — Depois que Moscou ficou submersa, descobri que o que eu mais sentia falta era das noites... a aparência dos monumentos quando eram iluminados, a energia na capital antes de tudo afundar. Então, comecei a pintar tudo de cabeça, e embora eu não seja um primor de artista, isso ajuda de verdade. É como reviver o seu passado na tela.

— Essa é uma bela ideia — aplaude Lark. Ela se volta para Beckett. — E quanto a você?

— O que tem eu? — ele pergunta, rude.

— Você voltaria para Washington, certo? Existe alguma coisa da qual você sinta falta em casa, ou que gostaria de voltar a ver?

Uma expressão estranha atravessa o seu rosto, e então ele assente.

— É, a Casa Branca é legal. Meu tio deixa a gente viver lá, já que possui todas as melhores barreiras de inundação e proteções climáticas. Mas eu não acho que vá voltar. — Ele ergue o queixo. — Eu sempre estive destinado a algo maior.

— Acho que em três dias saberemos — diz Asher, respirando fundo.

Olho para Leo, me perguntando quanto tempo nós ainda temos. Por quanto tempo mais sua amizade fará parte da minha vida?

Em três dias, saberemos.

QUINZE

LEO

ACORDO COM O HORRÍVEL RUÍDO DE ALGO SE PARTINDO, o som que uma árvore poderia fazer se seu tronco se rompesse. Faço um esforço para me sentar, mas minha cama está sacudindo, o chão tremendo e deslizando por baixo dela.

— Terremoto! — grita Asher. — Cubra a cabeça!

Eu me enfio debaixo dos lençóis, cobrindo a cabeça com o travesseiro enquanto as paredes se agitam ao nosso redor. Eu me preparo para os estilhaços de vidro voando, para a mobília desabar no chão, assim como no dia em que as ondas atravessaram as janelas de Roma. Mas, então, eu lembro: não há janelas neste quarto. Nosso mobiliário é aparafusado ao chão. A NASA preparou-se para qualquer eventualidade.

Enquanto eu me convenço de que é apenas um terremoto, que não será como Roma outra vez, um estrondo de trovão se destaca em meio ao barulho, seguido de um rugido crescente. Parece que um trem de carga está acelerando em nossa direção. Isso só pode significar uma coisa.

— Tsunami — eu tento gritar, mas minha voz é abafada e mal ressoa. — *Tsunami!*

A água fustiga as paredes, o chão estremece devido aos abalos secundários do terremoto. Ouço Asher começar a orar em hebraico, sua voz se elevando pelo pânico, e aperto os olhos, vendo o rosto da minha mãe. Sua pele está azul como quando eu finalmente a encontrei na água, uma visão que me fez vomitar durante dias. Mas, agora, estou me juntando a ela. Eu achava que teria mais tempo para dizer a Naomi como eu me sinto, para ser um dos primeiros humanos a pisar em Europa, mas posso sentir a mão da Terra estendendo-se para me levar.

E, então, a porta se abre. Puxo as cobertas dos olhos e vejo a silhueta de um corpo balançando na entrada.

— Vistam-se o mais rápido que puderem e me encontrem ao pé da escada! — grita a voz de Lark. — Não se esqueçam dos sapatos e das lanternas.

Ela desaparece em direção à porta ao lado, e eu luto para me levantar da cama, tateando no escuro até a cômoda. Nós nos vestimos rápido e depois disparamos para fora do quarto e pelo corredor do dormitório. O chão abaixo de nós parece ter se estabilizado, mas o vento uiva ameaçador, nos alertando que o perigo ainda não passou. O gemido estridente de um alarme nos segue através dos salões quando nos reunimos ao grupo desgrenhado de finalistas e à equipe do CTEI ao pé da escada. O doutor Takumi e a general Sokolov estão diante de nós com expressões tensas enquanto examinam nossos rostos à luz das lanternas, fazendo uma contagem de cabeças. E, então, o doutor Takumi nos conduz à parede oposta à escada.

— O que está acontecendo? — alguém choraminga no meu ouvido, e eu balanço a cabeça, observando quando Takumi pressiona um botão em seu relógio e uma porta camuflada se abre na parede.

Parece uma espécie de túnel de emergência, com sacos de areia forrando o espaço e um dispensador de água e uma fileira de alimentos enlatados num canto. Enquanto o doutor Takumi nos reúne a todos ali dentro, uma mão encontra meu braço no escuro. Eu sei sem olhar que é Naomi.

Adentramos mais fundo pela passagem e ouço a voz da general por sobre o meu ombro.

— Dot e Cyb! E quanto a...

— Eles estão bem — interrompe-a o doutor Takumi. — Seguros em seus módulos de bateria.

— E a energia?

— Deve estar de volta logo que sairmos daqui — ele responde.

É quando a mão de Naomi desliza da minha. Eu me viro e sussurro seu nome, mas ela já se foi, seu casaco se agitando atrás dela enquanto desaparece fora do túnel. E a porta da passagem começa a se fechar.

Meu coração palpita de medo e as palmas das minhas mãos estão úmidas de suor enquanto me decido naquela fração de segundo. Devo permanecer na segurança do túnel de emergência ou segui-la? A escolha óbvia é ficar onde estou: a combinação dos abalos secundários do terremoto e de um tsunami nas proximidades é letal, mas a ideia de algo ruim acontecer com Naomi me faz entrar em ação.

Eu me afasto do grupo, colando meu corpo à parede enquanto me aproximo da abertura da passagem. Quando estou um tanto confiante de que ninguém está olhando, salto para fora do túnel, um segundo antes de a porta se fechar.

Observo enquanto o *bunker* é selado, me deixando exposto às intempéries. E depois corro até a escada, tropeçando nos últimos degraus enquanto a terra furiosa estremece com os abalos secundários. Chegando ao quarto andar, deparo-me com as vidraças quebradas que eu esperava, e vou ziguezagueando, evitando os grossos cacos, até que avisto uma figura delicada à minha frente.

— Que diabos você está fazendo? — eu grito enquanto a alcanço.

Naomi se vira e me ilumina com a lanterna. Mas, depois, ela continua se movendo.

— Essa é a minha chance — ela diz, ofegante. — Os robôs estão sozinhos. Nunca mais terei uma oportunidade assim.

— Você está louca? Como pode arriscar a vida por essa... essa investigação? — explodo.

— Se eu conseguir a prova do que desconfio, irei *salvar* vidas: seis delas — ela me replica. — Não se preocupe comigo, por favor. Volte para ficar com os outros.

Balanço a cabeça com frustração.

— Não vou deixar você agora.

Eu a sigo enquanto ela corre para o laboratório de robótica, mal conseguindo pensar com o barulho de trovões e ventania rugindo lá fora. Chegamos à porta pintada de azul e estou prestes a lembrar Naomi de que não podemos entrar sem cartão de identificação... quando ela gira a maçaneta e a porta se abre.

— Como isso aconteceu?

— É uma fechadura eletrônica — explica, me puxando para dentro com ela. — Quando a energia foi cortada, as trancas foram desativadas. A mesma coisa com as câmeras.

— Então, isso não significa que os robôs também estarão desligados? Neste caso, o que estamos fazendo aqui?

— As IAs funcionam com energia solar, já que foram construídas especificamente para a nave espacial — diz Naomi. — Então, o apagão não as afeta, afeta apenas o seu entorno.

Nós entramos no laboratório, que parece ainda mais apavorante que o habitual sob o brilho pálido de nossas lanternas. Esbarro direto num robô em construção, e cubro a boca com a mão quando sua cabeça desmembrada balança em seu suporte, rolando para o chão e produzindo um baque surdo.

— Oh, não — gemo.

Naomi me faz sinal de silêncio, me puxando para os dois reluzentes módulos de bateria no centro da sala.

— Vou checar Dot — ela me diz, apontando para a cápsula da direita. — Você pode ficar vigiando para garantir que Cyb não saia do modo de suspensão... e que ninguém entre?

— Hum. O que exatamente você está planejando fazer?

— Você vai ver — ela diz de maneira soturna. — Me deseje sorte.

— Isso é loucura — eu murmuro, me posicionando entre a cápsula de Cyb e a porta. Eu assisto enquanto Naomi respira fundo e levanta a tampa da cápsula de Dot. Os olhos artificiais de Dot se abrem e eu me sobressalto, mas Naomi murmura algo para a máquina enquanto gira rápido dois dos botões dentro do módulo. De repente, os olhos de Dot estão outra vez fechados, seu chassi sem vida.

— Você pode me passar uma chave de fenda? — ela me pede.

— O quê? Onde? — Não consigo parar de olhar para Dot. O que Naomi fez com ela?

— Estamos em um laboratório de robótica. Deve haver uma chave de fenda em cada mesa. E você podia aproveitar para pegar também uma arma de choque... apenas por segurança.

— Como é que é?

Naomi faz uma pausa.

— Não me olhe assim. É apenas uma precaução, no caso de Cyb acordar enquanto estou aqui. O choque elétrico irá desativar a IA e congelar sua memória por três minutos, nos dando tempo suficiente para fugir... e depois ele ficará bem.

De maneira relutante, deixo minha posição de guarda e vou até a primeira mesa que vejo, vasculhando a bagunça de ferramentas até encontrar uma chave de fenda... e uma pequena arma metálica, do tamanho de uma das antigas canetas tinteiro de meu pai. Eu a guardo no bolso e, quando entrego a chave de fenda a Naomi, não consigo deixar de dizer:

— Eu adoro a ideia de você ter pensado que poderia fazer isso sem ajuda.

— Bem, eu *poderia* — ela responde. — Só demoraria mais. Mas... obrigada.

Volto para meu posto de guarda enquanto Naomi usa a chave de fenda para abrir um compartimento embutido nas costas do robô, deixando Dot com uma abertura oca. Fico um pouco horrorizado e ao mesmo tempo fascinado pela visão. E então Naomi puxa algo pequeno e brilhante do bolso... e o conecta a uma porta nas costas de Dot. Ela brinca com os seletores e sensores no braço do robô até que uma pequena tela no peito de Dot se acende, piscando com símbolos e números.

Espero pelo que parece ser uma eternidade, enquanto as mãos de Naomi se movem pela tela, digitando e deslizando os dedos pelo peito do robô, enquanto cada som e rangido na sala me deixa mais nervoso. Por fim, ela remove o *pen drive* e aparafusa outra vez a tampa do compartimento embutido de Dot, devolvendo o robô à sua aparência normal: tudo enquanto ele permanece no modo de suspensão.

— Ok, vamos, *agora*! — ela joga a chave de fenda em uma das mesas e volta para o meu lado, parecendo nervosa pela primeira vez.

Ela não precisa me dizer duas vezes. Seguro sua mão e começamos a correr, fechando a porta atrás de nós.

— O que você estava fazendo exatamente? — pergunto, enquanto corremos pelo corredor, nos desviando das estantes tombadas e de vidro quebrado.

Naomi hesita antes de responder.

— Eu tenho meu próprio *software* de hackeamento em um *pen drive*. E antes que você diga qualquer coisa, não sou uma criminosa... não de verdade. Esta foi apenas a segunda vez que o usei. A primeira foi para obter os relatórios médicos de meu irmão quando o hospital estava demorando muito para liberar seus resultados.

Paro de repente.

— Então, quer dizer que você realmente fez isso. Você *hackeou* o robô?

— Sim. Eu basicamente usei meu *malware* para acessar a conexão SSH da Dot, e reconfigurei o sistema operacional da IA para se conectar ao meu próprio *tablet*. Assim que eu conectar o *drive* no meu *tablet*, poderei programar e dirigir Dot, assim como os líderes do CTEI fazem de seus computadores... então, Dot vai pensar que *eles* estão dando comandos. Esse é o primeiro passo para eu obter a verdade sobre Europa. — Ela se vira para mim com um olhar incisivo. — E ninguém além de você saberá.

Eu a encaro.

— Você ao menos *faz ideia* de quanto pode ser assustadora?

Mas alguma coisa no jeito como digo isso faz com que Naomi exploda em risadas inesperadas. Tento fazê-la ficar em silêncio enquanto fugimos da cena, mas agora ela está tendo um incontrolável ataque de riso nervoso, e eu também não posso deixar de rir.

— Pelo menos, se essa tempestade nos matar... ou o doutor Takumi nos encontrar e fizer isso ele mesmo... morreremos rindo, literalmente — observo.

De repente, o sorriso some do rosto de Naomi. Ela apaga a lanterna e agarra meu braço, me puxando para virar o corredor. É quando escuto o som inconfundível de passos.

Nós não estamos sozinhos.

DEZESSEIS

NAOMI

DÁ PARA SENTIR O SANGUE RUGINDO NOS MEUS OUVIDOS, a respiração presa na garganta, enquanto Leo e eu nos achatamos contra a parede. Não há nada que possamos fazer agora a não ser ouvir o som excruciante dos passos na escuridão e aguardar, em nossos últimos momentos de liberdade. A lista de punições potenciais do doutor Takumi atravessa minha mente, e minhas mãos começam a tremer. Fui estúpida em pensar que eu poderia fazer isso e escapar impune... e agora Leo terá que pagar o preço pelo que eu fiz.

Toda a minha bravura se esvai e eu olho para ele, esperando que seja tão forte neste momento como parece ser. À medida que os passos se aproximam, volto o meu rosto para o dele. *Sinto muito*, articulo com os lábios.

Leo balança a cabeça, busca minha mão. Mesmo no escuro, diviso o contorno de seus lábios. Há tantas coisas não ditas entre nós, tantas coisas que eu quero lhe dizer, e agora estamos prestes a ser pegos...

— *Violação de segurança detectada.*
— *Atenção! Violação de segurança detectada.*

Congelo ao som das vozes mecânicas ecoando em nossa direção. E, então, uma luz brilha nos meus olhos, e ergo a cabeça. Dessa vez, não consigo conter um grito.

Três robôs utilitários sem rosto nos cercam, versões compactas de Dot e Cyb, mas igualmente intimidadoras no escuro. As insígnias do exército reluzem em seus peitos de metal, e eu percebo: esses são soldados do doutor Takumi.

— *Fonte de violação descoberta* — um dos robôs diz com voz monótona, marchando em nossa direção com algemas. — Finalistas fora dos limites.

Um som elétrico corta o ar e eu salto para trás ao ver a descarga azul pairar. Um dos robôs desaba no chão com estrondo, e eu me viro surpresa para Leo, que aponta a arma de choque do laboratório para os outros dois. Eles levam as mãos aos coldres, buscando suas próprias armas...

Zap. Zap. Solto o ar dos pulmões quando o segundo e o terceiro robô caem. E, então, Leo já está segurando minha mão, nós dois saindo em disparada, a adrenalina e o medo fazendo meu corpo correr mais rápido do que algum dia já corri na vida. Nenhum de nós diz uma palavra enquanto seguimos em direção à escada e, nesse momento, agradeço pela chuva e trovões que abafam o som de nossos passos nos degraus, nossa respiração ofegante.

Em poucos minutos, voltamos ao andar do alojamento, passando do refeitório e biblioteca desertos para a ala dos dormitórios às escuras. Meus batimentos cardíacos só começam a se estabilizar quando chegamos ao corredor que separa a ala das garotas da dos rapazes. *Conseguimos.*

— Você... você foi incrível — sussurro. — Obrigada.

Leo balança a cabeça com uma expressão atordoada.

— Foi você que me disse para pegar a arma de choque. Eu só lembrei de usá-la.

— A maneira como você a usou é a razão pela qual estamos aqui agora — toco seu braço. — Eu estava errada antes, quando disse que não precisava de você.

Um sorriso ilumina o rosto de Leo.

— Vou me lembrar disso. E... será que agora você poderia dar um tempo em tentar nos meter em encrencas?

— Eu acho que devo isso a você — retruco com ironia brincalhona. — E prometo que vou esperar alguns dias antes de tentar acessar Dot com meu *pen drive*, para garantir que ninguém nos apanhe.

— E os robôs utilitários? — Leo faz uma careta. — Você tem certeza de que não lhes causei nenhum dano permanente?

— Tenho certeza. E os choques elétricos apagaram os últimos três minutos de suas memórias, o que significa que não terão registros nossos. — Dou um passo à frente, chegando mais perto dele. — Preciso repetir: você foi incrível. Eu simplesmente... sinto muito mesmo por quase ter arrastado você para um desastre.

— Talvez eu devesse estar com raiva — ele reconhece. — Mas... antes de sair atrás de você, minha cabeça voltara àquele estado de espírito sombrio ao qual as tempestades sempre me levam. Você me distraiu. Então... talvez tenha valido a pena.

Meu peito se enche de afeição ao escutar suas palavras.

— Eu... eu fico feliz.

— E, tenho que admitir, nunca pensei que um dia eu conseguiria desarmar três robôs. Jamais me esquecerei disso. — Ele sorri.

— Você definitivamente tem direito de se vangloriar por dias a fio — concordo, sorrindo de volta.

— Então, o que deveríamos dizer amanhã, quando as pessoas perguntarem por que não estávamos no túnel? Eu acho que eles notaram.

Eu balanço a cabeça concordando, pensando rápido.

— Vamos fingir que não chegamos ao túnel a tempo, que nos atrasamos e que a porta se fechou antes de chegarmos lá, por isso, tivemos que esperar a tempestade passar em nossos quartos. Eu sei que o doutor Takumi fez uma contagem quando ainda estávamos lá, mas com os finalistas e os instrutores e todo o caos, não é difícil acreditar que ele poderia ter contado dois a mais.

— Sim. Isso faz sentido. — Ele respira fundo. — Boa noite, Naomi.

— Boa noite, Leo.

Ele chega mais perto de mim, e então parece pensar melhor, afastando-se de novo. Eu queria que ele não tivesse mudado de ideia.

— Durma bem. E, pelo amor de Deus, esconda esse *pen drive*... num lugar qualquer que ninguém além de você possa encontrá-lo.

— Pode deixar. Eu o deixei guardado aqui — gesticulo para meu sutiã e, então, no ato, enrubesço. *Informação demais, Naomi*.

— Oh! Bem... bem pensado — Leo gagueja. — Bem. Vejo você de manhã, então.

— Até logo.

Enquanto observo sua silhueta se afastando em direção à ala dos rapazes, não posso deixar de sorrir.

É bom vê-lo um pouco embaraçado.

Estou quase pegando no sono quando o som de alguém irrompendo por minha porta me sobressalta. Eu me sento ereta, com o coração acelerado, enquanto Lark bate a porta atrás dela e assoma na minha cama. Seus olhos faíscam de fúria.

— O que vocês estavam *pensando*? — ela esbraveja. — Sabe que arrisquei meu trabalho para encobrir os dois?

Ela sabe. Abro a boca para falar, mas nada sai, minha garganta está seca como uma lixa. Busco as palavras certas para explicar, para enfeitar o que eu fiz, mas não consigo inventar nada melhor do que um patético:

— Não é o que você está pensando.

— Oh, é exatamente o que eu estou pensando. — Os olhos de Lark são como dois punhais. — Eu já devia ter adivinhado. Era óbvio que algo estava acontecendo entre vocês dois, mas não achei que vocês seriam tão irresponsáveis a ponto de arriscar suas vidas durante uma tempestade e escapar juntos, bem debaixo do nariz do doutor Takumi!

Meu rosto enrubesce de vergonha quando percebo o que Lark concluiu. Mas, por outro lado... seu mal-entendido poderia nos livrar de outras suspeitas.

— Então você está me dizendo que sabe... Sobre mim e Leo? — pergunto, testando-a.

— É óbvio que sim! — Ela levanta as mãos com exasperação. — O que você tem a dizer em sua defesa?

— Eu sinto muito. Sinto muito *de verdade*. Eu... nós só pensamos que esta seria nossa única chance de ficarmos sozinhos — eu invento.

Lark balança a cabeça.

— Eu os preveni sobre trazer hormônios adolescentes para o projeto. Mas, claro, ninguém me ouviu!

— O que... o que você disse ao doutor Takumi e à general? — pergunto. — Sobre nós dois, quero dizer.

— Vocês têm a sorte de eu conseguir pensar sob pressão. Quando os outros perceberam que vocês haviam desaparecido, somei dois e dois e concluí o que vocês de fato estavam fazendo. — Ela me lança um olhar penetrante. — Então, disse que vi vocês dois correndo para o túnel logo antes que a porta se fechasse, e que vocês não conseguiram entrar.

A mesma desculpa que planejei, reparo, achando engraçado.

— A general Sokolov queria abrir a porta, imaginando que vocês estivessem lá esperando, mas eu disse que vocês provavelmente haviam retornado para seus quartos àquela altura e não valia a pena expor o restante de nós às forças da natureza. Mas se ela ou o doutor Takumi tivessem insistido na questão e descobrissem que vocês desobedeceram às ordens deles a fim de darem uns amassos, vocês dois estariam fritos.

Estou mortificada demais para olhá-la nos olhos, e também um pouco desanimada pela constatação de que minha vida pessoal é muito mais excitante na mente de Lark do que na realidade. Mas estou curiosa sobre uma coisa.

— Por que você nos encobriu? Estou incrivelmente agradecida, acredite — eu me apresso a acrescentar. — Mas simplesmente não posso deixar de me perguntar, já que você parece bastante... brava.

— Oh, eu estou furiosa — ela diz com frieza. — Mas eu já perdi um membro da equipe antes das primeiras eliminações. A última coisa que eu quero é aparecer na sexta-feira como a única líder com a metade da equipe já fora da competição. Conheço o doutor Takumi, e ele me culparia por suas transgressões.

Então ela não está nos protegendo por bondade de coração. Mas, de certa forma, seu motivo torna mais fácil para mim acreditar que estamos realmente seguros... pelo menos, por enquanto.

Sinto que meus músculos começam a relaxar.

— Obrigada, Lark. De verdade.

— Esta foi a única vez, entretanto — ela me avisa. — De agora em diante, vocês dois terão que se esforçar bem mais para encobrir o que está rolando aqui... ou, melhor ainda: devem cortar o mal pela raiz e terminar. Isso só queimaria o filme de vocês com o doutor Takumi e a general.

— Você tem razão. — Confirmo com a cabeça automaticamente. — Eu sinto muito. Nós, hum... vamos acabar com isso. — *Antes mesmo de começarmos.*

Ela se desloca em direção à porta, aparentemente satisfeita com meu arrependimento.

— Mais uma coisa — ela diz ao sair. — Você me deve uma. Lembre-se disso.

A energia está de volta pela manhã, mas quando chegamos ao refeitório, o doutor Takumi anuncia que as sessões de treinamento do dia foram canceladas.

— As equipes aqui no CTEI e no Johnson Space Center precisam se concentrar nos reparos e verificações de equipamentos após a noite passada — explica. — Então, depois do café da manhã, em vez de entrarem em uma sessão de treinamento, vocês irão me acompanhar até a sala de imprensa.

Eu observo o doutor Takumi cuidadosamente enquanto ele fala, tentando avaliar se algo está diferente... se ele tem qualquer suspeita de que algo aconteceu no laboratório de robótica na noite anterior, ou se ele engoliu a explicação de Lark sobre onde eu e Leo estávamos. Mas quando seus olhos vagam pela mesa da nossa equipe e pousam em mim, sua expressão é indecifrável. Eu me pergunto se posso tomar isso como um bom sinal.

O doutor Takumi nos conduz até um espaço que não conhecemos antes, uma pequena sala no final do andar do alojamento, que se assemelha a um cinema. Uma tela grande toma a parede da frente, a imagem pausada sobre o que aparenta ser um noticiário da TV, algo que não fomos autorizados a assistir desde que chegamos aqui. Quando estamos todos sentados, o doutor Takumi posta-se diante da tela.

— Na noite passada, passamos por uma fração da devastação que abalou a América do Sul, com seus efeitos sendo sentidos a distância: um terremoto de 7.0 e um tsunami de nível médio desencadeado pelo megassismo submarino — ele nos explica.

— Graças às nossas medidas extremas de precaução, o Johnson Space Center sofreu comparativamente pouco dano. No entanto, muito poucos prédios no país são privilegiados com esse nível de proteção. Vocês descobrirão que a maioria dos outros na nossa região também foram afetados.

Sinto um nó no estômago com suas palavras. Quantos morreram? Até onde o desastre se estendeu?

Por favor, faça com que a Califórnia esteja segura, rezo silenciosamente. *Por favor, permita que minha família tenha saído disso ilesa.*

— É importante que vocês se deem conta do sofrimento que acontece fora dessas paredes e entendam por que a missão Europa é a resposta — continua o doutor Takumi. — Para mantê-los informados e lembrá-los do que está em jogo, estou suspendendo por hoje as restrições de TV.

Olho para Leo e Asher, sentados um de cada lado de mim, sem saber como me sinto sobre isso. Por um lado, é um alívio poder vislumbrar o mundo exterior depois de estar fora por tanto tempo... mas há algo de manipulador no fato de o doutor Takumi nos deixar assistir aos noticiários em um dia em que as imagens certamente serão angustiantes.

Respiro fundo, me preparando enquanto a tela cintila para entrar em movimento. Mas mesmo depois de tudo o que vi nos últimos dois anos, não há como me preparar para isso: a visão de arranha-céus balançando e afundando nas ondas enquanto a terra treme, os gritos das centenas de vítimas presas lá dentro. Agarro com força os braços da poltrona enquanto a cena se desloca para o âncora de aparência cansada encarando a câmera.

— Nós estamos vendo os destroços de Oklahoma City, que enfrentou destruição generalizada causada pelo terremoto e subsequente tsunami da noite passada — ele relata. — O marco Chase Tower foi um dos prédios que desabaram, e todo o estado de Oklahoma ainda está sem energia. — Ele esfrega o rosto, parecendo lutar contra as lágrimas. — Isso assinala outra cidade tirada de nós pela Mãe Natureza.

O pânico oprime meu peito. Não consigo assistir mais, não consigo escutá-los contando as baixas. E enquanto a gravação vai mostrando americanos angustiados, parados com água e escombros na altura da cintura onde suas casas costumavam ficar, eu me levanto do meu assento. Embora minha família esteja a quilômetros de distância do epicentro da tempestade, eles não estão longe o bastante para escapar do seu alcance, não nesta Terra desfigurada em que vivemos. E não posso ficar aqui nem mais um segundo, não até que eu saiba que eles estão seguros.

Posso sentir os olhos dos outros finalistas em mim enquanto corro em direção ao doutor Takumi, que está parado ao lado da tela com uma expressão indecifrável.

— Por favor... eu preciso ver a minha família, para saber se eles estão bem. — Olho nos olhos dele, esperando, apesar de tudo, que meu desespero possa comovê-lo. — Existe algo que vocês possam fazer? Podemos organizar uma chamada de vídeo para hoje?

Ele suspira. Dá para prever sua recusa, e faço outra tentativa.

— Não só para mim, mas também para Beckett. Tenho certeza de que ele está preocupado com o estado das coisas em Washington.

Pode ser fácil me negar um favor, mas com Beckett a história é diferente. O presidente dos Estados Unidos é uma das figuras-chave que avalizaram esta missão, que ajudaram a fazer com que o Congresso a financiasse. Se o doutor Takumi achar que seu sobrinho quer vê-lo...

— Tudo bem — ele cede. — Mas quero deixar claro a todos vocês que essa é uma exceção. Se permitíssemos chamadas de vídeo espontâneas sempre que ocorresse um desastre natural, passaríamos o dia inteiro na frente do computador em vez de nos prepararmos para a missão em questão.

— Obrigada! — exclamo, antes de me virar para Beckett na plateia e articular com os lábios, *"de nada"*. Afinal de contas, é por minha causa que ele saberá como está sua família.

Mas ele simplesmente desvia os olhos com uma carranca.

— *Sam!*

Meus olhos se enchem de lágrimas de alívio assim que vejo seu rosto. *Ele está bem, ele está bem*, minha mente fica repetindo como um mantra, enquanto recupero o fôlego. Mas quando olho mais atentamente para meu irmão, percebo que algo está diferente. Seus olhos estão vazios, toda a luz desapareceu. É como olhar alguém com o rosto do meu irmão, mas sem a sua essência.

— O que aconteceu? — pergunto, com medo de ouvir a resposta. — Aconteceu alguma coisa com a mamãe ou com o papai? Onde eles estão?

— Eles estão bem. A razão pela qual eles não estão aqui agora é porque estão ajudando os vizinhos do andar de baixo a deixar o apartamento. O piso inferior inundou completamente com a tempestade — diz ele com ar cansado.

Eu fico aflita ao pensar que os Burstein, um casal de idosos tão gentis, está sendo obrigado a fugir.

— Eles perderam tudo? Para onde eles vão?

— Eles salvaram o que podiam, mas... — Meu irmão balança a cabeça. — Eles vão ficar conosco no seu quarto, até conseguirem fazer contato com a família.

— Estou feliz por eles ficarem aí com vocês — digo baixinho. — Quer dizer que nosso apartamento está bem, então?

— Sim, conseguiu ficar à tona. O estrago não foi tão severo por aqui. Mas ouça, Naomi... — ele inspira outra vez e eu percebo que sua respiração soa rasa, superficial.

— Você está bem? Como você está se sentindo? — eu o interrompo.

— Na mesma — ele responde, e não sei se devo ficar aliviada ou preocupada.

"*Na mesma*" não é necessariamente uma boa notícia sobre meu irmão, mas se ele está me dizendo a verdade, então, pelo menos, ele não piorou enquanto eu estive fora.

— O que eu estava prestes a dizer é que estive pensando uma coisa desde a última vez que conversamos e... — Ele me olha nos olhos. — Eu não quero que você venha para casa.

Eu recuo no meu assento.

— O *quê*? O que você está dizendo?

— Eu quero que você esqueça a... a mensagem que eu te dei. — Ele desvia o olhar. — Percebo agora que eu fui egoísta ao querer que você voltasse. Perdi a conta de quantas vezes este planeta tentou nos matar. Seja o que for que houver em Europa, não pode ser pior do que aqui. Sendo assim... você tem que ir.

Fico boquiaberta. Não posso acreditar no que estou ouvindo.

— Você *quer* que eu deixe a Terra? Para possivelmente nunca mais voltar a ver você?

— Eu quero que você se salve — diz ele. — Você recebeu uma oportunidade, e não quero ser eu a detê-la. Além disso, para a missão ter qualquer esperança de sucesso, ela precisa de um cérebro como o seu. — Ele exibe um sorriso. — O futuro precisa de você.

— Mas... mas e *você*?

— Eu... vou ficar bem. — Ele encolhe os ombros, resignado. — Eu sou muito mais durão do que pareço, sabe? Não devia ter pressionado você a tentar voltar para casa. Além disso, estive pensando em maneiras de ajudá-la em Europa, daqui. — A velha centelha retorna por um breve momento aos olhos dele. — Você não é a única craque nos computadores.

— Mas eu... eu já... — Eu quero dizer para ele esquecer o que está dizendo, que eu hackeei Dot na noite anterior e coloquei um plano em ação. Mas é claro que não posso. Só posso esperar que ele leia a verdade no meu rosto.

— Mais dois minutos! — Lark grita da porta, de onde está supervisionando a mim e Beckett. Seguro as bordas do monitor do computador, como se, de alguma forma, pudesse manter meu irmão próximo.

— Não cabe a mim decidir, mas... — eu baixo a voz. — Mesmo que eu seja escolhida no final, ainda assim não estarei desistindo. Nem de você, nem da Terra.

Sam sorri com tristeza.

— Mas você deveria. Nos deixe para trás, mana. Deixe tudo para lá e voe alto, como deveria.

— Não — eu sussurro. — Você não sabe...

Mas a tela está tremeluzindo, tornando-se pixelada. Nosso tempo acabou.

DEZESSETE

LEO

OUÇO ASHER ACORDAR CEDO NA MANHÃ da primeira eliminação e presto atenção quando ele começa a murmurar em hebraico. O som é um conforto para meus nervos.

Minha família nunca foi muito religiosa. Guardávamos todos os dias santos na Basilica di Sant'Agostino, mas não ia muito além disso. No entanto, neste momento, quando nosso destino e futuro estão nas mãos de outra pessoa, fecho meus olhos, imaginando minha mãe, meu pai e Angelica em algum lugar lá em cima, ouvindo meus pensamentos. Talvez eu possa fazer minha própria oração... para eles.

Cuide de mim hoje, famiglia. *Por favor, deixe-me ser um dos doze ainda de pé no final da noite. Me ajude a ir para Europa como um dos Seis Finalistas... com Naomi também, e Asher. Sem vocês... eles são tudo o que tenho.*

O alarme em nosso espelho LED soa. Eu me espreguiço e sento na cama, enquanto Asher guarda o que me parece ser um livro de orações de volta na gaveta da escrivaninha.

— Aqui vamos nós — ele diz, virando-se para mim com um rosto pálido.

Eu concordo com um meneio de cabeça.

— Você acha que vamos ficar sabendo logo de cara?

— Talvez. Mas se eles ainda não estiverem cem por cento seguros, podem arrastar isso o máximo possível.

Asher está certo. No café da manhã, descobrimos que iremos passar por uma avaliação física para astronautas como uma última chance: exames abrangentes para avaliar como nossos corpos estão se ajustando à BRR e para garantir a detecção de quaisquer problemas de saúde novos ou queda na imunidade. Mal consigo tocar no meu café da manhã depois de ouvir sobre o exame clínico que temos pela frente. *E se encontrarem algo que arruíne minha chance?* Não concebo chegar tão perto e morrer na praia. Olhando em volta da mesa, está claro que meus colegas de equipe compartilham da minha ansiedade. Mesmo Beckett Wolfe, normalmente tão impassível, não consegue esconder seu nervosismo enquanto bate o pé no chão sem parar.

Lark nos leva ao Centro Médico no *campus* do Johnson Space Center, e quando chegamos ao principal andar de ambulatório, cinco portas abrem simultaneamente. Uma para cada um de nós.

— Vão em frente. — Lark nos orienta e troco um último olhar com Naomi, antes de cada um desaparecer em um dos quartos para pacientes.

Eu me sento na cadeira de exame, olhando para a frente enquanto uma enfermeira de fala suave verifica meus sinais vitais e colhe vários frascos de sangue para a série de testes. Ela examina meus ouvidos e coração e me submete a um desses irracionais testes de visão com letras num cartaz, enquanto eu silenciosamente ordeno que meu corpo fique calmo, que não deixe transparecer o meu nervosismo com um batimento cardíaco acelerado ou qualquer coisa que a enfermeira possa questionar. E, depois de quase uma hora, entro na sala seguinte: um espaço pequeno e asséptico com apenas uma mesa e duas cadeiras para preenchê-lo. Um homem barbudo está sentado a uma das extremidades da mesa, consultando uma prancheta.

— Sou o doutor Dwyer — ele me cumprimenta, estendendo-me a mão. — Eu vou aplicar sua última avaliação psicológica. Se você for um dos Seis Finalistas, terá notícias minhas regularmente no espaço, já que os *check-ups* mentais são uma parte crucial do processo ao deixar a Terra.

— Para mim, está ótimo — sorrio para ele, tentando parecer equilibrado e confiante, apesar da visão desse estranho me provocar um arrepio de mau presságio. Ter alguém novo para nos avaliar no último momento me torna ainda mais vulnerável do que estava antes. E se eu lhe der uma primeira impressão errada e não tiver tempo para fazê-lo mudar de ideia?

— Sente-se — ele me instrui. — Hoje, você irá completar o teste psicológico MMPI-3, que consiste em uma série de afirmações que você classificará como "verdadeiro" ou "falso". Diga-me quando estiver pronto.

Eu assinto.

— Pronto.

— Primeira afirmação. "Uma pessoa deve procurar entender seus sonhos e ser guiada ou advertida por eles." Verdadeiro ou falso?

— Hum. — Não tenho ideia do que ele quer ouvir, o que não me deixa muita escolha a não ser responder segundo meu instinto e esperar que isso produza o resultado desejado. — Verdadeiro.

— Próxima. "De vez em quando, você pensa em coisas ruins demais para serem ditas." Verdadeiro ou falso?

Minha mente volta ao dia que deveria ter sido o meu último, quando cheguei tão perto de fazer uma escolha terrível. *Se eles soubessem... Eles me veriam como outro Callum?*

Eu balanço a cabeça, lançando ao doutor Dwyer o que espero seja um olhar tranquilo.

— Falso.

E continuou assim durante uma hora, cada pergunta mais imprevisível do que a anterior, me deixando cada vez mais inseguro de como eu estava me saindo. Por fim, chegamos à última.

— "Se confrontado com uma criatura potencialmente ameaçadora de origem alienígena, seu primeiro instinto seria matá-la e se proteger." Verdadeiro ou falso?

Ergo a cabeça rápido. *O que foi isso?*

— Fa-falso.

O doutor Dwyer acena com a cabeça e rabisca uma série de anotações antes de finalmente me liberar para o corredor onde Lark aguarda. Mas não consigo tirar essa última pergunta da cabeça.

Eu me pergunto se isso tem a ver com Europa.

Às cinco da tarde, os avaliadores ainda estão deliberando sobre nossos destinos. Lark nos informa que o doutor Takumi, a general Sokolov e os robôs encontram-se reunidos em algum lugar no *campus*, revisando nossos resultados da avaliação física para astronautas e discutindo os prós e os contras dos vinte e dois de nós, e não há previsão de quanto tempo ainda teremos que esperar. Sem treinamento para nos ocupar, e sem Wi-Fi, telefones celulares ou TV para nos distrair, estamos sozinhos com nossa apreensão.

As equipes estão misturadas enquanto aguardam no salão, e divido um sofá com Asher e Naomi, nós três tentando desesperadamente falar sobre alguma coisa que não seja a seleção. Ao nosso lado estão Dev Khanna e a finalista canadense, uma garota alta e magra com pele e olhos escuros, chamada Sydney Pearle. Ela se senta com a cabeça entre os joelhos, murmurando algo baixinho, enquanto Dev dá tapinhas desajeitados nas costas dela.

— Eu sei como você se sente — digo, me inclinando para ela. — Não existe uma maneira certa de nos preparar para uma competição nessa escala.

Ela levanta o rosto com um gemido.

— Não é isso.

— Ela não sabe se quer ficar ou ir para casa — explica Dev. — O que é um pouco incomum neste grupo.

Naomi e eu trocamos um olhar.

— Confie em mim — ela diz a Sydney. — Não é tão incomum. E é difícil nos sentir tão sem... controle.

Sydney assente com a cabeça, olhando para Naomi como se a visse pela primeira vez.

— *Sim*. É de enlouquecer.

— Eu queria me sentir indeciso como vocês duas — diz Asher com tristeza. — Assim não seria tão difícil se... se eu fosse cortado.

— Suas chances estão entre as maiores entre nós todos — eu o encorajo. — Quero dizer, quem mais aqui é um piloto treinado?

— Jian Soo — Dev interfere, não ajudando em nada.

— Exatamente — diz Asher num tom desanimado. — E mesmo que acontecesse de eu ser melhor piloto do que ele, isso de nada adiantaria na verdade, não é? Não quando eles têm uma máquina de pilotagem perfeita em Cyb.

Naomi passa um braço em torno do ombro dele, confortando-o.

— Vai ficar tudo bem. O que quer que aconteça, podemos nos ajudar a superar isso. — Ela olha para mim. — Certo?

Olho para ela e Asher, meus dois amigos mais próximos aqui, que eu nunca imaginei unidos dessa maneira. Mas agora, vendo-os próximos e íntimos, sinto uma dor no peito. *E se eles forem escolhidos sem mim?*

Ela me encara com ar de interrogação, e eu pigarreio.

— Certo. Nós ficaremos bem.

Passos apressados atravessam a porta, e todos olhamos. Lark e outros dois líderes de equipe irrompem no salão, exalando empolgação.

— Eles tomaram uma decisão! — exclama Lark. — Iremos nos encontrar com o doutor Takumi, a general e as IAs no refeitório agora. O jantar será servido após o anúncio.

— Sério? — Dev sussurra para mim. — Quem de fato irá *comer* depois disso?

Mas estou abalado demais para responder. É isso. Continuarei por mais duas semanas e terei uma chance exponencialmente maior de ficar entre os Seis Finalistas, ou serei lançado de volta ao vazio de uma vida presa à Terra, esta noite.

Como se estivesse sentindo minhas emoções, Naomi aperta meu braço. Eu olho para ela, e de repente estou negociando com o universo. *Se nós dois chegarmos à próxima rodada, deixarei de fazer rodeios sobre como me sinto. Eu direi a ela, mesmo que isso signifique rejeição.*

Minhas pernas estão pesadas como chumbo quando caminhamos para o refeitório. O doutor Takumi, a general Sokolov, Dot e Cyb estão alinhados sobre o tablado. *Aqui vamos nós.*

Beckett e Katerina, que não estavam no salão, já se encontram sentados na mesa da nossa equipe quando chegamos. Ainda não troquei uma palavra com Beckett desde o incidente no *bungee-jump*, e enquanto deslizo para meu assento, faço um adendo à minha oração. *Por favor, que eles cortem a pessoa certa hoje: Beckett Wolfe.*

— Bem-vindos, finalistas, para um dos principais marcos da Missão Europa. — O doutor Takumi nos cumprimenta, sua voz ressoando no silêncio tenso do recinto. — Foi uma decisão muito difícil escolher entre os adolescentes mais impressionantes do mundo. Os dez dentre vocês que nos deixarão amanhã de manhã devem saber que foi por um triz, e vocês têm muito do que se orgulhar. — Ele pigarreia. — Sem mais a acrescentar, vamos direto ao ponto. O piloto da missão, Cyb, anunciará os nomes dos doze finalistas que permanecerão na seleção.

Posso ouvir meu coração batendo furiosamente enquanto o robô se desloca para a frente.

— Do Reino Unido, Dianna Dormer — a voz mecânica de Cyb anuncia. — Da Índia, Dev Khanna. Da Ucrânia, Minka Palladin. Da Itália, Leonardo Danieli.

— Isso! — Eu soco o ar comemorando, quase zonzo pelo som do meu nome. *Eu fiz isso... eu consegui!*

Beckett olha para mim como se ele tivesse acabado de comer algo podre, enquanto Naomi sorri com a visão da minha felicidade, e Asher me dá um tapa nas costas me parabenizando. De repente, estou nervoso de novo. Asher e Naomi também *têm* que ser escolhidos. Não consigo imaginar este lugar sem eles.

— Da França, Henri Durand. Do Canadá, Sydney Pearle.

A tensão na sala aumenta quando Cyb atinge a metade da relação de nomes. Posso ouvir as pernas de Katerina se agitando sob a mesa, seus pés batendo incontrolavelmente, enquanto o rosto de Beckett fica avermelhado de tensão. Naomi se remexe no assento; a respiração de Asher se torna curta e superficial. Apenas mais seis nomes.

— Do Japão, Ami Nakamura. Dos Estados Unidos... A cabeça de Naomi se levanta. Seguro sua mão por baixo da mesa. — Beckett Wolfe!

Não. Meu ânimo despenca enquanto Beckett comemora em seu lugar, tocando no alto a palma aberta de Katerina.

Meu adversário... e a pessoa mais brutal aqui... permanece. O corpo de Naomi afunda com a constatação de que o nome anunciado não foi o dela, embora eu não consiga dizer se de alívio ou desapontamento.

— Da Espanha, Ana Martinez. Da Rússia...

Katerina endireita-se no assento animada e Beckett dá-lhe um sorriso cúmplice.

— Evgeni Alkaev.

Katerina fica boquiaberta. E agora chegamos aos dois últimos nomes. Seguro a mão de Naomi de novo, fechando os olhos e me concentrando em seu nome, como se eu pudesse de alguma forma manipular o resultado.

— Da China, Jian Soo.

Meus ombros pendem em desânimo. Olho de Asher para Naomi e vice-versa. Depois de hoje, talvez nunca mais volte a ver um deles, ou ambos.

— Por fim, dos Estados Unidos, Naomi Ardalan.

Eu a ouço arquejar, sinto-me recuperando o fôlego. E, então, jogo meus braços em torno dela, incapaz de conter o enorme sorriso que se espalhou pelo meu rosto. Ela sorri de volta para mim, e eu me pergunto se talvez, contra a própria vontade, ela realmente *queria* ficar.

A sensação de seu cabelo contra minha bochecha e seu corpo pressionado contra o meu me deixam quase inebriado. Algo estremece em meu peito quando contemplo seus olhos escuros e brilhantes, e me afasto antes que me entregue. É quando vejo o rosto de Asher, e isso me atinge com um golpe. Ele está fora.

Katerina arrasta para trás sua cadeira e sai da sala, abafando um soluço. Espero que Beckett corra atrás dela, mas é Naomi que vai; pedindo que espere por ela. Eu me sento na cadeira vazia, ao lado de Asher.

— Eu... eu não sei o que dizer — falo para ele, me contraindo pela inutilidade das minhas palavras. — Você deveria ter sido escolhido também.

Beckett se inclina para mim.

— Não se preocupe, vocês voltarão a se ver novamente. Você também não vai ficar, italiano.

A raiva ferve dentro de mim enquanto ergo a cabeça para encarar Beckett.

— Sério mesmo?

Ele me dá um sorriso frio antes de se levantar da mesa.

— Bem, eles não precisam de dois especialistas subaquáticos na missão. E nós dois sabemos que serei eu no final.

— Você é uma farsa — grito para ele enquanto se afasta e vai felicitar o restante dos doze como um verdadeiro político.

— Não deixe que ele tenha razão — Asher finalmente fala. Enquanto ele me encara, posso perceber a dor esmagadora e o desapontamento refletidos em seus olhos. — Se não posso ser eu, quero que seja você... e não Beckett.

DEZOITO

NAOMI

OS FINALISTAS ELIMINADOS JÁ NÃO ESTÃO CONOSCO PELA MANHÃ. Não há café da manhã de despedida, nem troca de endereços de e-mail e números de telefone celular como no último dia de um acampamento de verão. Eles simplesmente... se foram, seus pertences e sua presença apagados do andar do alojamento. Eu sinto uma pontada de remorso por não ter conseguido me despedir de Asher da maneira adequada. Quando ele saiu do refeitório após o anúncio, eu tinha certeza de que ele voltaria, que teríamos um último jantar em equipe. Mas ele e Katerina não retornaram. E agora somos só eu, Leo e Beckett sentados ao redor da mesa do café da manhã, com Lark entre nós como uma mediadora. Enquanto Beckett a inunda com perguntas sobre o que virá a seguir, eu me viro para o outro lado, contemplando o refeitório meio vazio.

— Ei. — Leo me cutuca delicadamente. — Como você está se sentindo?

— Eu... eu não tenho certeza.

A verdade é que parece que minha mente está brincando comigo. Eu sabia que não estava pronta para sair na noite anterior, ainda não, não com as minhas suspeitas ainda pendentes, e não com Leo ainda aqui. Mas quando imagino uma realidade alternativa em que estou entre os dez eliminados, sou invadida por uma onda de tristeza. Poderia estar a caminho de casa neste momento. Eu poderia estar a poucos minutos dos braços da minha família. E agora... Quem sabe quando vou vê-los novamente?

— E você? — pergunto, mudando de assunto.

Leo respira fundo.

— Foi difícil ver Asher ir. Meu quarto parece estranho. Vazio.

Eu concordo com a cabeça, pensando em Suki.

— Eu conheço a sensação.

— Mas também estou esperançoso. — Leo se aproxima mais, me dando um pequeno sorriso. — Sobre tudo.

E enquanto ele olha para mim, sinto um arrepio atravessando meu corpo, aquele que eu sei que não tem nada a ver com o espaço.

— Bom dia para os Top Doze! — O doutor Takumi entra na sala e toda conversa cessa. — Como se sentem por garantirem outra semana?

— Incrível! — Beckett grita. Dev solta um brado de empolgação na mesa ao lado, e logo o refeitório inteiro está comemorando, meus companheiros finalistas descontraídos e celebrando da maneira que não puderam fazer na noite anterior. Procuro com os olhos a finalista canadense, Sydney, possivelmente a única pessoa aqui que sabe como eu me sinto. Mas mesmo ela parece tomada pela emoção, radiante em seu lugar entre Dev e Ana Martinez.

— Esse é o espírito que eu gosto de ver — diz o doutor Takumi com um meneio de cabeça satisfeito. — Agora, uma vez que nosso grupo de candidatos é significativamente menor, acabamos com as equipes. Os doze de vocês irão treinar juntos pelo restante de seus dias aqui, com a general Sokolov assumindo a liderança na maioria dos seus treinamentos.

Troco um olhar com Leo. Acho que todos sabemos o que isso significa. Com as equipes dissolvidas, será cada finalista contra os demais, e por si só.

Após o café da manhã, a general Sokolov leva nós doze para o Andar da Missão, para a nossa primeira sessão de treino do dia. Eu emparelho com Leo, percebendo o ar de férrea determinação no rosto dos meus companheiros finalistas ao passarem por mim.

— Você está se sentindo mais competitivo em relação a todos os outros também? — pergunto a Leo. — Em especial agora que Asher se foi?

Ele balança ligeiramente a cabeça.

— Eu não diria mais. Quero dizer, a competição sempre foi bastante acirrada desde o início. — Ele baixa a voz. — Eu ainda não contei para você o que aconteceu durante o desafio de *bungee-jump*, contei?

— Não. O quê?

Leo olha em volta para se certificar de que ninguém está ouvindo antes de continuar.

— Beckett tentou soltar meu arnês enquanto estávamos no ar. Ele estava, creio eu, tentando me matar. Teria sido o acidente perfeito, mas o avião de resgate apareceu a tempo.

Paro de repente, sentindo como se eu tivesse levado um soco no peito.

— *O quê?* Isso aconteceu mesmo, e você não... e você não *falou* para ninguém?

— O que eu deveria dizer? "Oi, doutor Takumi, acho que meu colega tentou me atirar de dez mil pés para minha morte, mas não tenho provas e ainda estou aqui, então, estou bem, certo?" — Ele me lança um olhar irônico. — Iria parecer que eu estava apenas tentando criar problemas para Beckett. Você se lembra do sermão que ele nos deu sobre sabotagem?

— Sim, exatamente o que Beckett estava tentando fazer com *você* — ressalto. Meu pulso se acelera. — Nós poderíamos expulsá-lo com isso!

Leo coloca a mão sobre a minha, e eu fico momentaneamente distraída com seu toque.

— Eu quero ele fora mais do que ninguém. Mas não assim — diz ele. — Não me enfraquecendo... especialmente se eu estiver enganado sobre o que vi. Ele não tentou mais nada desde então.

Como num *flashback*, eu me lembro da maneira como Beckett olhou para Leo depois de sua espetacular *performance* na piscina de mergulho.

— Você não está enganado. Posso sentir isso.

Mas não há mais tempo para conversar, já que alcançamos a general Sokolov e os outros, seguindo-os através da abertura na parede e no Andar da Missão. A general para diante de uma das cápsulas espaciais.

— Hoje vocês irão realizar uma simulação de voo da viagem espacial da Missão Europa em tempo acelerado. Começaremos com o lançamento inicial ao espaço numa trajetória para a órbita de Marte, onde vocês encontrarão a nave de abastecimento *Athena*, e depois serão catapultados pela gravidade para a órbita de Júpiter. E, claro, vocês terminarão com o pouso em Europa. Como vocês sabem, enquanto Cyb estiver pilotando a nave espacial, um de vocês servirá como copiloto... e cada um dos *Seis Finalistas* será necessário em pontos cruciais ao longo da jornada, em especial quando se trata de solução de problemas em voo.

Olho para Leo, e posso dizer que ambos pensamos o mesmo: *se ao menos Asher estivesse aqui para participar disso.*

— E esse é o propósito da simulação de hoje — prossegue a general. — Prepará-los para a viagem, testar nossos candidatos para copiloto... e, o mais importante, analisar suas reações quando ocorrer o inesperado e sua missão e vidas estiverem em jogo. Vocês completarão a simulação em duplas, então, vão em frente e escolham um parceiro. Durante o tempo de inatividade enquanto aguardam sua vez, cada um de vocês terá suas medidas tiradas para os trajes espaciais de Europa.

Leo me cutuca.

— Quer ser minha parceira?

Eu me viro para ele, sentindo uma súbita onda de gratidão por ele ainda estar aqui.

— Claro.

Não temos pistas sobre o que está rolando nas simulações, mas, do lado de fora, podemos ouvir claramente os gritos. As primeiras quatro duplas emergem da cápsula espacial exibindo uma combinação de atordoamento, náusea e animação, o que só aumenta minha expectativa. O que, exatamente, nos aguarda por lá?

Leo e eu somos a quinta dupla, e quando nossos nomes são chamados, a general Sokolov nos entrega a cada um *headset* de realidade virtual e nos guia para dentro da cápsula.

Parece idêntica à cabine de comando da simulação no nosso primeiro dia de treinamento, mas com duas diferenças principais: os sensores eletrônicos que salpicam o chão e os fios piscantes suspensos no teto.

— Tomem seus assentos de comando e se preparem para o lançamento — a general ordena, antes de deixar a cápsula para se conectar pelo computador.

Eu a vejo sair, perguntando se esta é realmente toda a instrução que vamos obter, e depois deslizo para um dos dois assentos reclinados em frente à cabine de comando de vidro.

Os assentos estão totalmente abaixados para trás, e eu viro meu rosto justo quando Leo vira o dele em minha direção: tão perto.

— Oi — eu sussurro.

— *Ciao* — ele diz com um sorriso, sua respiração fazendo cócegas na minha bochecha.

Colocamos os nossos *headsets*, e o chão embaixo de nós sacode. A cápsula começa a tremer, trepidando o interior com uma força que faz o terremoto da semana anterior parecer modesto. Isso *não pode* ser apenas uma simulação; parece muito real. Mas o rugido de um motor afoga meus pensamentos, e agora a janela panorâmica da cabine de comando se enche à nossa volta com imagens 3D em movimento, colocando-nos no centro de uma plataforma de foguete ancorada sobre o mar.

— T-minus zero... e lançamento! — uma voz ecoa dos alto-falantes da cabine de comando. E então estamos avançando, meu corpo quase voando da cadeira antes que o cinto me detenha. Estamos girando, nossos corpos virando de cabeça para baixo numa velocidade atordoante, enquanto o reflexo na janela panorâmica muda de um céu azul para o negro do vácuo do espaço.

— Algo está vindo em nossa direção — ouço Leo dizer. — O *que* é isso?

Olho mais de perto na janela panorâmica.

— Parece a primeira fase de um foguete usado... mas se eu tiver razão, isso não mataria...

Interrompo o que estava dizendo com um grito quando estilhaços de matéria voam em nossa direção.

Através do meu *headset*, parece que os fragmentos estão vindo direto para meus olhos, e eu me abaixo no meu assento.

— Nós temos que contorná-lo — grito quando Leo agarra o *joystick* do piloto. — Você sabe como operar essa coisa?

— Estamos prestes a descobrir. — Ele empurra o *joystick* e o gira para a direita, fazendo-nos dar uma guinada brusca, quase nos arrancando dos assentos outra vez. Expiro com alívio quando ultrapassamos os fragmentos rodopiantes de matéria, mas agora...

— Você está sentindo esse cheiro?

Leo faz uma pausa em pleno voo enquanto o inconfundível odor de queimado enche a cabine de comando. E então uma enorme chama azul, tão alta quanto meu próprio corpo, começa a invadir a cabine.

— Não é real, não é real — repito em voz baixa, mas não importa o que eu diga a mim mesma, esse momento, esse perigo, é tão tangível quanto qualquer coisa que já vivenciei antes.

Leo vasculha a cápsula buscando um meio de nos livrar do fogo, e quando tira a mão do *joystick*, mergulhamos para baixo.

— Droga!

— Continue pilotando. Eu cuidarei disso! — grito acima do barulho.

Ele volta ao *joystick*, e nós recuperamos a posição anterior enquanto eu saio do meu assento e rastejo pela cabine tremendo, tentando escapar do fogo e gritando quando a chama quase queima a parte de trás da minha camiseta. Tem que haver um extintor aqui, *tem* que haver, bem ao lado da...

Porta! Um extintor de incêndio vermelho está preso ao lado da porta da cabine e eu o arranco de seu suporte e começo a esguichar a espuma à base de água, até que toda a cabine de comando esteja encharcada e o fogo reduzido a cinzas.

— Ótimo trabalho! — grita Leo enquanto tropeço de volta ao assento de comando. — E dá só uma olhada nisso. — Ele aponta para a janela e perco o fôlego.

— Iniciando a inserção na órbita de Marte — a voz ecoa em nossos alto-falantes.

O planeta vermelho surge abaixo de nós, um orbe maciço e brilhante. Em frente, girando em torno de Marte, está um satélite flutuante em forma de libélula: a nave de abastecimento *Athena*! Mas quando desvio os olhos da cena da janela para os números que rolam na tela de navegação da cabine de comando, noto uma falha gritante.

— As coordenadas da nave de abastecimento não batem com o ponto em que era para ela estar na nossa trajetória — digo a Leo, deslizando freneticamente as imagens na tela do *tablet* acima do meu assento até encontrar a página de Astrodinâmica. — Você precisa introduzir os novos números antes mesmo de tentarmos a acoplagem, ou então vamos ultrapassá-la.

— O quê? — A palma de Leo congela no *joystick*. — Mas como...

— O vazamento de combustível fez a órbita da nave começar a mudar. — Estremeço quando algo me ocorre: a general deve estar nos preparando justamente para essa situação, que poderá ficar muito mais complicada quanto mais o vazamento persistir. — Precisamos recalcular nossa navegação para nos direcionar às novas coordenadas da nave de abastecimento, agora!

— Entendi. — As mãos de Leo voam sobre a tela sensível ao toque enquanto meus olhos varrem o painel da cabine de comando, procurando os controles que a general Sokolov nos mostrou em nosso treinamento, aqueles que acionam o braço robótico para acoplagem. Eles ficavam em algum lugar no lado esquerdo do painel de controle...

— Reajuste da trajetória confirmado — a voz retorna. — Prepare-se para a acoplagem e posicionamento do Canadarm.

Leo olha para mim com uma expressão frenética e depois volta para o *joystick*.

— Lá vamos nós... quebrar a cara!

Ele aumenta a velocidade enquanto meus dedos deslizam pelo painel, procurando os controles de acoplamento. E, então, quando a gravidade de Marte nos puxa para a órbita e emparelhamos com a velocidade da nave de abastecimento, é quando localizo o painel de acoplamento. Pressiono o botão "Acionar", observando com espanto o guindaste robótico se desprender lentamente, puxando-nos para a nave.

BAM. Leo e eu pulamos quando nossa nave atinge a lateral da nave de abastecimento.

— Nós fomos rápido demais — grita Leo. — Me deixe tentar novamente e desacelerar dessa vez.

Retorno meus dedos ao painel de controle, pronta para enviar o Canadarm de volta à briga. Dessa vez, funciona, e eu sinto a movimentação de uma engrenagem pesada que encaixa no lugar certo quando nós acoplamos. Estou prestes a comemorar por termos conseguido quando nossa cápsula começa a girar mais uma vez. E agora a cena diante de nossa janela se transforma, nos deslocando milhões de quilômetros em questão de segundos. Eu luto para recuperar o fôlego enquanto descemos em direção a uma lua de gelo com sulcos vermelhos. *Europa*.

— Nós temos que pousar! — Leo se vira para mim, com uma expressão de pânico e alegria nos olhos. — Devo disparar os propulsores agora, ou...?

— Agora! — arquejo. — Precisamos reduzir nossa velocidade rápido se quisermos fazer o pouso.

Com uma mão dirigindo o *joystick* e a outra nos controles do painel do piloto, Leo ativa os propulsores, que se inflamam com um estrondo ensurdecedor. Enquanto nossa nave espacial se dirige para a superfície da lua de Júpiter, vasculho o painel de controle à minha frente até encontrar o símbolo de Acionar Engrenagem de Pouso.

Mas quando pressiono o botão, aparece um alarme vermelho: *FALHA DO SISTEMA*.

— Tá de brincadeira?

— Nós vamos perdê-la! — grita Leo e, pela janela, vejo que ele está certo: não estamos desacelerando o bastante; estamos perigosamente perto de passar rente a Europa. — Depressa!

Meus dedos tremem enquanto tento uma abordagem diferente, digitando o comando "Iniciar Separação da Cápsula". Uma luz verde ilumina o painel de controle e, em seguida, a voz nos alto-falantes da cabine de comando retorna.

— Estágio Final de Separação e Descida em três... dois...

Meu grito silencia a contagem regressiva enquanto a nave espacial se divide em duas. Os motores e os módulos de propulsão de energia são lançados no vácuo, enquanto a cápsula onde estamos despenca centenas de metros, nossos corpos de cabeça para baixo nos assentos. E, então, finalmente, conseguimos parar, nossas rodas espalhando o gelo.

A tela de vidro escurece enquanto a voz nos alto-falantes diz:

— Simulação concluída com sucesso. Vocês podem remover seus *headsets* e desprender-se dos sensores.

Retiro o equipamento de realidade virtual e pisco em estado de choque. A cabine parece... exatamente do jeito que estava quando entramos nela antes com a general Sokolov. Não há fumaça do fogo, nem água onde eu esguichei espuma na cabine. Não há uma única sugestão da jornada que acabamos de empreender. É como se Leo e eu, de alguma forma, houvéssemos compartilhado o mesmo sonho multissensorial.

Leo se reclina contra seu assento, e nós viramos um para o outro com um alívio exausto e delirante.

— Bem, isso foi muito louco — ele observa. — Mas nós conseguimos.

— Nós conseguimos — sussurro.

Chego mais perto dele, perto o suficiente para me ver refletida em seus olhos azuis, e o desejo me pega desprevenida. Algo elétrico atravessa meu corpo, algo que eu jamais senti antes.

Ele segura meu queixo, inclinando-o suavemente em direção a ele. Estou ansiosa e nervosa demais para respirar. E, então, suavemente, ele roça os lábios nos meus.

Nós recuamos por uma fração de segundo, nossas testas pressionadas e os olhos nos olhos um do outro, como se ambos estivéssemos absorvendo a magnitude daquele momento. E, então, eu o puxo para mim, desesperada por sentir seus lábios sobre os meus outra vez. Ele segura meu rosto enquanto me beija; corre sua boca por meu pescoço, deixando a pele arrepiada em todos os lugares por onde seus lábios passam. Parece que algo está explodindo no meu peito e, de repente, tudo faz sentido.

Eu sei por que tenho estado em conflito, por que meu coração e minha mente estão me puxando em direções diferentes.

A resposta estava aqui, o tempo todo.

DEZENOVE

LEO

EU ENVOLVO NAOMI EM MEUS BRAÇOS, beijando seus lábios, o rosto, os cabelos. Eu a sinto respondendo a todos os meus toques, seus braços ao meu redor, firmes, enquanto ela retribui o beijo, entregando-se, como se este momento fosse tudo o que temos...

Som de passos. Nós nos separamos sobressaltados, o ruído do lado de fora da porta da escotilha nos puxando de volta à Terra. Eu levanto do meu assento num pulo, esperando que nossos rostos corados não nos denunciem, enquanto a general Sokolov entra com determinação na cápsula.

— Vocês dois, vamos! Eu tenho outra simulação para rodar.

Ela não precisa nos pedir duas vezes. Naomi e eu nos apressamos para a porta da escotilha, e pouco antes de eu cruzá-la, a general se vira para encontrar meus olhos, uma expressão de advertência transmitida em seu olhar. Mas agora Dianna Dormer e Ami Nakamura estão subindo na cápsula, e a atenção da general Sokolov é transferida de mim para elas.

— Você não acha que ela nos viu, não é? — eu murmuro enquanto Naomi e eu retornamos para o Andar da Missão.

Seu rubor se intensifica.

— Me pareceu que as câmeras pararam de gravar logo que encerramos a simulação, então acho que estamos seguros — ela sussurra. — Mas... ela pode ter adivinhado que tinha algo acontecendo quando entrou.

— Eu vou ser mais cuidadoso da próxima vez.

No instante em que as palavras saem da minha boca, eu me encolho — será que isso foi ousado demais da minha parte, ao presumir que *haverá* uma próxima vez? E se ela apenas se deixou levar pelo embalo do momento e não quiser mais nada comigo? Mas então ela olha para mim com um sorriso tímido.

— Isso está mesmo acontecendo, não é?

Meu peito estufa. Eu me inclino, sussurrando uma última resposta antes de nos juntarmos ao restante dos finalistas.

— Acho que está acontecendo desde o dia em que nos conhecemos.

Não consigo nem acreditar que esta seja a minha vida.

O pensamento fica repassando na minha cabeça pelo restante do dia e noite adentro — enquanto Naomi e eu trocamos sorrisos disfarçados ao longo do treinamento, enquanto nos dirigimos leves como plumas para o refeitório, inebriados pelo nosso segredo. Não consigo acreditar que ela sente o mesmo que eu.

Agora que as equipes estão desmembradas, felizmente não estamos mais vinculados às nossas antigas designações de mesa — o que significa que não precisamos mais aturar outra refeição com Beckett Wolfe. Nos juntamos a uma mesa com Jian, Sydney, Dev e Ana, mas mal estou prestando atenção na conversa. Estou distraído demais com a sensação de sua mão macia, que está apenas descansando contra a minha sob a mesa.

Passamos a hora seguinte ao jantar aconchegados um no outro em um canto vazio da biblioteca, Naomi inclinada contra mim enquanto rabisca um monte de números em um caderno.

— No que você está trabalhando? — eu pergunto, espiando por cima de seu ombro.

— Estou realizando uma dupla verificação da codificação do algoritmo que devo inserir para conectar meu *tablet* a... bom, você sabe. — Ela me dá uma piscadinha, baixando a voz. — A uma certa máquina.

— Oh. — Sinto como se alguém tivesse jogado água fria no meu rosto. — Quer dizer que você ainda planeja prosseguir com isso?

— Claro. — Ela ergue a vista para mim com uma expressão confusa. — Por que eu mudaria de ideia?

Porque agora você tem mais motivos para ficar, eu respondo em silêncio. *Porque talvez já não valha mais o risco de ser apanhada.*

Mas não digo nada em voz alta. Eu apenas assisto o seu cérebro trabalhar, a expressão tomada pela concentração enquanto o lápis voa pela página.

Eu a acompanho até sua porta ao toque de recolher, espiando o corredor para ter certeza de que estamos sozinhos antes de lhe dizer boa-noite. Tenho vontade de beijá-la de novo, mas o pisca-pisca da luz vermelha da câmera de segurança sobre nossas cabeças me detém.

— Ei, eu estou com aquele livro que você queria emprestado — Naomi diz em voz alta, relanceando brevemente a câmera. — Entre aqui só um segundo.

Sinto aquele frio na barriga quando ela abre a porta de seu quarto e eu a acompanho até lá dentro. Assim que a porta se fecha atrás de nós, ela me puxa para si e eu a prendo contra a parede, nossas mãos se entrelaçando enquanto movo meus lábios sobre os dela. Naomi solta um suspiro, e a sensação é quase insuportável, de tão boa que é.

— Eu deveria ir embora — sussurro, embora cada pedacinho de mim queira ficar. — Onde está aquele livro que eu deveria estar pegando emprestado?

Naomi estende o braço para trás, agarrando a obra em sua mesa de cabeceira, um tijolão com as memórias da doutora Greta Wagner.

— Parece uma leitura bem leve, hein? — eu comento, sorrindo.

— Sim, pois é. É o meu favorito, então cuide bem dele.

— Se é o seu favorito, eu vou fazer mais do que isso... Eu vou lê-lo de verdade. — Eu me inclino, aproximando-me, roçando meus lábios contra os dela uma última vez. — Vejo você amanhã.

— Até lá. — Mas uma sombra cruza seu rosto enquanto eu me afasto.

— Que foi?

— Nada. Eu acho... é que... — Seus ombros pendem de desânimo. — Por que eu não conheci você em outra situação?

— O que quer dizer? — pergunto, empurrando uma mecha de seu cabelo para trás da orelha.

— Há uma grande chance de nos separarmos no final disso. Isso... me faz ter medo do que eu sinto por você — ela confessa.

— Quero dizer, uma hora estávamos vendo Asher todos os dias, e agora talvez nunca mais o vejamos. E se o mesmo acontecer conosco? — Ela pisca com força, contendo as lágrimas, e sinto um aperto no meu peito. — É que... é tão injusto.

— Eu sei. Mas se pudermos ser recrutados juntos...

— Ou, melhor ainda, voltarmos juntos para Los Angeles — ela me interrompe, me lançando um olhar que diz muito. — Você iria adorar Sam e meus pais, e nós poderíamos ter uma vida de verd...

Eu detenho suas palavras com um beijo. Não estou pronto para contemplar a hipótese de ser eliminado. Ainda não... talvez nunca.

É errado da minha parte eu me perguntar se existe alguma forma de ter o melhor dos dois mundos... a garota e a missão?

Os dois dias seguintes transcorrem como um borrão de sessões de treinamento com a general, o tenente Barnes e as IAs, enquanto minhas noites são dedicadas a Naomi. Embora nem eu nem ela compartilhemos mais o quarto com alguém, sabemos que não podemos arriscar outra tentativa de enganar as câmeras e entrar de fininho nos quartos um do outro. Em vez disso, passamos juntos cada segundo entre o jantar e o toque de recolher, mantendo o fingimento de uma amizade platônica na frente dos outros, enquanto nossos olhos dizem o contrário. O único lugar em que não nos seguramos é na Torre do Telescópio — local que Naomi diz ser nossa aposta mais segura para evitar as câmeras. Nós o transformamos no nosso cantinho, o lugar onde podemos finalmente nos abraçar e nos beijar, depois de horas separados um do outro, mesmo que por um braço de distância.

Eu adormeço com seu doce aroma em meus lábios; acordo com seu rosto em minha mente. Estar com ela é como voar em gravidade zero, mesmo quando meus pés estão plantados firmes no chão. Só tem um problema nessa nova magia em minha vida: perdê-la me devastaria. E quanto mais nos aproximamos do anúncio dos Seis Finalistas — maior é a possibilidade desse cenário se concretizar.

A cinco dias da divulgação, descobrimos que nossos horários serão modificados, preenchidos sobretudo com treinos privados na área de especialização de cada finalista. Enquanto eu estiver passando esses últimos dias recebendo instrução individualizada sobre a perfuração da crosta de gelo em Europa, Naomi estará no Centro de Controle da Missão com o módulo de comunicação, o chamado

CAPCOM, decifrando mensagens de computador codificadas e equações relativas à velocidade de voo. Para todos nós, fica claro o que essa alteração para treinamento especializado significa: o doutor Takumi e a general Sokolov estão nos avaliando para os seis cargos da equipe.

Minha suspeita é confirmada quando eu me apresento na piscina de mergulho para o que eu pensava ser uma sessão de treinamento particular e me deparo com Beckett também lá. Então, eu estava certo: nós dois vamos disputar mano a mano. Eu viro o rosto assim que o vejo, embora possa sentir seus olhos abrindo um buraco nas minhas costas. Eu não vou cumprimentá-lo; não vou deixá-lo me intimidar.

— Muito bem, meus dois mergulhadores! — o tenente Barnes diz esfuziante, alheio à tensão existente entre nós. — Quem sabe qual é a melhor forma de perfurar mais rápido trinta quilômetros de gelo no espaço?

Eu *deveria* saber isso? Fico quieto, esperando que Beckett também não tenha uma resposta. Felizmente, o tenente adianta-se.

— Uma broca hidrotérmica nuclear! — ele responde por nós. — Funciona da seguinte forma: o especialista subaquático dos Seis Finalistas irá configurar a broca no local de pouso em Europa. Uma vez posicionada e ligada, uma fonte de energia nuclear na broca irá aquecer a água e escavar com ela na forma de jatos de alta potência, atravessando o gelo, derretendo-o. Enquanto isso, as lâminas de perfuração rotatórias sob os jatos de água irão complementar o trabalho, removendo o entulho. — Ele sorri. — E é *assim* que vocês irão perfurar a camada de gelo de Europa e descer até o oceano e a região rochosa lá embaixo.

A adrenalina corre pelas minhas veias. Eu preciso vencer Beckett — *tenho* que ser o escolhido para este trabalho.

— A verdadeira broca que planejamos usar está sendo finalizada no Laboratório de Propulsão a Jato da NASA neste exato momento, por isso, hoje iremos trabalhar com um protótipo menor. Mas, primeiro, vamos ao aquecimento. Deem um salto com torção seguido por duzentos metros estilo livre.

— Estamos competindo? — questiono o tenente, já sorrindo pela perspectiva. O primeiro-sobrinho está prestes a ser detonado.

— Sim. Leo, você pode ficar com o trampolim de dez metros.

Não consigo conter um leve sorriso direcionado a Beckett enquanto subo até a prancha de mergulho mais alta e ele é relegado à de três metros. À medida que caminho até a borda, olho para a marca no meu braço, deixada pela injeção da BRR na noite anterior, me perguntando se Naomi estava certa sobre isso. Será que eu vou me sentir... *diferente* de novo na piscina?

Eu recebo a resposta assim que meu corpo atinge a água. Minha pele está vibrando, minhas entranhas pulsando com a sensação de algo despertando dentro de mim — algo mais rápido do que o ser humano. E enquanto voo pela piscina, penso na palavra que Naomi usou. *Anfíbio*. O modo como me movo embaixo d'água sem a necessidade de tomar ar... faz parecer, de fato, que há algo quase de anfíbio em mim agora.

Eu toco a parede, pronto para me virar e aguardar a chegada de Beckett. Mas então eu vejo que... ele está a apenas algumas braçadas atrás de mim. *Como isso é possível?*

— Bom trabalho, vocês dois! — grita o tenente Barnes, não aparentando estar nem perto do quanto deveria ter ficado impressionado, considerando que nós dois simplesmente nadamos mais rápido do que os deuses do Olimpo. *O que está acontecendo aqui?*

— Tenente Barnes! — Beckett grita de sua raia em frente à minha. — Eu tenho trabalhado naquela técnica de segurar a respiração de que falamos e fiquei muito bom nela. Posso mostrar para você?

— Claro. — O tenente Barnes assente com a cabeça, e Beckett sai da piscina e se dirige ao meu trampolim — o de dez metros. Um arrepio me percorre quando Beckett executa um salto mortal para trás quase perfeito e se mantém embaixo d'água, o tenente anunciando alegre cada minuto que ele permanece lá. Ele chega a sete minutos — não é tanto quanto os meus mais de quinze, mas uma melhora sem precedente em comparação àquele último tempo dele de dois minutos. E, quando vejo Beckett surgir na superfície e acelerar até a extremidade da raia, fica óbvio que eu não sou o único que está se beneficiando dos estranhos efeitos colaterais da BRR.

Naomi estava certa. Há muito mais na BRR do que nos contaram. Mais uma vez, eu me lembro das palavras de advertência de Elena. Mas agora estou começando a ter uma ideia do que o CTEI tinha em mente... o tipo de arma que pretendem que sejamos.

VINTE

NAOMI

NÓS DOZE CHEGAMOS À CÂMARA DE ALTITUDE e encontramos a general Sokolov nos aguardando no centro do gelo, parada ao lado de um homem que nunca vimos antes. Uma pilha de alumínio e lona está a seus pés, dobrados como um paraquedas, e eu me pergunto se vamos passar por outra atividade radical. Será que pular de paraquedas sobre Houston é o próximo item da agenda? Então, a general apresenta seu convidado como o senhor Anthony Nolan, da Bigelow Aerospace, e sinto uma pontada de empolgação. Eu tenho acompanhado a atuação científica da Bigelow desde que eu era criança.

— Agora que estamos chegando perto do lançamento, o dia de hoje será sobre aprender a viver o dia a dia no espaço sideral — a general Sokolov começa a falar. — A Bigelow Aerospace realizou um trabalho notável construindo um *habitat* expansível para os Seis Finalistas em Europa. — Ela gesticula para os materiais dobrados no gelo. — Não parece muita coisa agora, mas, depois de inflado, pode se equiparar a algumas de suas próprias casas na Terra.

— O *habitat* é construído para resistir a todas as intempéries, fornecer proteção contra radiação e armamentos, e permanecer em perfeitas condições por vinte anos. — O senhor Nolan acrescenta:

— E hoje, vocês irão aprender como montá-lo depois que pousarem em Europa.

Leo me dá uma cutucada com o cotovelo e um sorriso que faz meu coração se apertar. Eu sei o que ele está dizendo sorrindo assim. *Isso pode ser nosso.* Mas não posso deixar que minha mente se deixe levar por essa possibilidade nesse momento; não posso me permitir contemplar um mundo sem a minha família — assim como também não consigo imaginar viver em um mundo longe de Leo, agora que o encontrei. Só existe uma maneira de isso terminar bem para mim... e está tudo fora do meu alcance.

— Então, essas coisas constituiriam a nossa casa pelos próximos vinte anos? — pergunta Beckett, fitando os metros de alumínio e lona. Não é bem uma Casa Branca.

— Devido às restrições de espaço aqui na Câmara de Altitude, nós iremos inflar hoje apenas um cômodo do seu *habitat* — a sala comunitária da tripulação, também conhecida como "toca" — responde o senhor Nolan. — No entanto, as ferramentas e as instruções para montá-lo são as mesmas tanto para uma sala e um módulo como para o *habitat* de Europa completo, de 167 metros quadrados. Vocês precisarão estar preparados para um longo dia trabalhando na válvula equalizadora de pressão. — Ele aponta para uma cânula de aço que se estende pelo chão gelado, quase se fundindo com ele. — Quem quer me ajudar?

— Eu ajudo — eu me voluntario, curiosa para tentar, e ele faz um gesto com a mão para que eu me aproxime. Quando chegamos ao centro do gelo, ele me instrui para que eu pegue uma extremidade da lona enquanto ele segura a outra, e então ele agarra a válvula com a mão livre, enchendo a lona com lufadas de ar através da abertura própria para isso. Sons de estalo ecoam pela câmara à medida que ela se infla devagar.

— Parece que estamos preparando pipoca de micro-ondas — eu comento, observando a lona se expandir.

O senhor Nolan ri.

— Com certeza. Tome, faça você.

Ele me entrega a válvula e, quando pressiono o gatilho, um sopro de ar é insuflado na lona com uma força surpreendente.

— Legal — eu digo, sorrindo para minha obra. Agora estamos com quase metade do cômodo erguido.

Cada um dos doze tem a sua vez na válvula e, conforme assisto os metros do material transformando-se em uma sala de tamanho natural, sou lembrada do que eu amo na ciência. Quase que a partir do nada, nós criamos *algo* — algo que pode sustentar seres humanos por vinte anos. É como magia. Na verdade, às vezes acho que é exatamente isso que a ciência é: a magia que procuramos em histórias, sem nos darmos conta de que ela existe em todas as invenções e criações que nos rodeiam.

À medida que o horário do treino se aproxima do fim, nos afastamos um pouco para admirar a nossa sala inflada de dez metros quadrados. É difícil acreditar que antes era apenas um monte de tecido.

— Isso vai mesmo nos proteger de *todas* as intempéries? — questiona Minka, a finalista da Ucrânia, enquanto cutuca o exterior macio do abrigo. — Digo, se sofrermos em Europa algo parecido com as tempestades e os desastres com que tivemos de lidar aqui na Terra, esse *habitat* seria suficiente para nos proteger? Parece tão... leve.

— O *habitat* é muito mais resistente do que parece, e esses materiais foram escolhidos pensando-se no máximo de proteção possível — afirma o senhor Nolan. — Mas lembrem-se: a recente destruição de grande parte da Terra foi uma tragédia provocada pelo homem.

Agora, Europa é um deserto de gelo, puro e indomável, que vocês precisarão terraformar, tornar habitável — e então *proteger*. Aprendemos da forma mais difícil na Terra que nenhuma tecnologia ou riqueza vale poluir e destruir nosso planeta. Vocês não podem se dar ao luxo de cometer o mesmo erro em Europa.

Até que enfim uma das autoridades aqui está falando algo em que acredito. Europa não deveria ser colonizada às cegas — precisa ser preservada. E se eu tiver razão sobre a vida inteligente de Europa, como acredito que tenho... como devemos proteger e manter a pureza desse novo ecossistema, se aquilo de que devemos protegê-lo pode ser *nós mesmos*?

Mais uma vez, chego à mesma conclusão: a Terra é o lugar mais seguro — tanto para nós, humanos, quanto para a vida ainda não descoberta de Europa.

Naquela noite, eu fico encarando o *pen drive* nas minhas mãos, sabendo que o momento é agora. Já esperei tempo suficiente, analisei e verifiquei três vezes cada *bit* de código, e até ocultei meus rastros ao programar o endereço IP do meu *tablet* para redirecionar a um endereço falso no Texas, caso seja rastreado. Não há mais nada a fazer agora senão concluir o hackeamento.

É claro que, mesmo com todo o planejamento cuidadoso, os riscos permanecem. Se meu trabalho não for rápido e discreto, eu poderia comprometer Dot — e se o doutor Takumi ou a general Sokolov perceberem que há algo errado com os sistemas do robô, eles poderiam executar uma varredura em busca de *malware* e encontrar evidências de minha adulteração. Não significa que saberão necessariamente que fui eu, mas como sou a única engenheira aqui, é óbvio que sou a responsável.

Se eu for apanhada, serei jogada na prisão por traição, talvez até mesmo julgada como adulto. Mas se eu não tentar isso, o mundo jamais saberá sobre os extraterrestres — e estaremos colocando seis vidas humanas direto no caminho deles. Não há dúvida sobre o que devo fazer.

Eu conecto o *pen drive* ao meu *tablet* e insiro meu algoritmo para desbloquear o *software* do SOIA. Demora mais do que eu esperava, vinte minutos de transpiração na frente da tela enquanto eu opero o código, até que finalmente... é isso aí. Cubro a boca com a mão, tanto por estar entusiasmada quanto por estar um pouco aterrorizada ao constatar que funcionou. A minha tela é preenchida pelos sinais e funções de monitoramento de Dot — o tipo de acesso concedido apenas aos poderosos do CTEI. Tudo o que tenho que fazer agora é digitar meus comandos.

Levo um instante para considerar a melhor maneira de receber os dados que preciso de Dot.

O método mais fácil com a menor quantidade de risco envolvido seria instruir o robô a enviar os arquivos direto para o meu *tablet* — mas esse dispositivo rudimentar que eu trouxe comigo não possui espaço de armazenamento ou capacidade para receber arquivos tão avançados, sem contar o *software* do SOIA. Não há a menor chance de eu voltar ao Laboratório de Robótica. Então, isso significa que... eu preciso que Dot traga os arquivos até mim.

Usando código binário, eu digito um comando para o robô:

```
Baixe todos os dados relacionados a bioassinaturas de Europa. Traga os resultados aos aposentos privados da finalista Naomi Ardalan antes do amanhecer. Não fale sobre isso com ninguém.
```

Depois de pressionar ENVIAR e guardar o *pen drive* de volta em seu esconderijo, outro desafio me aguarda: desativar a câmera de segurança no corredor. Penso rápido, analisando minhas opções. Não há uma maneira simples de interromper a gravação sem acessar o computador do CTEI que controla as câmeras — mas talvez eu possa obstruir a lente.

Corro até minha mochila, apanhando a bolsa que Sam chama de o meu *Kit* de Cientista Maluco, cheia de cacarecos que possibilitam realizar um experimento de última hora. Vasculho lá dentro, considerando por um momento a vaselina para borrar a lente, até que minhas mãos se fecham em torno de algo ainda melhor: minha minilanterna de LED. Isso vai servir.

Cubro a cabeça com um capuz e então, reunindo coragem, abro a porta e caminho na ponta dos pés pela escuridão.

A principal falha nesse plano é que ele exige que eu aponte uma luz muito forte direto para a câmera, não apenas para obstruir a visão da lente, mas também para tapar meu rosto quando eu me aproximar dela — o que não é nada discreto caso alguém mais esteja perambulando pelos dormitórios no meio da noite. Só me resta rezar para que eu seja a única no nosso andar que é ousada o bastante — ou tola o bastante — para estar acordada depois do toque de recolher.

Eu caminho na direção da câmera piscante, meus batimentos cardíacos ecoando em meus ouvidos. E, então, com um rápido movimento, acendo a luz de LED direto acima da cabeça, provocando um efeito *flare* na lente. Mantenho a lanterna apontada para o alto o máximo de tempo que minha coragem permite, até ter certeza de que a lente esteja danificada. Então, desligo a lanterna e me apresso, cortando a escuridão até meu quarto. Estou quase lá quando escuto algo — som de movimento atrás de mim.

Eu me viro, mas tudo o que vejo são sombras projetadas pela mobília e fotografias emolduradas. Deve ter sido minha imaginação paranoica.

Só que... quando empurro a porta e entro no meu quarto, posso jurar que ouço passos rápidos.

Fico acordada até o amanhecer, mas não há sinal de Dot. Enquanto tomo banho e me visto sob um torpor de privação de sono, me pergunto se cometi algum tipo de erro. Será que fiz besteira ao inserir o algoritmo ou no comando de máquina para máquina? Eu revejo todos os movimentos na minha mente, mas não consigo identificar a falha. Mesmo que o robô estivesse recarregando ou em modo de suspensão, eu sei que ele é programado para despertar com um comando. Então... o que foi que deu errado?

Eu quebro a cabeça para encontrar uma solução, outra maneira de obter as bioassinaturas de Dot. E então me recordo que o cronograma de treinamento de hoje inclui uma sessão em grupo de Exercício de Robótica com as IAs. Será que eu poderia tirar algum proveito disso?

Após o café da manhã, puxo Leo de lado para o primeiro lugar que consigo encontrar no qual tenhamos privacidade: um armário de utilidades vazio.

— Isso é excitante — ele diz, me puxando para um beijo.

Por mais que eu quisesse me derreter nos braços de Leo, eu me forço a manter o foco.

— Tenho que pedir um favor para você — digo, me afastando de seu beijo. — Eu preciso de um momento a sós com Dot para... para concluir meu plano. Minha única oportunidade é durante o treinamento em grupo, mas vou precisar manter Cyb e os outros ocupados.

— Me deixe adivinhar — Leo supõe, passando a mão pelos cabelos. — Você precisa usar meus poderes de distração outra vez?

— Já pensei em uma coisa que deve funcionar — conto a ele. — Mas eu devo avisá-lo de que isso poderia marcá-lo como problemático aos olhos dos robôs. Se bem que, eu questionei um oficial da NASA de verdade sobre isso lá no começo, e eu ainda estou aqui.

Leo resmunga.

— O que você está tramando?

Respiro fundo.

— Perguntar a Cyb à queima-roupa sobre a missão fracassada em Marte. *Athena*.

Leo se inclina contra a parede, com ar de desânimo.

— Não existe outra forma? Outra coisa que eu possa fazer que não seja falar em um momento inapropriado ou parecer que estou agindo como um detetive?

— Não, a menos que você consiga pensar em alguma coisa interessante o bastante para afastar os olhos de todos de Dot, e de mim, por cinco minutos. Além disso, a aula de Exercício de Robótica é uma das únicas ocasiões em que os finalistas e as IAs estão sozinhos, sem instrutores humanos ou líderes de equipe por perto, o que torna essa a nossa melhor chance.

— Sei lá — ele suspira. — Embora eu... eu esteja começando a acreditar em suas teorias sobre a BRR, ainda acredito na missão, também. Você sabe quanto eu quero, quanto eu *preciso*, fazer parte dos Seis Finalistas, e Cyb é um tomador de decisões. Se isso prejudicar as minhas chances...

— Eu entendo — me apresso em dizer. — Não se preocupe.

— Talvez eu esteja pedindo demais.

— O que você vai fazer, então?

— Não tenho certeza — respondo. — Mas vou ter que pensar em algo. Talvez quando eu estiver em uma das minhas sessões de treinamento privadas no Centro de Controle da Missão, eu possa chegar perto do Pleiades...

— O supercomputador da NASA? Não. *Sem chance.* — Leo ergue as mãos, expirando. — Vamos então seguir o plano que não envolva mais nenhum hackeamento. Eu faço isso. Vou fazer a pergunta.

— Vai? — Eu o encaro com surpresa e satisfação.

Ele ri.

— Sim, sua esquisitona. É melhor valer a pena.

Envolvo meus braços ao redor de seu pescoço.

— Vai sim. Tenho um bom pressentimento.

Nós assumimos nossas posições assim que chegamos ao Andar da Missão, Leo fica parado em frente a Cyb e eu no canto — a mais próxima de Dot na sala. Tento fazer contato visual com a IA, mas a cabeça dela está virada em outra direção, assistindo Cyb liderar a sessão.

— Como vocês já viram em suas simulações, há momentos em nossa jornada que exigem que dois de vocês realizem uma caminhada espacial, enquanto Dot e eu, e o restante da tripulação, permanecemos no interior da nave. Durante esse período, se houver uma falha de comunicação, nós confiamos no novo *software* de telemetria em seus trajes espaciais para monitorar sua condição — explica Cyb. — Hoje, mostraremos a vocês como ler os sinais de telemetria e a revisar os procedimentos de emergência.

Leo pigarreia.

— Foi isso que... que deu errado na missão *Athena*? — ele solta. — A comunicação foi perdida porque os astronautas não possuíam essa qualidade no equipamento do traje espacial?

Eu me aproximo alguns centímetros de Dot. Todos estão olhando para Leo e Cyb.

— Como disse? — Cyb pronuncia após uma pausa.

— Bem, eu... quero dizer, embora nenhuma causa oficial tenha sido divulgada para a tragédia em Marte, deve ter tido algum motivo, não? — Leo enrola. — Acho que estou apenas me perguntando qual foi.

Cyb produz uma série de crepitantes sons mecânicos em resposta, e posso sentir todos os finalistas nesta sala reconhecendo a mesma verdade: é óbvio que os robôs não foram programados para discutir a controversa *Athena* e seus astronautas mortos.

Mas não posso pensar nisso agora. Aproveito minha oportunidade, estendo rápido a mão para o braço mecânico de Dot, e a IA se vira para mim.

— Fiquei sabendo que você tem algo para mim — sussurro para a máquina.

Os olhos artificiais de Dot me fitam penetrantes. Ela não expressa nenhuma surpresa às minhas palavras, confirmando que a IA, de fato, recebeu o meu comando. Então, por quê...?

— Me siga — digo em voz baixa. Eu me esgueiro para trás de um dos maciços protótipos dos módulos, fora da linha de visão de Cyb e do grupo. — Recebi uma ordem no meu *tablet* na noite passada — conto uma lorota. — Dizia algo sobre decifrar bioassinaturas, e que você iria trazê-las para mim.

— Eu sou a máquina de apoio — Dot diz calmamente, sua voz parecendo o correspondente feminino do tom nítido e claro de Cyb. — Somente meu superior está autorizado a entregar materiais aos humanos.

Lógica, Naomi, digo a mim mesma. *Lembre-se: os robôs operam com base em lógica.*

— Mas isso já não é verdade, não é? Você já recebeu um comando por engano?

Dot hesita.

— Não.

— Isso significa que algo mudou — insisto. — Você foi escolhida para essa tarefa, Dot. Não Cyb. E só você e eu temos permissão para falar sobre isso.

Posso ver as engrenagens girando na mente-máquina de Dot, e eu pressiono.

— É óbvio que um dos líderes da Missão Europa *necessita* de nós duas para fazer isso. Você não pode ir contra seus líderes, pode? Eu sei que eu não posso. — Lanço a Dot um olhar suplicante. — E se isso for algum tipo de teste para ver quão bem eu posso ler os elementos científicos, para determinar se eu deveria ser um dos Seis Finalistas? Eles precisam de sua ajuda para descobrir... e eu também.

Eu meio que me odeio por usar mentiras permeadas de lógica para influenciar o inocente robô. Mas quando Dot olha de volta para mim, registrando minhas palavras... não posso deixar de sentir um fio de esperança. Talvez isso dê certo.

VINTE E UM

LEO

O AR PARECE SE ADENSAR À MINHA VOLTA QUANDO CYB se atrapalha com minha pergunta e o restante dos finalistas me encaram. Eu vasculho a sala com os olhos procurando Naomi e Dot, me perguntando quando poderei acabar com isso, mas ambas sumiram. De repente, Cyb pressiona um botão redondo em seu braço mecânico e, em alguns instantes, a general Sokolov atravessa as portas.

Meu estômago se revira. Isso não pode ser um bom sinal, em especial se a general perceber que Naomi e Dot estão ausentes. *Apresse-se, Naomi*, imploro em silêncio.

A general Sokolov corre em nossa direção, com os olhos faiscando de irritação.

— Desde quando monopolizamos as sessões de treinamento com nossas próprias e inadequadas perguntas?

Minha pele queima sob o olhar fulminante da general enquanto meus concorrentes me encaram, a maioria parecendo se divertir ao me ver tomar bronca.

Somente Jian, Henri e Sydney olham para mim com certa preocupação. Mas, então, vejo Dot entrar no meu campo de visão seguida, um segundo depois, de Naomi, que se junta ao grupo, e eu suspiro aliviado. Pelo menos, ela conseguiu passar por sua parte do plano ilesa. Agora eu só tenho que encontrar uma maneira de remediar a minha situação.

— Desculpe — digo para a general e a Cyb. — Não quis ser desrespeitoso. Eu só estava genuinamente... curioso.

— Assim como eu — acrescenta uma voz inesperada. — Acho que todos nós estamos.

Eu me viro e descubro que a voz que me tira do centro das atenções pertence a Jian. Eu lhe dou um sorriso grato.

A general congela e, por um segundo, acho que ela pode acabar com todos nós.

Mas, então, ela dá um suspiro.

— Bem. Vamos desfazer esses rumores de uma vez por todas.

Posso sentir Naomi tentando chamar minha atenção do outro lado da sala. Ela encontra meus olhos e articula com os lábios a palavra "*obrigada*", colocando a mão sobre o coração.

— Posso lhes garantir, do ponto de vista privilegiado de quem trabalhava na Estação Espacial Internacional na época, que, sejam quais forem as histórias absurdas que tenham escutado, elas são sem pé nem cabeça — começa a general Sokolov. — Não houve conspiração. A Rússia não sabotou a missão em proveito próprio.

Ergo a vista, de repente interessado. Eu não sabia de nenhuma conspiração russa... mas essa deve ser uma história e tanto se a general imediatamente assumiu que era sobre isso que eu estava falando.

— Nem a tripulação morreu de fome — acrescenta. — Não só eles tinham todas as provisões que poderiam caber em seu *habitat* na superfície de Marte, como a nave de abastecimento *Athena* estava a postos em órbita permanentemente com mais duas décadas de alimentos, dos quais os Seis Finalistas agora se beneficiarão. — Ela faz uma pausa. — A tragédia foi simplesmente um fracasso científico, um fracasso com o qual todos aprendemos.

— Qual foi o fracasso científico, exatamente? — quer saber Sydney. Posso ler o subtexto em seus olhos: *poderia acontecer de novo?*

— *Extraoficialmente* — diz a general —, nós instruímos a tripulação de Marte sobre como construir um ecossistema fechado semelhante ao da Terra no planeta pouco depois de terem pousado. Como os astronautas morreram ao mesmo tempo, no meio da noite, temos motivos para acreditar que uma reação química inesperada no ecossistema artificial causou o vazamento de oxigênio enquanto dormiam — sua voz fraqueja. — Eles se foram antes que pudéssemos fazer qualquer coisa.

Então, eles sufocaram. Posso sentir minha própria garganta se fechando enquanto imagino o pesadelo dos últimos momentos da tripulação. Como ninguém soube disso?

Como se estivesse lendo meus pensamentos, a general Sokolov continua:

— Repito, isso é apenas uma teoria. Sem uma equipe humana para cuidar do equipamento, nossas leituras de monitor não podiam ser consideradas precisas, e as equipes de relações públicas da NASA e Roscosmos acharam que era injusto com os familiares dos mortos sugerir teorias que pudessem causar maior sofrimento.

Ela nos lança um olhar penetrante.

— Eu espero sua cooperação quanto a isso. Mas achei importante que vocês soubessem que a causa provável da tragédia de Marte foi algo específico àquela situação, e não se repetirá em Europa. Já temos complicações reais suficientes com que lidar e solucionar. Eu não quero os meus potenciais Seis Finalistas distraídos, preocupando-se com impossibilidades.

— Como pode ser isso uma impossibilidade em Europa? — Henri se manifesta. — O *habitat* inflável...

— É exatamente a razão pela qual vocês estarão seguros. — A general Sokolov termina a frase dele. — Começamos a trabalhar com a Bigelow Aerospace depois de Marte, e é um novo nível de proteção. Além disso, ao contrário de Marte, não precisamos criar um ecossistema artificial. Europa tem o ingrediente-chave da água: tudo o que temos a fazer é perfurar o gelo e chegar até ela. — A general olha para Cyb. — Por falar nisso, todos vocês têm uma sessão de treinamento para retomar. Agora que eu respondi suas perguntas, espero que esta seja a última vez que discutimos a missão *Athena*.

Enquanto ela sai da sala, ocorre-me que outros aqui devem ter andado questionando-a sobre isso antes de mim. Caso contrário, por que ela cederia e nos informaria a verdade tão rapidamente?

— Há apenas uma coisa que ela deixou de fora — murmura Jian atrás de mim. — A ligação do doutor Takumi. Você sabia que ele não fazia parte do comando até que Marte acontecesse?

Eu me viro, olhando para Jian surpreso.

Deixando o Andar da Missão para nossa próxima sessão de treinamento, sinto que alguém empurra meu ombro.

— O que foi aquilo tudo, italiano? Começando a perder a coragem? — Beckett dá uma risada zombeteira. — Está louco para ir pra casa, para mamãe e papai e evitar o espaço grande e malvado?

Eu me viro, ardendo de fúria por dentro com a menção da família e da casa que eu não tenho mais.

— Vai sonhando. Eu não estou indo a lugar nenhum. A maior questão é, por que você se comporta como se fosse superior a todos quando obviamente você tem medo de *mim*?

— Ora, faça-me o favor — Beckett me lança um olhar desdenhoso. — Você não é uma ameaça.

— Certo. É por isso que você tentou soltar meu arnês a dez mil pés no ar.

Beckett para, toda a cor se esvaindo de seu rosto. *Ele pensou que eu não sabia.* Ele deve ter pensado que aquilo foi um momento secreto de que só ele e sua consciência sombria se lembrariam.

— Do que diabos você está falando? — Ele franze o nariz, agindo como se eu fosse maluco. Mas eu sei muito bem.

— Eu vi você tentando mexer no meu arnês. Você teria me matado se pudesse. A única razão pela qual você não está tentando nada assim aqui é que você não quer ser cortado. — Eu me inclino para a frente. — Então me diga, Beckett, o que há de tão aterrador para você em voltar à Casa Branca, a ponto de você tentar me matar para ficar longe de lá?

Por uma fração de segundo, acho que Beckett pode realmente ser capaz de tudo. Mas então ele me fulmina com os olhos:

— Você não sabe do que está falando — ele diz, antes de me virar as costas. Ainda estou observando ele se afastar quando sinto uma mão no meu braço.

— O que foi aquilo? — Naomi murmura no meu ouvido.

— Err, eu conto quando estivermos sozinhos.

— Por falar nisso, Lark disse que temos uma hora livre entre o treinamento e o jantar. Me encontre no nosso cantinho? — pergunta ela. — Eu tenho algo para falar com você.

Assinto com um gesto de cabeça, a ideia de passar um tempo a sós com ela apagando Beckett da minha mente.

— Estarei lá.

Subo os degraus da Torre do Telescópio para encontrar Naomi já esperando por mim, apoiando os cotovelos no parapeito de segurança enquanto olha para as estrelas. Ela se vira ao escutar o som dos meus passos e me dá um sorriso tímido.

— Oi — eu a cumprimento, beijando sua testa. — O que você queria me dizer?

Ela olha para mim como se estivesse admirada.

— Quer dizer que você não está zangado?

— Sobre o quê? A coisa toda com a general?

— Sim. — Ela entrelaça os dedos nos meus. — Aqui estava eu me preparando para me desculpar, e você nem está zangado!

— Bem, considerando que eu livrei você de uma encrenca depois de algo ainda mais arriscado na noite da tempestade, acho que já ficou estabelecido que não sei como ficar zangado com você. Está claro que eu preciso trabalhar nisso. — Sorrio. — Mas estou *curioso* para ouvir as desculpas que você planejou.

— Certo, tudo bem, vou contar. — Ela endireita o corpo. — Eu não esperava que Cyb chamasse a general. Sei como essa missão é importante para você, e sinto muito, mas *muito mesmo*, se eu acabei acendendo um sinal vermelho sobre seu nome. Mas — ela respira fundo —, se acabar ficando provado que tenho razão não só a respeito da BRR, mas também sobre o que o *Conspirador do Espaço* escreve o tempo todo, então não tenho medo de dizer isso. Quero que você fique na Terra. Quero você em segurança.

Toco sua bochecha, momentaneamente sem palavras. Faz muito tempo desde que alguém se importou tanto assim comigo, e quase esqueci, depois de perder minha família, como é ser *importante* de verdade para alguém.

— Bem, pelo menos um item interessante surgiu do seu plano — digo quando consigo recuperar a voz. — Jian me contou uma coisa que a general Sokolov deixou de fora em sua explicação sobre Marte. Ao que parece, o doutor Takumi acelerou sua ascensão ao comando logo após a tragédia de *Athena*.

Os olhos de Naomi se arregalam.

— Uau. Esse *timing* é de fato muito sinistro. — Ela se inclina contra o parapeito, pensando. — Se houver mais coisas por trás, talvez descubramos quando... se... Dot aparecer. Desde que eu não seja presa antes por traição.

Olho para ela, me maravilhando com a forma como ela pode falar com tanta naturalidade sobre essa possibilidade.

— Então, você realmente não tem medo de ser apanhada? Há *alguma coisa* que assuste você?

Naomi me dá um meio sorriso antes de desviar o olhar para longe.

— A ideia de perder as pessoas que eu amo. Especialmente o meu irmãozinho. — Ela suspira. — Não tenho apenas medo disso, tenho *pavor*. Então, não sou destemida. E o que quer que eu faça que possa parecer assim... É tudo por eles.

Assinto com a cabeça, percebendo enquanto olho para ela que as palavras de Naomi a tornam ainda mais bonita para mim.

— E quanto a você? — pergunta ela. — Você não parece nem um pouco assustado com a missão, mesmo com tantos riscos.

— Sim. Bem... Eu tinha o mesmo medo que você. Mas então meu pior medo se tornou realidade. E, por um tempo, isso me deixou sem medo de nada, inclusive, e em especial, da morte. — Engulo em seco com força. — Mas agora eu sei outra vez o que é ter medo de perder algo. Tenho esse sentimento desde que conheci você.

Os olhos de Naomi se enchem de lágrimas. Ela me puxa para si, respondendo minhas palavras com um beijo.

Nossos beijos começam delicados e ternos, e então seus dedos se movem por baixo da minha camisa, deslizando pelas minhas costas e, de repente, estamos descendo para o chão da torre juntos, nos beijando como se fosse nossa última noite neste mundo.

VINTE E DOIS

NAOMI

ESTOU NO MEIO DE UM SONHO PERFEITO QUANDO OUÇO O SOM. Estou de volta ao meu lar, sentada à velha mesa de jantar que ainda tem as iniciais de Sam e as minhas gravadas na madeira, e meus entes queridos estão sentados ao meu redor: meu irmão, nossos pais e também Leo. Mas então uma série rítmica de *bips* se infiltra na minha consciência, interrompendo o precioso momento.

— O que é esse barulho? — *pergunto, olhando em volta da mesa.*

— *Que barulho, azizam?* — *Mamãe me olha de um jeito estranho.*

— *Você sabe o que é* — *diz Sam.* — *É código Morse, dizendo que você tem que acordar.* — *Ele se inclina e sacode meus ombros.* — *Acorde!*

Sento-me ereta no ato, abrindo os olhos em busca do que está fazendo *bip* no meu quarto. Dot está na minha frente, deslocando-se pelo aposento em direção à minha cama. Cubro a boca para evitar gritar de espanto. *O plano realmente funcionou!*

Dot para de repente, de frente para minha cama. É quando percebo que a tela do SOIA no chassi de seu peito está iluminada e piscando... símbolos. Mas são mais do que apenas imagens. Há também um *som* vindo da tela, um zumbido vibratório, só que a frequência e o tom são muito inadequados. É um som estranho que me dá um calafrio e faz minha pele inteira se arrepiar e formigar.

O robô emite um sinal sonoro novamente, exortando-me em Morse a copiar o que vejo na tela. Eu sei por que Dot não está vocalizando: para o caso de alguém de cada lado dessas paredes estar acordado a essa hora. Eu fiz a IA acreditar que isso é um segredo, tarefa crucial de um dos líderes da missão, e sinto uma pontada de culpa pela maneira como enganei Dot. Mas isso é importante demais para eu hesitar. Acendo a luz e corro para minha escrivaninha, pegando um bloco de notas e uma caneta.

Minha caneta voa através do papel enquanto copio um símbolo químico e uma fórmula de física após a outra, não paro para tentar entender o que estou anotando... até que uma imagem preenche a tela e quase caio da cadeira.

É um esboço do que parece ser uma célula, seu interior perfurado com *três* núcleos. Assim como a BRR.

Estou tremendo quando termino de copiar os números da tela. E, então, finalmente, ela fica escura. Dot se desloca de volta para a porta, e enquanto observo sua forma se retirando, sussurro "Obrigada".

Só a imagem da célula já é uma revelação e tanto, mas ainda tenho dados numéricos para decifrar. Passo as próximas duas horas estudando e ordenando as fórmulas... até que finalmente resolvo o enigma principal, perdendo o fôlego enquanto a caneta desliza sobre o papel.

$C_{55}H_{72}O_5N_4Mg - CH_4 - E_T$

Clorofila — Metano — Europa

Clorofila e metano encontrados em Europa.

O quarto parece sacudir enquanto encaro pasma minhas anotações, e por uma fração de segundo estou fora do meu próprio corpo, olhando para a cena surreal da minha descoberta. Porque, onde existe clorofila e metano, há *vida*. *Estas* são as bioassinaturas que estava procurando. E com a BRR correspondendo à imagem idiossincrática da célula nesses dados... Isso prova minha hipótese.

Estamos sendo injetados com bactérias da *vida alienígena de Europa*.

E isso está tornando alguns de nós mais parecidos *com eles*, como comprovado por Leo na piscina de mergulho.

Isso faz com que alguns de nós *os vejam*... como evidenciado pelos gritos de Suki, e o colapso nervoso de Callum.

Quanto ao restante de nós, talvez nunca possamos saber qual a dimensão dos efeitos até desembarcarmos.

Eu pulo da minha cadeira, agitada demais para conseguir ficar parada. Isso vai além de qualquer segredo que eu pensei que o doutor Takumi estivesse guardando; está em outro nível, que confirma as teorias do *Conspirador do Espaço*. Mas como a NASA e todas as agências espaciais respeitáveis podem permitir tal coisa? E *por quê?*

A menos que... Será que todas as agências espaciais *não sabem*? O doutor Takumi e a general Sokolov têm jurisdição sobre os robôs, o que certamente lhes permite manter os dados em segredo. *Foi o que fizeram?* E qual é o propósito deles?

Uma coisa é certa: não posso esperar até de manhã para compartilhar essa notícia com Leo. Tenho certeza de que vou explodir se tiver que guardá-la para mim um só minuto a mais. Eu sei que concordamos em resistir à tentação de nos esgueirarmos para o quarto um do outro, mas, em comparação com tudo o que já andei fazendo aqui no CTEI, parece ser fichinha penetrar o dormitório dos rapazes.

Meto meus pés em chinelos e apanho a lanterna sob minha cama, uma comum, não a de LED, dessa vez. Posso sentir meu coração palpitando enquanto atravesso o corredor até a bifurcação que separa a ala feminina da masculina, imaginando o que Leo dirá sobre minha descoberta... o que o mundo irá dizer quando eu revelar os dados. Talvez eu possa encontrar uma maneira de passá-los a alguém como a doutora Wagner, para proteger minha família das consequências do meu hackeamento...

A luz de minha lanterna se encontra com outro facho amarelo. Pulo para trás, o medo subindo por minha garganta. Não estou sozinha. Alguém está parado diante de mim no corredor do dormitório, segurando sua própria lanterna. *Beckett Wolfe*.

Ele eleva seu facho de luz direto sobre meu rosto, apanhando-me em flagrante.

— Saindo do seu quarto após o toque de recolher... eu poderia denunciar você por isso — ele diz com um sorriso malicioso.

Ele parece suspeito, encostado na parede como se estivesse aqui por horas... como se ele estivesse esperando por algo.

— Eu poderia dizer o mesmo sobre você — retruco, mas Beckett apenas dá de ombros.

— *Eu* só estou pegando um pouco de ar. Não sou eu quem está tentando entrar no quarto do namorado secreto.

O ar retorna aos meus pulmões. Será que ele sabe apenas sobre o Leo... e não sobre Dot?

Eu endireito o corpo ao máximo, lançando a Beckett minha melhor expressão de desdém.

— Não seja estúpido. Eu não conseguia dormir e simplesmente pensei em dar uma volta. Nada mais escandaloso do que isso.

Giro nos calcanhares e, enquanto eu me afasto, ouço Beckett cantando baixinho algo familiar.

"When I am king, you will be first against the wall
With your opinion, which is of no consequence at all"

A perturbadora melodia continua na minha cabeça enquanto me apresso a voltar para meu quarto. Conheço essa música, é um clássico. Então, por que eu sinto uma insidiosa sensação de medo?

E então o título da canção se acende em minha mente, fazendo-me imaginar se por acaso Beckett não teria visto mais do que deixou transparecer.

Ele estava cantando uma música do Radiohead... chamada "Paranoid Android".

VINTE E TRÊS

LEO

EM VEZ DO ALARME DO ESPELHO, acordo com o som de alguém abrindo a porta do meu quarto. Luto para me sentar, cobrindo meu peito nu quando Lark entra.

— Nada de café da manhã no refeitório hoje — diz ela, à guisa de saudação. — O doutor Takumi convocou uma conferência na sala de imprensa. Vista-se e encontre seus colegas finalistas lá imediatamente.

— Está tudo be...?

Mas ela já está entrando no quarto seguinte antes que eu possa terminar de fazer minha pergunta. Saio da cama, um ligeiro ataque de nervos se anunciando. Algo me diz que seja o que for... vai ser ruim.

Visto meu uniforme e saio pela porta, alcançando Henri e o outro finalista russo, Evgeni, no final do corredor dos rapazes.

— Vocês sabem o que está acontecendo? — pergunto enquanto descemos os degraus correndo.

— Nenhuma pista — Henri responde, e Evgeni balança a cabeça. Mas ambos parecem quase tão preocupados quanto eu.

Chegamos à sala de imprensa e nos deparamos com o doutor Takumi e a general Sokolov com semblantes sombrios parados ao pé do palco diante de uma meia dúzia de câmeras de noticiários. A visão de estranhos infiltrados em nossa bolha de treinamento me causa um calafrio de mau pressentimento.

Mais da metade dos meus companheiros finalistas enchem os lugares em frente ao palco, e eu percorro os rostos, procurando Naomi... mas não há sinal dela. Sigo Henri e Evgeni, entrando na segunda fileira, e me sento ao lado de Dev Khanna, deixando o assento do corredor ao meu lado vazio para ela.

— Alguma ideia do que está acontecendo? — olho para Dev, esperando contra todas as probabilidades que ele possa ter alguma informação reconfortante. Mas ele faz que não com a cabeça. Esperamos em silêncio, Dev olhando para o palco e eu para a porta, até que ele me cutuca nas costelas.

— Veja.

Sigo o olhar de Dev até o lado oposto do corredor, onde a general Sokolov conduz uma Dot cambaleante em direção ao palco. Fico boquiaberto enquanto assisto Dot se esforçando para andar, como uma espécie de bebê robô. Ouço Sydney Pearle tentar cumprimentar Dot, e vejo o robô olhar estático para ela, em resposta... como se ela nunca a tivesse visto antes. Sinto o pânico revirar as minhas entranhas.

— O que está acontecendo?

É Naomi. Suspiro de alívio. Uma vez que ela está aqui na plateia conosco, ela não pode ter sido apanhada... certo?

Aponto para a desajeitada e infantilizada Dot mancando em direção ao palco, auxiliada pela general. Dev se inclina para nós dois.

— Parece que eles resetaram Dot.

Naomi fecha os olhos, balançando a cabeça.

— Resetaram? — repito. — O que isso significa, exatamente?

Mas antes que eles possam me responder, o doutor Takumi sobe ao palco e assume o microfone. Ele se inclina para a frente, encarando as lentes das câmeras.

— No início desta manhã, o Johnson Space Center foi vítima de uma tentativa de violação de segurança. Quero assegurar a todos que nenhum dano foi causado. No entanto, tivemos que agir rápido. Visto que a violação de segurança ocorreu em um dos nossos robôs de mais alto nível e carregado com dados confidenciais, não tivemos outra opção senão restaurar a IA, Dot, às configurações originais antes que ela pudesse ser ainda mais comprometida. Toda sua memória, dados e funções armazenados foram apagados. Dot precisará reaprender suas habilidades, e não acompanhará mais os Seis Finalistas para Europa.

Sinto meu estômago se contrair. Naomi agarra meu braço enquanto uma exclamação coletiva de choque enche o ar. Dá para eu ver por suas respirações superficiais que ela está à beira do pânico, assim como eu, e eu me forço a manter uma expressão impassível mesmo quando sinto meu corpo se torcendo, ameaçando nos entregar.

— No entanto, ainda haverá dois robôs na missão — continua o doutor Takumi. — Embora seja menos do que ideal, uma IA de *backup* que acabamos de testar recentemente assumirá o lugar de Dot e servirá ao lado de Cyb.

Um dos repórteres levanta a mão.

— Você tem alguma ideia de quem poderia ser responsável por um ato tão traiçoeiro?

Naomi crava as unhas no meu braço, e eu me preparo para o pior. É isso. Nós fomos apanhados, e eles vão levá-la embora...

— Essa informação não foi confirmada — diz o doutor Takumi com frieza. — No entanto, temos motivos para suspeitar de alguém em particular.

Ele faz uma pausa, e eu não consigo respirar, não posso mais assistir. Olho para a mão de Naomi, e minha mente me tortura com pensamentos sobre o que eles farão com ela. *Como posso protegê-la?*

— Estamos bastante convencidos de que foi uma antiga aliada nossa. Não é nenhum segredo que a doutora Greta Wagner tentou, sem sucesso, apoderar-se da Missão Europa desde que cortamos os laços com as Empresas Wagner. — A voz do doutor Takumi mal disfarça sua raiva.

Meu corpo desaba com o choque. Ele nem ao menos suspeita de nós. E dentre todas as pessoas, ele acha que foi justo a cientista que Naomi idolatra, cujo livro está atualmente na mesinha de cabeceira da minha cama? Olho para Naomi, encontrando meu sentimento de culpa e espanto refletidos em seus olhos.

— Há outra coisa — diz o doutor Takumi, e dessa vez, eu poderia jurar que ele está olhando diretamente para nós dois. — Nós iremos fazer nossa seleção dos Seis Finalistas mais cedo do que o anunciado anteriormente. Amanhã, na verdade. Essa violação de segurança apenas ressaltou a natureza urgente de nossa missão.

VINTE E QUATRO

NAOMI

COMO EU PODERIA ME ENGANAR TANTO?

Olho para o espetáculo desalentador dessa nova Dot e posso sentir a bile subindo na minha garganta. Como eu posso ter feito um estrago numa escala tão colossal? Eu pensei que sabia o que estava fazendo, que entrei e saí com rapidez suficiente para manter Dot segura, mas está claro que eu não passo de uma amadora que deu um passo além das pernas. E agora, em vez de cumprir meu objetivo de proteger os finalistas e expor a verdade sobre Europa... consegui foi pôr todos nós em perigo. Não há mais clima para eu apresentar as bioassinaturas agora, não quando os dados vieram de um robô que já foi apagado. Minhas anotações parecerão nada mais do que as divagações de uma maluca. E com Dot cortada da missão e o doutor Takumi apressando a próxima etapa da seleção, quem *sabe* ao certo quanto dano minhas ações causaram?

Eu. Estraguei. Tudo. As palavras se repetem na minha cabeça vezes sem conta, formando um ritmo, como uma trilha sonora acompanhando as terríveis palavras do doutor Takumi. Eu estraguei tudo solenemente e não tenho certeza de que conseguirei consertar.

Olho para Leo, me perguntando se ele me odeia agora... da maneira como eu própria estou começando a me odiar. Devo confessar?

Se eu fizer isso, a pessoa errada não será mais culpada... e talvez meus dados sobre as bioassinaturas *possam* de fato ser levados a sério, se eu estiver disposta a desistir da minha liberdade por isso. Mas de repente, outra imagem me vem à mente: minha família sendo forçada a pagar pelo meu crime. A ideia de qualquer dano que os atinja, do tratamento médico de Sam sendo suspenso, me obriga a ser egoísta e manter meu segredo. A doutora Wagner tem os recursos para escapar do CTEI e do alcance do governo. Nós não.

E há outra coisa. Ao confessar, estaria removendo o finalista que conhece a verdade, cuja compreensão de extraterrestres e de microbiologia poderia ajudar a manter vivos os Seis Finalistas em Europa. *Eu.*

Eu preciso ir com eles.

Assim que somos dispensados, Leo e eu saímos de nossos assentos e fazemos a rota mais curta para os elevadores. Saltamos no segundo que as portas se abrem, e uma vez sozinhos, enterro meu rosto no peito dele. E, então, sinto seus braços me envolverem.

— Tinha certeza de que não a veria essa manhã — ouço o som da voz de Beckett, que entra no elevador depois de nós.

Eu congelo.

— Por que diabos você pensaria isso?

— Apenas um palpite que eu tive — diz ele com calma. — Você sabe. Depois da noite passada.

As portas do elevador se abrem no andar do alojamento, e eu observo, com o estômago embrulhado, enquanto ele se afasta.

— Do que ele está falando? — pergunta Leo.

Cubro o rosto com as mãos. Não posso acreditar que tenho mais de um erro gigante para admitir.

— Ele me pegou tentando entrar no seu quarto na noite passada — murmuro. — E... ele também pode ter visto algo muito mais incriminador.

Mas, enquanto Leo resmunga com mais esse problema, percebo outra coisa. Se Beckett viu Dot sair do meu quarto, ele obviamente não me encobriu por bondade de coração. Ele planeja tirar proveito disso, usando as informações para obter algo de mim. A questão é... *o que* ele quer?

— Venha. — Cutuco Leo delicadamente quando chegamos à porta do meu quarto. — Nós temos coisas mais importantes com que nos preocupar do que sermos pegos juntos aqui. Nós precisamos conversar.

— Ok, mas não podemos falar no meio do quarto, pois alguém passando poderá nos ouvir — diz ele. Nós entramos, e Leo caminha em direção ao meu armário. — Aqui deve ser mais seguro.

— Hum. Ok. — Entro no armário junto com ele, e nós nos espremermos no espaço escuro debaixo dos meus uniformes pendurados. Se não tivesse tanta coisa séria em jogo, seria quase engraçado. Mas estou bem séria quando informo Leo sobre os dados de Dot e a descoberta mais monumental de todas: a prova de vida... e o fato concreto de que há bactéria alienígena agindo dentro de nossos corpos, de nossos músculos, da nossa consciência, *em nós mesmos.*

Leo olha para mim com boquiaberto, em estado de choque.

— Você não quer acreditar — eu reconheço —, porque a ideia da existência desse tipo de perigo ameaça sua imagem da missão, de tudo o que ela passou a representar para você. Entendo. Mas...

— Não é isso. — Ele engole com força. — Eu... há algo que eu deveria ter contado para você. Antes de deixar a Itália, a filha do primeiro-ministro me contou algo que ela ouviu por acaso: que eu fui escolhido para o grupo dos Vinte e Quatro porque minhas habilidades submarinas poderiam fazer de mim uma espécie de arma em Europa.

Minhas sobrancelhas se arqueiam.

— *Sério?* E por que você nunca me disse?

Leo me lança um olhar tímido.

— Eu não levei isso a sério no início. Além do que, tudo o que eu queria, esse tempo todo, era ficar entre os Seis Finalistas. A última coisa que eu faria seria procurar intenções ocultas na razão de eu ser finalista. Mas quando vi a mudança que ocorreu com Beckett na piscina de mergulho após as injeções de BRR, e sabendo como o soro me afetou também na água... — Ele respira fundo. — Estou começando a acreditar que o doutor Takumi e o CTEI estão nos preparando para nos adaptarmos ao mundo dos extraterrestres, para que possamos sobrepujá-los e tornar Europa o *nosso* mundo.

Fico boquiaberta junto com ele, sem palavras, enquanto todas as peças do chocante quebra-cabeça se encaixam.

— Faz sentido — sussurro, quando recupero a voz. — Especialmente o sigilo. Quem apoiaria essa missão se soubesse o que vamos enfrentar? Então, em vez de tornar públicas as verdadeiras intenções, o doutor Takumi está nos dando as ferramentas para lidar com elas por meio da BRR e do nosso treinamento. — Estremeço, um arrepio percorrendo meu corpo. — Na cabeça dele, é talvez até uma parte da terraformação: eliminar a vida subaquática e povoar Europa somente com humanos. E não podemos deixar isso acontecer. Não importa quanto essa vida possa ser assustadora para nós, ela veio antes e o direito a Europa é dela.

Leo assente com a cabeça, e posso ver em seus olhos a esmagadora compreensão do que a missão de fato envolve.

— É por isso que eu preciso ir — continuo. — Eu tenho que integrar a equipe dos Seis Finalistas.

A expressão de Leo torna-se incrédula.

— O *quê?* Depois de tudo o que você me contou sobre a necessidade de voltar para casa, sobre como essa missão é uma receita provável para a morte... Você está me dizendo que a prova de vida alienígena na verdade a *fez mudar* de ideia?

— Não. Isso só me fez perceber onde sou mais necessária. — Seguro a mão de Leo na minha. — Os outros finalistas estão entrando nisso às cegas. Se eu puder usar minha habilidade científica para continuar me aprofundando no mistério sobre que *tipo* de vida nos espera lá, e como podemos sobreviver ao lado dela, então o grupo dos Seis Finalistas precisa de mim. Eu falhei com Dot, mas talvez eu possa compensar isso agora, tentando manter o restante dos Seis Finalistas a salvo.

Leo olha para mim com uma expressão que me faz corar.

— Toda vez que tenho certeza de que entendi você, você me mostra outra Naomi. Talvez essa seja outra razão por que eu... não consigo imaginar voltar a uma vida sem você. — Ele me envolve com os braços e eu fecho olhos, seu toque sendo meu único conforto.

— Está tudo nas mãos do doutor Takumi agora — ele murmura. — Mas eu tenho que fazer alguma coisa. Tenho que ter certeza de que vamos para lá juntos.

VINTE E CINCO

LEO

ESTA NOITE É A VERSÃO DO CENTRO ESPACIAL PARA A ÚLTIMA CEIA: o nosso último jantar antes dos Seis Finalistas serem revelados amanhã. O estado de espírito no refeitório é como eu imagino que os soldados devam se sentir na véspera de partir para o *front*, só que, neste caso, a guerra a qual receamos ter que retornar é em nosso lar. Se eu achava que o nervosismo e expectativa haviam sido extremos antes da primeira eliminação, a tensão no ar esta noite poderia iluminar uma cidade inteira. Em especial, a minha tensão. Não apenas preciso figurar na seleção final, como preciso fazê-lo junto com ela. A única maneira pela qual eu posso sobreviver ao dia de amanhã é se não apenas uma, mas duas orações forem atendidas.

Naomi e eu nos sentamos a uma mesa com Sydney, Minka, Dev e Henri, todos nós ansiosos demais para engolir uma garfada sequer de comida. Fico olhando e desviando o olhar do doutor Takumi durante a hora que leva a refeição, enquanto tomo minha decisão. E, então, quando ele caminha para a porta ao final do jantar, saio do meu assento, alcançando-o assim que ele deixa o refeitório.

— Doutor Takumi, posso conversar com o senhor? — digo num rompante. — Só levará um segundo.

Ele ergue uma sobrancelha.

— O que é, Leonardo?

— Eu só queria dizer que... Há duas pessoas aqui que nasceram para esta missão. Eu sei que tenho as habilidades subaquáticas para nos levar através da crosta de gelo de Europa. E treinar na mesma equipe que Naomi Ardalan me convenceu de que ela tem o cérebro para nos manter vivos no espaço. — Respiro fundo. — Tenho vivido em função dessa missão desde o dia em que fui selecionado. Eu sei que a decisão é sua, mas eu só queria... assegurar ao senhor: Naomi e eu somos a escolha certa.

Uma longa pausa se segue e eu aguardo, cada músculo no meu corpo se retesando, enquanto o doutor Takumi me olha de maneira enigmática.

— Vou manter isso em mente — ele responde, por fim. — Boa noite, Leonardo.

Ele se vira, me deixando imaginando, esperando, que meu apelo tenha causado o impacto certo.

Chegou. A manhã do anúncio. O momento que todos nós temíamos e esperávamos ao mesmo tempo. Meu estômago se revirou a noite toda de nervosismo, e ao me olhar no espelho enquanto me arrumo, noto os círculos escuros debaixo dos olhos, a palidez da minha pele devido à falta de sono. Lark nos instruiu a nos apresentarmos "prontos para as câmeras", mas mal penso na imprensa e no público, que estaremos enfrentando pela primeira vez em semanas. Tudo que consigo pensar é na decisão iminente.

Os finalistas se reúnem no topo da escada do andar do alojamento, e assim que Naomi me vê, ela atravessa todo o grupo até chegar a mim.

— Eu me sinto nauseada — ela resmunga. — Não consigo suportar esse tipo de nervosismo.

Sustento o seu olhar, morrendo de vontade de tocá-la, para confortá-la com mais do que apenas palavras.

— Eu sei. Sinto o mesmo. Mas isso... acabará em breve. E espero que possamos comemorar.

Um silêncio se abate sobre os finalistas, e Naomi e eu nos viramos para ver o doutor Takumi e a general Sokolov caminhando em nossa direção.

— Bom dia — o doutor Takumi nos cumprimenta. — Todos estão prontos?

Claro que não estamos. Mas todos nós assentimos com a cabeça e seguimos os dois até o elevador e a entrada oficial que não vimos desde o dia da chegada, toda uma vida atrás. Saindo do elevador, podemos ouvir a mesma banda do primeiro dia. Eles estão tocando "The Star-Spangled Banner", enquanto o doutor Takumi empurra as portas para os degraus da frente do CTEI, com o restante de nós atrás dele. Naomi e eu nos aproximamos ligeiramente enquanto caminhamos juntos para o barulho da multidão, nós dois piscando sob as luzes dos flashes.

A general Sokolov nos instrui a nos alinhar nos degraus, por trás do tablado improvisado e do microfone ajustado para o doutor Takumi. Fico entre Naomi e Ana Martinez, e enquanto o doutor Takumi toma seu lugar diante do microfone e a multidão silencia, Naomi roça as pontas dos dedos contra os meus. Neste momento, em meio a uma tensão insuportável, ambos estamos esquecendo nossa regra tácita: nunca nos tocarmos em público, nunca dar bandeira.

— Vocês estão prontos para descobrir os nomes e os rostos dos Seis Finalistas? — O doutor Takumi grita, provocando uma multidão que não precisa de mais incentivo. — Aqui vamos nós!

Naomi se vira para mim.

— Tenho medo de assistir — ela sussurra.

— Eu também. Apenas olhe para mim — murmuro de volta. — Tudo vai ficar bem.

— O seu tenente comandante é... Dev Khanna, da Índia!

A multidão entra em erupção enquanto a banda se lança nas notas iniciais do hino nacional indiano. Sorrio comigo mesmo, feliz por Dev. Ele é um dos caras bons aqui.

— O oficial médico da missão é Sydney Pearle, do Canadá! O copiloto é Jian Soo, da China!

Tento manter meus olhos em Naomi, para permanecer calmo, enquanto o terror cresce dentro de mim.

Não falta muito agora. Se não estivermos entre esses últimos três nomes...

— Nosso oficial cientista é Minka Palladin, da Ucrânia. E o especialista subaquático é...

Eu endireito mais o corpo, enquanto Naomi aperta mais minha mão.

— Beckett Wolfe, dos Estados Unidos da América.

Não. Não.

Minha visão fica borrada; todo o sangue vem à minha cabeça. Isso não pode estar acontecendo. Ele não ocupou minha posição... ele não poderia.

— Tudo bem, tudo bem — ouço Naomi dizer, olhando para mim com desespero.

— Vamos para casa juntos, encontraremos outra maneira de ajudar os Seis Finalistas. Você conhecerá minha família, e poderemos ter o tipo de vida...

Ela para de repente quando o impensável acontece.

— Por último, mas não menos importante, nossa especialista em tecnologia e comunicação é Naomi Ardalan, também dos Estados Unidos!

Quero gritar, berrar, mas não consigo produzir um som. As pernas de Naomi se dobram debaixo dela, e ela se agarra ao meu braço, meu próprio horror refletido em seus olhos. Isso não pode ser verdade. Não podemos ser separados para sempre, ela *não pode* ir para Europa enquanto eu fico para trás, sem nada além da lembrança dela. É como perder minha família outra vez. Justo quando meu mundo parecia estar se renovando, toda esperança desaparece.

Num piscar de olhos.

VINTE E SEIS

NAOMI

O MUNDO PARA QUANDO OUÇO MEU NOME. Os sons que me rodeiam se distorcem, a cena se congela, e não consigo me aguentar de pé...

Um guarda de segurança me agarra pelos ombros, arrancando-me de Leo. *Leo*. Olho de relance seu rosto devastado e meu coração desmorona. Não posso deixá-lo. Isso tudo é um enorme erro, tem que ser.

O guarda me empurra para a frente com os outros cinco, e eu sou forçada a ficar ao lado de Beckett diante das câmeras. Beckett sorri maliciosamente enquanto me lança um olhar que deixa transparecer que ele sabe muito bem o que estou passando, me enchendo de náusea.

A banda explode em "You're a Grand Old Flag", e a multidão irrompe num coro. "Na-o-mi! Be-ckett!" Mas tudo está acontecendo em câmera lenta, e não consigo entender os rostos ao meu redor. Eles celebram diante da minha agonia.

Não era para ser assim. Toda vez que imaginava ser selecionada para os Seis Finalistas, sempre via Leo ao meu lado. E agora, a ideia de deixar este mundo e passar o resto da minha vida com o repugnante Beckett e quatro estranhos praticamente me deixa à beira da histeria.

A general Sokolov se junta ao doutor Takumi ao microfone, e os dois começam a dizer as palavras finais sobre a viagem à nossa frente e tudo que acontecerá a partir de amanhã, mas não consigo ouvir. Tudo o que posso fazer é tentar não chorar e evitar os olhos de Leo.

Já era bastante doloroso quando o recrutamento significava deixar a minha família. Agora, além de tudo, deixar meu primeiro e único amor... é um novo nível de dor.

Quando os discursos chegam ao fim, os guardas se fecham ao nosso redor, conduzindo os Seis Finalistas, a equipe de funcionários e os finalistas eliminados de volta ao centro espacial. Mas, em vez de entrar na fila com os outros, eu saio correndo e vou até o doutor Takumi, antes que ele alcance a porta, agarrando seu braço com a força das minhas emoções.

— Com licença? — Ele me olha com ar superior, sacudindo o braço para soltá-lo.

— Por quê? — Eu explodo. — Por que eu, por que Beckett... e não Leo?

O doutor Takumi para, e então ele me dá um sorriso frio.

— Você foi uma escolha óbvia. Nenhum dos outros aqui chega perto de suas habilidades e *conhecimento*.

A maneira como ele enfatiza a palavra faz os cabelos na minha nuca se arrepiarem.

— Depois de ver do que você é capaz, ficou claro — ele continua. — Você é muito mais útil para nós em Europa do que na Terra. — O doutor Takumi baixa a voz, e algo apavorante lampeja em seus olhos. — Você não achou realmente que iria se safar, não é? O estratagema que você armou no laboratório de robótica, o que você fez com Dot... é claro que eu sabia que foi você. Mas isso só serviu para provar que você é indispensável para mim e para a missão.

Afinal de contas... quem mais se mostrou um *especialista tecnológico* tão habilidoso?

Não consigo falar enquanto olho para ele. Suas palavras me deixam sem fôlego. Minha mente luta para compreender o fato de que *ele sabe*, que ele estava um passo à frente de mim esse tempo todo. E agora fica ainda mais claro a razão de me darem uma cobiçada vaga entre os Seis Finalistas em vez de me jogarem numa cela. *Eu tenho algo que eles precisam.*

Eu sou mais benéfica para a missão como uma das cobaias enviadas para Europa do que como uma finalista eliminada batendo com a língua nos dentes sobre o que descobriu. Mesmo da prisão, minha história poderia vazar. Mas, agora, o doutor Takumi sabe que não vou dizer uma palavra. Não posso. Eu lhe devo essa por não me denunciar ao governo... e tenho que desempenhar perfeitamente meu papel se eu quiser manter nós seis vivos.

Minha voz treme quando desvio de mim o tema da conversa.

— Por que não Leo? Ele bateu Beckett em todas as provas subaquáticas. Isso não faz sentido...

— Nós não poderíamos ter vocês dois ao mesmo tempo — interrompe o doutor Takumi, com um encolher de ombros indiferente. — Em uma missão tão crucial quanto essa, não podemos nos dar ao luxo de que os nossos astronautas sejam distraídos por um romance. Beckett proporcionará uma substituição suficiente para as habilidades subaquáticas de Leo... e ele já provou ser um recurso inestimável.

Romance. E eu aqui pensando que Leo e eu estávamos fazendo um bom trabalho em ocultar nossa relação. Mais uma vez, eu estava enganada, calculei tudo de forma errada... e agora eu sou a razão pela qual Leo perdeu seu lugar.

O doutor Takumi vai embora, me deixando atordoada com suas palavras. Eu o vejo chamar alguém, gesticulando com o pescoço em minha direção, e então Lark aparece. Ela coloca o braço em volta do meu ombro, conduzindo-me para dentro, enquanto busco Leo entre as pessoas.

— Ele já está lá em cima — diz Lark, seguindo meu olhar.

Assim que atravessamos as portas, sinto um vazio no peito, e um soluço me escapa. Lark me envolve em seus braços, deixando de lado sua fachada de durona, enquanto minhas lágrimas rolam.

— Você vai ser uma heroína, Naomi. Você pode salvar a todos nós — diz ela com doçura. — Se vivermos para ver futuras gerações de humanos, será graças a *você,* você e Beckett, Jian e Sydney, Dev e Minka. Eu lhe garanto que você está fazendo o mais louvável sacrifício. Eu mesmo o faria, se pudesse.

Eu assinto com a cabeça, mas a dor no meu coração não diminui, enquanto os rostos das quatro pessoas que mais amo no mundo vão passando em minha mente.

Sam. Mamãe. Papai. Leo...

Passam-se horas antes de eu voltar a ver Leo. Enquanto os finalistas eliminados fazem as malas e se preparam para a viagem de volta para casa no dia seguinte em meio a um torpor de choque, os Seis Finalistas são conduzidos a uma série de reuniões informativas o dia inteiro com os chefes das agências espaciais e o secretário-geral das Nações Unidas. Os outros à minha volta, mesmo Sydney, que antes hesitava, não cabem em si de empolgação quando nos dão o resumo do lançamento do foguete que será no dia seguinte, um evento que, espera-se, "irá colocar no chinelo as alunissagens das missões *Apollo*". Mas minha cabeça está a quilômetros de distância.

Quando finalmente somos escoltados de volta aos nossos dormitórios, muito tempo depois do jantar, encontro Lark na escada.

— Você pode entregar uma mensagem minha para o Leo? — eu sussurro, implorando a ela com os olhos.

Lark concorda com a cabeça, e eu entrego a ela o bilhete que escrevi durante uma das longas reuniões informativas. E, então, corro para o meu quarto para aguardar.

Minutos depois, ele está à minha porta. Sou inundada por um misto de alívio e infelicidade enquanto voo para os seus braços, me perguntando como conseguirei viver sem isso.

— Eu sinto muito, eu sinto tanto... — eu soluço enquanto ele me estreita nos braços e me beija através das minhas lágrimas. — Se eu não tivesse...

— Não se desculpe — ele sussurra em meus cabelos. E quando ergo a vista para ele, vejo lágrimas em seus olhos também.

— Fique comigo esta noite. — Entrelaço os dedos nos dele.

— A noite toda. Lark nos dará cobertura se alguém suspeitar que você não está em seu quarto, mas, mesmo que ela não faça isso, não me importo. O doutor Takumi não pode nos punir mais do que ele já puniu.

Leo assente com a cabeça e me levanta em seus braços. Ele me deita na cama, seus lábios se movendo sobre os meus até que eu esqueço onde estamos, esqueço o adeus que o amanhã irá trazer. E, então, de repente, ele se afasta.

— O que é? — pergunto, espantada.

— Em Europa, eles esperam que você... acabe tendo um parceiro, e procrie — diz Leo, sua voz engasgando com as palavras. — Eu não sei como enfrentar isso.

— Eu não farei isso — prometo. — Não me importo com o que eles esperam, não vou fazer isso. Mas... mas eu não o culparia se você acabar ficando com alguém... alguém na Terra. — Leo faz que não com a cabeça e eu pressiono o indicador em seus lábios.

— É por isso... é por isso que eu preciso que você seja meu primeiro.

Eu preciso de você... *disso*... uma lembrança à qual me agarrar, pelo resto da minha vida.

— Você tem certeza? — Leo sussurra.

— Mais certeza do que eu já tive em relação a qualquer coisa.

Ele se abaixa sobre mim, aninhando sua testa contra a minha.

— *Ti amo*, Naomi.

Meu coração se expande com essas palavras. É o momento que sonhei... mas nunca esperei que aconteceria na véspera do dia em que seríamos forçados a nos separar para sempre.

— *Ti amo*. — Aperto meus braços ao redor dele, fechando os olhos enquanto memorizo a sensação de seu toque. — Eu também amo você.

VINTE E SETE

LEO

EU ACORDO COM SUA PELE CONTRA A MINHA, seu cabelo fazendo cócegas no meu pescoço. É como um sonho pelo qual não ousei esperar, e sorrio à visão do seu rosto adormecido, pressionado contra meu ombro.

E, então, ouço baterem na porta.

— Uma hora até o lançamento! — alguém grita, quando a tristeza de ontem volta a ser o destaque. Eu sinto o golpe no meu peito, no meu estômago, e me sento com a cabeça entre as mãos. Naomi se agita quando eu me mexo, e eu seguro a mão dela.

— Está... está na hora — digo enquanto ela acorda, minha voz sai grave, nem parece a minha.

Ela se senta, em pânico.

— Eu não posso dizer adeus a você. Não posso.

Respiro fundo, percebendo que preciso ser forte por ela. Terei tempo de sobra depois, o resto da minha vida, para ceder às minhas emoções. Mas não agora. Não na frente dela.

— Você não precisa dizer adeus — eu a conforto, trilhando sua clavícula com o dedo. — Eu vou enviar mensagens de vídeo e e-mails todo dia, e talvez... talvez quando Europa estiver pronta para mais colonos da Terra, eu possa ser um deles. Será um longo tempo de espera, mas eu... eu espero por você.

Naomi não responde, e eu sei por quê. Eu sei o que ela está pensando. E se eles sequer *pousarem* em Europa? E se a vida extraterrestre for inteligente o bastante para matá-los assim que chegarem? E se durante sua jornada no espaço, que levará meses, outro desastre natural ocorrer aqui na Terra, e serei eu que não sobreviverei?

Eu sei o que ela está pensando, porque essas são as mesmas perguntas que ficam passando pela minha cabeça sem parar.

Nós seis que não nos classificamos seguimos atrás dos Seis Finalistas em uma caravana de automóveis ao Campo de Ellington, onde seremos mandados para casa logo após a partida deles para o local de lançamento da Missão Europa. Qualquer esperança que eu tinha de ficar na América foi cortada rápido pela raiz. Conforme o doutor Takumi me informou no dia anterior, meu período nos Estados Unidos chegou ao fim. Não tenho escolha senão ir de um cenário desolador para outro.

À medida que nossa caravana se aproxima do aeródromo, as multidões retornam com força total, agitando bandeiras e erguendo faixas com os nomes dos Seis Finalistas. É doloroso relembrar a última vez que testemunhei esse patriotismo e celebração... quando eu ainda fazia parte disso.

Nosso ônibus para em frente à pista, onde o Força Aérea Um aguarda para acompanhar os Seis Finalistas. Uma fúria incandescente invade meu corpo à ideia de Beckett sorrindo ao lado de seu tio enquanto ele ocupa meu lugar. Deveria ser eu no jato, deveria ser *eu* no lançamento do foguete ao lado de Naomi. Como o doutor Takumi pôde cometer um erro tão grande?

Os guardas da segurança nos conduzem a uma seção da pista de decolagem separada por cordões, para longe da multidão ruidosa, mas não perto o bastante dos Seis Finalistas — de Naomi. Eu a observo a distância, na companhia de seus companheiros de equipe, de Cyb e do novo robô de apoio, os oito enfileirados ao lado do doutor Takumi, da general Sokolov e do presidente Wolfe. Todos eles sorriem com orgulho, posando para o que com certeza será a mais lendária fotografia da história humana — todos menos Naomi. Eu a vejo perscrutar a multidão, sua expressão indicando desespero. Levanto a mão com um aceno desamparado, tornando-a ciente de que estou aqui. E, de repente, ela se afasta dos outros correndo.

Eu seguro a respiração enquanto ela abre caminho até mim, ignorando os murmúrios chocados da multidão. E, então, ela está em meus braços, seus lábios nos meus, suas lágrimas contra as minhas bochechas.

— Eu te amo tanto... — sussurro.

Dois guardas intervêm, puxando-a para longe de mim — mas não antes que eu retire meu anel com o brasão dos Danieli e o deslize para seu dedo. Ela olha de mim para o anel, sua voz falhando enquanto diz:

— Eu também amo você.

Sou forçado a assistir quando ela sobe no jato atrás dos outros, me deixando para sempre. Ela pressiona o rosto na janela, olhando para mim lá de cima. Eu lhe envio um último beijo. E enquanto o avião levanta voo, eu me dobro em dois, arrasado.

Ana Martinez se aproxima de mim, dando tapinhas no meu ombro de forma desajeitada.

— Eu sei. É uma merda. Mas você vai ficar bem... Você vai se sentir melhor quando estiver em casa. — Ela olha para cima. — Nossos transportes chegarão aqui a qualquer momento.

Eu sei que Ana está tentando ser legal, mas suas palavras só fazem eu me sentir pior. Não tenho nada nem ninguém para quem voltar — apenas fantasmas.

— Aos seis eliminados, nós agradecemos pelo serviço prestado — a voz do doutor Takumi ressoa ao microfone. — Vocês foram motivo de orgulho para seus países, e serão recebidos em casa de braços abertos.

Eu olho em torno, buscando por Lark. Antes de ir, quero me despedir da única outra pessoa aqui que conheceu Naomi de verdade... que *nos* conheceu. Mas não a vejo em lugar nenhum. Ela não está com o restante do corpo docente, então... onde ela está?

Mas antes que eu possa perguntar a alguém, o motor do primeiro jato de retorno ruge. Nós o observamos enquanto pousa, exibindo a bandeira francesa, e Henri lança a nós cinco uma saudação amigável.

— *Au revoir, mes amis* — ele grita antes de entrar no jato que o levará para casa.

Eu me preparo, sabendo que o avião da Itália provavelmente virá depois do da França. Dito e feito: quando o próximo jato circula no céu, eu consigo identificar lá no alto o verde, branco e vermelho da bandeira italiana.

O avião aterrissa na pista, e o guarda de segurança me empurra para a frente. Eu viro a cabeça para dar uma última olhada no Centro Espacial Johnson, o lugar que mudou minha vida, que me levou dolorosamente perto dos meus sonhos — e então me forço a seguir em frente.

Sinto que algo está errado assim que entro no avião. Esse não é o mesmo jato militar básico no qual voei — só parece idêntico do lado de fora. Esse é mais espaçoso por dentro, repleto de móveis luxuosos e uma infinidade de telas de computador, painéis de controle e sensores piscantes. Além disso, não há ninguém aqui para me cumprimentar — nem o doutor Schroder ou qualquer outra pessoa da AEE, nem mesmo uma comissária de bordo.

Meus olhos se detêm em uma das telas de computador. Eu pisco e me inclino para analisar melhor, para me certificar de que meus olhos não estão me pregando peças. Mas ali está, na tela, a página inicial do *Conspirador do Espaço* — o mesmo *site* das teorias das quais Naomi tanto falou. E bem ali, no canto superior, está o texto revelador: LOGADO: ADMINISTRADOR.

Mas o que é isso? Como vim parar neste avião?

— Olá? — eu berro, tropeçando enquanto o jato decola. — O que é isso? O que está acontecendo?

— Obrigada, Lark — ouço uma voz feminina desconhecida dizer. — Ele está aqui.

E, então, uma mulher de cabelos grisalhos surge da cabine do piloto — a mesma mulher da foto na mesa de Naomi.

— Greta Wagner? — eu sussurro.

Ela desliga o telefone e abre um sorriso para mim.

— Olá, Leonardo. Sente-se. Temos muito que conversar.

VINTE E OITO

NAOMI

MEUS COMPANHEIROS DE TRIPULAÇÃO ESTÃO LOUCOS de entusiasmo enquanto o Força Aérea Um desce em direção ao Golfo do México, onde seremos lançados do mar ao espaço. Eles gritam e comemoram; posam para *selfies* com o presidente e fazem um milhão de perguntas ao diretor de voo da Missão Europa que viaja conosco. Mas eu não. Passei a primeira metade do voo com os olhos fechados, a cabeça inclinada contra os joelhos, tentando abstrair do barulho e fingir que nada disso está acontecendo. Mas agora eu ergo a vista e vejo Beckett Wolfe em uma conversa abafada com o tio, enquanto minhas ideias se recompõem. Observo quando o presidente Wolfe murmura algo no ouvido de Beckett e Beckett assente com a cabeça, uma expressão estranha cruzando seu rosto. E então o presidente se levanta, avançando em direção à sua cabine privativa na frente do avião, enquanto Beckett atravessa o corredor de volta ao seu assento em frente ao meu. Ele me pega encarando.

— O que você está olhando? — ele caçoa.
— Você contou ao doutor Takumi o que viu naquela noite, não foi? — digo devagar. — Você contou muitas coisas para ele. Foi isso que ele quis dizer quando afirmou que você se mostrou *inestimável*. Você pegou o lugar de Leo por ser um espião.

Beckett ri, mas é uma risada falsa e vazia. E quando eu encontro seu olhar, sei que o meu palpite está certo.

— Você pagará por isso.

Seus olhos se estreitam em fendas.

— Sério? Você é realmente tola o bastante para me ameaçar, aqui, no avião do meu tio?

— Desculpe decepcioná-lo, mas não tenho medo de você nem do seu tio — retruco.

Ele se inclina para a frente, sua respiração quente na minha bochecha.

— Você deveria ter. O doutor Takumi me colocou no comando.

— O quê? — Eu não posso ter ouvido isso direito.

— É verdade. Ele contou a mim e à minha família hoje. — Beckett cruza as mãos atrás da cabeça, com uma expressão presunçosa no rosto. E, então, seu riso se distorce num sorriso de desdém. — Por isso, nem pense em me ameaçar de novo. Assim que chegarmos ao espaço, você estará *sob as minhas ordens*.

Pela primeira vez na vida, não me ocorre uma resposta.

O Força Aérea Um pousa diante de uma enorme aglomeração aguardando por nós no Southport Texas Spaceport, um enxame de pessoas grande o bastante para engolir a multidão que acabamos de deixar em Houston. Posso ver o foguete SpaceInc Júpiter esperando na plataforma de lançamento sobre as águas do Golfo do México, suas milhares de toneladas reluzindo à luz do sol, enquanto seu vapor sobe em preparação para o lançamento. Enquanto olho para o foguete, me parece impossível que em breve estaremos lá dentro. *Isso é uma loucura.*

Momentos após as rodas do avião atingirem o solo, somos conduzidos do Força Aérea Um ao Astronaut Crew Quarters, um hangar perto da pista, onde uma enxurrada de oficiais da NASA nos ajuda a entrar em nossos trajes espaciais azuis elaborados para o lançamento e pouso. Entretanto, mal tenho consciência da atividade que me rodeia, minhas pernas coçando para correrem para o local onde sei que minha família aguarda.

Por fim, quando já estamos preparados, o diretor de voo e os guardas de segurança nos escoltam para a área VIP, reservada para o presidente Wolfe e as famílias dos Seis Finalistas. Viro minha cabeça de um lado para o outro em silêncio, procurando por eles, até ouvir...

— *Naomi!*

A voz de Sam se eleva acima do tumulto. Ponho-me a correr desabaladamente, as lágrimas embaçando minha visão enquanto vou ao encontro da minha família. Não me importo que dois guardas estejam bem atrás de mim, que o mundo inteiro esteja assistindo nossa reunião que se tornou despedida: tudo o que vejo são meu irmão e meus pais. Eles estendem os braços para mim, e eu voo direto para eles, os quatro colidindo em um emaranhado de abraços, beijos e lágrimas.

— Sinto muito — choro no ombro de Sam. — Eu deveria voltar para você. Era para sermos nós contra o mundo, para sempre, e agora...

Sam me interrompe, me segurando pelos ombros.

— Somos nós contra o mundo, mana... Você está indo encontrar um mundo melhor. — Sua voz falha pela emoção, mas ele força um sorriso. — Eu te disse antes, você nasceu para isso. E eu ficarei bem.

— Nós estamos tão orgulhosos de você, *azizam*. — Papai me envolve num abraço apertado, e as lágrimas se derramam de seus olhos enquanto ele toca meu traje espacial. — Conversaremos todos os dias, está bem? Por e-mail, chamada de vídeo, o que você puder fazer, estaremos lá.

Só minha mãe está em silêncio, me contemplando com uma expressão desolada no rosto. Ela tenta sorrir, mas um soluço de choro lhe escapa em vez disso.

— Eu amo você, minha menininha — ela sussurra, beijando minha testa.

— Eu amo muito todos vocês. E eu percebo agora, mais do que nunca, quanta sorte eu tive... tenho... de ter vocês. — Respiro fundo. — Eu nunca esquecerei disso.

Um rugido explode da multidão, e eu me viro para ver um relógio gigante de contagem regressiva acendendo.

— T-minus dez minutos! — uma voz grita.

Eu dou um abraço mais apertado em minha família, me perguntando como é possível que meu coração se parta tantas vezes em um único dia. Um dos guardas avança, colocando uma mão firme nas minhas costas.

— É hora de entrar no veículo de lançamento, Naomi.

É isso. Balanço a cabeça incrédula, enquanto a realidade se fecha ao meu redor. Como é possível o nosso tempo já ter acabado?

Eu abraço meus pais e Sam mais uma vez e, antes do nosso último adeus, falo num ímpeto:

— Outro finalista, aquele que estava ao meu lado na TV... seu nome é Leo Danieli, e não lhe restou nenhuma família. Vocês podem procurá-lo por mim? Talvez... talvez vocês possam encontrar apoio mútuo. Ele... Ele significa o mundo inteiro para mim.

— Nós o encontraremos — diz mamãe. — Prometo.

Tento sorrir em agradecimento.

— Vá voar, mana. — Sam diz no meu ouvido. — Nós estaremos acompanhando você, torcendo todos os dias aqui da Terra.

— Meu corpo pode estar lá, mas meu coração sempre estará aqui. — Eu estendo a mão, e meus pais e meu irmão a cobrem com as deles. — Então eu não vou dizer adeus. Eu tenho que acreditar que irei vê-los de novo.

— T-minus sete! — a voz estrondosa ecoa, e agora dois guardas estão me afastando da minha família, me conduzindo em fila com os dois robôs e o restante dos Seis Finalistas.

Posso ouvir meu coração batendo alto dentro do meu traje espacial enquanto marchamos devagar para a nave do foguete. Cyb nos supervisiona enquanto nos instalamos em nossos assentos de comando e nos deitamos, assim como na simulação de realidade virtual. Viro o rosto contra o assento de couro, como fiz com Leo antes de nos beijarmos... mas não é mais seu rosto que está ao meu lado. Sinto um aperto no coração.

A contagem regressiva ecoa dentro de nossa nave espacial, e não importa quão aterrorizada eu esteja, o tempo continua a correr.

— T-minus seis... T-minus cinco...

O chão embaixo de nós ruge violentamente, e todos os seis se agarram às laterais dos assentos, com medo. Através da janela vigia, vejo peixes saltando para fora do mar, o céu se iluminando com um tom incandescente. Eu ouço Cyb declarar:

— Tudo pronto para o lançamento!

A força da gravidade pressiona meu corpo enquanto a cabine estremece; os motores se inflamam. Justo quando penso que não aguento mais essa sensação, que meu corpo inteiro vai explodir e se desintegrar aqui, somos lançados. O ar escapa dos meus pulmões enquanto voamos.

E nós subimos, ultrapassando o céu.

VINTE E NOVE

LEO

ESTOU À BEIRA DE UM LAGO PARTICULAR NA ÁUSTRIA, com a doutora Greta Wagner, inventora e cientista exilada, que agora conheço também como a mente anônima por trás do *Conspirador do Espaço*. Diante de nós, sobre uma plataforma de concreto, está sua mais recente invenção secreta: uma nave espacial com capacidade para apenas uma pessoa, construída para Europa.

— Sempre acreditei que as maiores descobertas da humanidade e os maiores riscos estão lá, abaixo do gelo — diz a doutora Wagner, seguindo meu olhar. — Nenhum de nós sabe como o ambiente nativo e os extraterrestres de Europa reagirão à chegada dos humanos. Desejava que fosse eu a assumir esse risco, mas, como você pode ver, estou velha demais para isso agora. Quando vi seu rosto no noticiário no dia em que os Seis Finalistas foram anunciados, eu sabia que poderia contar com você para ser meu representante. Dá para ver que você deseja isso… talvez tanto quanto eu.

Meus batimentos cardíacos aceleram.

— Me diga o que fazer.

— Minha espaçonave é menor, mais leve e, portanto, mais rápida do que a dos Seis Finalistas. Mesmo que tenham partido na frente, se você partir esta semana, pode alcançá-los quando chegarem à órbita de Marte. Usando as eclusas de ar, você se acoplará à nave deles. — A doutora Wagner sorri. — E pegará uma carona com eles até Europa.

— É seguro? — pergunto. — Não para mim, quero dizer, para os Seis Finalistas?

— Os únicos a correrem riscos seremos você e eu — ela responde. — A nave espacial foi construída para uma viagem só de ida. Se o acoplamento falhar, você ficará à deriva no espaço até morrer. Se tudo correr bem, terei que me esconder pelo resto da vida, já que lançar um humano ao espaço sem a aprovação do governo é um crime sério. Mas valerá a pena todo o risco e sacrifício, se você conseguir. Com base na minha informação, posso afirmar com certeza: os Seis Finalistas terão uma probabilidade muito maior de sobreviver em Europa com a ajuda exclusiva que você e eu podemos fornecer.

Respiro fundo. Tenho tantas perguntas, mas um pensamento supera todos os outros.

— Estou dentro.

E então olho para cima e sussurro:

— Eu estou indo, Naomi.

AGRADECIMENTOS

Este projeto foi a maior emoção da minha carreira de escritora até agora, e gostaria de agradecer a muitas pessoas.

Em primeiro lugar, aos meus agentes por sua inabalável crença em mim e em meu trabalho, e por conduzir essa empreitada a voos mais altos: Brooklyn Weaver, Joe Veltre e Greg Pedicin: caras, vocês são os meus heróis! Brooklyn, discutir a história com você desde o início me estimulou a apresentar ideias maiores e melhores, e agradeço por você ter me ajudado a desenvolver todo o meu potencial. Joe e Greg, nunca me esquecerei da forma como vocês se uniram em torno desse projeto e o ajudaram a decolar. Sou muito abençoada por ter vocês três na minha equipe.

Quero agradecer também à primeira pessoa que disse sim e começou a fazer o sonho desta autora se tornar realidade: Josh Bratman, obrigada!! Sou eternamente grata por você compartilhar minha visão, por suas observações perspicazes e por encontrar o lar perfeito para a adaptação do filme com a Sony. Você é um verdadeiro produtor de roteiristas, e trabalhar com você tem sido um divisor de águas: que isso seja apenas o começo!

Eu sempre me lembrarei da minha primeira e maravilhosa conversa telefônica com Alexandra Cooper: a maneira como tudo ficou claro e se encaixou, e eu soube naquele momento que queria que ela fosse minha editora! Alex, obrigada por acreditar em mim e neste projeto desde o início. Sou grata pela sua edição simplesmente mágica, por me ouvir sempre que preciso conversar com você sobre a história (e me deixar expressar as minhas neuroses de profissional das letras!), e por orientar minha visão. É uma honra figurar entre os seus autores!

Rosemary Brosnan, obrigada por apoiar este projeto desde a fase de aquisição, e pela incrível oportunidade de publicar pela HarperTeen. Muito obrigada a todos da Harper que ajudaram a dar forma a este livro: Alyssa Miele, por sua ajuda em cada etapa do processo, Heather Daugherty e Erin Fitzsimmons, pela capa *incrível*, Kathryn Silsand, na coordenação editorial, por cuidar tão bem do projeto, Maya Myers, pela preparação minuciosa, e Olivia Russo e as equipes de publicidade, marketing e vendas, pela divulgação de *Os Seis Finalistas* por toda parte!

Grande parte desta jornada começou com uma extraordinária executiva da Sony, que percebeu o potencial do livro desde o início: Lauren Abrahams, sou muito grata a você! Obrigada por acreditar nesta história e dizer sim. Obrigada também a você e Sara Rastogi pelas valiosas anotações manuscritas. É um sonho estar trabalhando com todos vocês na Sony.

A Chad Christopher e à equipe da SGSLLP, obrigada por colocarem meus contratos em ordem e cuidarem tão bem de mim!

Allison Cohen da Gersh, obrigada por seu fantástico trabalho de levar *Os Seis Finalistas* a diferentes países ao redor do mundo! A meus editores estrangeiros, da Itália ao Brasil e além, é um privilégio e uma emoção ter meu livro traduzido para seus idiomas.

Megan Beatie, obrigada por suas impressionantes habilidades publicitárias e por apresentar este projeto a tantas pessoas!

Ao doutor Firouz Naderi: sou eternamente grata por você ter dedicado parte do seu tempo para ler o meu manuscrito e fazer anotações. Receber *feedback* de alguém que tanto admiro foi um verdadeiro privilégio e muito generoso da sua parte!

A uma grande amiga, a cientista doutora Teresa Segura: obrigada por ler e fazer observações e sugestões tão úteis, e por todo o tempo que passou respondendo às minhas perguntas. Você foi realmente como uma editora de ciência para mim: obrigada!!

Conhecer e discutir Europa com um *verdadeiro* cientista da NASA Europa, Robert Pappalardo, foi outro momento extraordinário nesse processo. Robert, muito obrigada por dedicar seu tempo para sentar-se comigo e responder às minhas perguntas sobre tudo, desde *landers* a extraterrestres!

Ao doutor Ross Donaldson, obrigada por me deixar bombardeá-lo com minhas perguntas sobre biologia e tecnologia, e por ser tão solidário. Chessa Donaldson, obrigada por ler e dar *feedback* sobre cada um dos meus livros. Vocês já fazem parte da minha família.

Uma das melhores coisas que fiz em termos de pesquisa foi participar do acampamento espacial para adultos no U.S. Space & Rocket Center em Huntsville, Alabama. Muito obrigada aos organizadores do acampamento e aos meus companheiros de equipe por uma experiência tão incrível, educativa e divertida!

E, agora, às pessoas sem as quais eu não chegaria a lugar nenhum, que dão sentido a tudo que escrevo e crio: minha família. Meus maiores agradecimentos são para vocês, sempre...

Chris Robertiello, minha alma gêmea e o melhor marido e pai do mundo: seu amor e apoio tornam tudo possível. Sou eternamente grata por acreditar em mim e por sua compreensão, paciência e encorajamento enquanto trabalhei sem parar neste livro. Eu te amo até o infinito e além.

Para minha mãe, ZaZa, também conhecida como Mommy Poppins: por vir e cuidar de mim durante as últimas semanas de gravidez, enquanto eu revisava o manuscrito como uma louca, voltando praticamente todos os dias para me ajudar com o bebê Leo enquanto eu dava os últimos retoques no livro: você tem sido um verdadeiro anjo na terra e não caibo em mim de gratidão e amor por você!

A meu pai, Shon: nada disso estaria acontecendo sem todos esses anos de seu apoio aos meus sonhos, desde que eu era uma garotinha rabiscando em um caderno. Obrigada por me ensinar a acreditar que tudo o que posso imaginar, posso conseguir! Não tenho palavras para expressar quanto eu amo você.

Arian, sou muito grata pelo amor e risos que você traz para o meu mundo. Obrigada por ser o melhor irmão mais velho de todos os tempos — e também por sempre ler e dar um *feedback* tão valioso sobre os meus manuscritos! Gratidão e amor à minha grande e bela família iraniana, de ambos os lados, Saleh e Madjidi. Aos meus familiares no céu: Papa, Mama Monir e Honey, obrigada por serem minha inspiração todos os dias.

Muito obrigada aos meus amigos e familiares mais próximos (que tanto me apoiaram nesse grande ano de parto duplo!): Brooke Kaufman Halsband, Sainaz Saleh, Dottie Robertiello, os Bratman, Mia Antonelli, Ami McCartt, Heather Holley, Jon e Emily Sandler, Meganne e Jeremy Drake, Alex e Lisa Tse, Dan e Heather Kiger, Roxane Cohanim, Adriana Ameri, Marise Freitas, Stacie Surabian, Christina Harmon, Dani Cordaro e Camilla Moshayedi. E, claro, não poderia deixar de fora minha fiel companheira ao escrever, Daisy, minha cachorrinha!

    Leo, você era um desejo no meu coração quando comecei a escrever este livro. Você se tornou real, chutando dentro de mim, durante minhas últimas noites revisando a história do seu homônimo. E agora você está aqui e eu sou muito grata. Eu te amo para sempre.

Impresso por :

gráfica e editora
Tel.:11 2769-9056